和平降临

武汉文学院作家年度（2016）作品选

吕兵 主编

长江出版传媒 | 长江文艺出版社

目录

阿毛 卷

田天 卷

池莉 卷

李修文 卷

目录

张执浩 卷

胡坚 卷

钱鹏喜 卷

阿毛——卷

有 诗

前天钓鱼
昨天看母鸡孵小鸡

今天放风筝、燃孔明灯
感受引力波

此刻删掉朋友圈
听校园广播

每一粒硌脚的石子
都有棱角

每一次不同的呼吸
都是永恒

这诗句的上行和下行
这长江的南岸和北岸

字舞鸽飞
有迹可循

……我把碎玻璃
砌成了教堂的穹顶

冬天里

候鸟已飞走。我会再次回到你的身边
会在干枯的河床或草地上呆上整个冬天

要有太阳月亮陪伴
还要有风雨、霜雪陪伴

我依然会穿着厚棉袍
会打盹，会喝酒写诗

回忆天真的童年，安抚迟钝的晚年
心疼臃肿的偶像和他悄然定下的

墓碑——它
以沉默和黑暗传世

我还要寻找
中途走失的亲人

是的
如果你爱我

不但要爱我的眼神
还要爱我怀抱里的阳光和夜色

帐篷节观花海

没有太阳，只有灰光
这些花自己明媚

牵引我的目光
上看下看，左看右看

其实，我不想睡帐篷
只想醉卧花丛中

或者，为阴天的花海
举着蓝天和云彩

沙湖芦苇荡

一个月前它们在水里
现在它们在风中

每一条河汊都有一只搁浅的船
头朝远方

羊群在河岸，和它们身边的紫白荞麦
互致问候

我们游荡其中
拍照、发呆

禽鸟和风一起
梳理这荒美苍凉之发

天色转暗
我们起启回汉

单留这浩荡瑟索之音
在无边夜色里

露珠与河床

干燥的秋天
还可以碰到

这么多露珠
这么多摇摇欲坠的宝石

它们下落的声音
尖细而苍凉

白鹭不知道往哪儿飞
芦苇飘花不思想

是的，腐朽的黄金会经过风雪
长成翡翠

我的眼泪会流进干枯的河床
使搁浅的木船驶向远方

物外，传奇

要有光，才能看清
书上的字和句子的意思

要有光，才能看清
你的脸和眼里的虔诚

过道上有风
但不必戴围巾和帽子

左边有戴眼镜读书的猫头鹰
右边有光影摇曳的小竹林

穿玫瑰色长裙的诗人
经黑色的旋转楼梯上升

你拍下这优雅的火焰
这安静的灯塔

今天你在文字外，我在画面里
明天我们在一首诗里

双鱼座由物外的茫茫人海
游进茫茫的书海

光影亲吻光影

光芒涌入
树叶舞成枯叶蝶

她骑单车由窗下经过
风舞动光斑

明信片上的雪不在明信片上
也不在指下的朋友圈

它在去年的山坡上
经由消失的邮筒到你手中

光影亲吻光影
你亲吻消失的雪

一切尚好

风跑得快
抚摸事物的能力也很强

你比不上
但想象力可以

有人穿针引线
用现在补过去

阳台外月亮在落下
像亲爱的离别慢而不舍

一切尚好

夜晚还拥有睡眠这剂麻药
白天还拥有阳光和钙

我 们

只要有骨络就能生出血肉
只要有血肉就能生出思想

只要有思想就能生出灵魂
和全世界的喜悦与疼痛

和魔指转动着的水晶球
倾罩的童话生活

童 话

童话里的小公主一身紫衣
她周围的光也是紫色的

我就想有这样一个小女儿
在紫光中奔跑

可我年事已高，不敢生育
我想借一个年轻的子宫

生一个小女儿
建一个小王国

结 香

鹅黄、浓香
展览馆阶梯上的朗读

楼顶、山下
含苞的早樱

两个小时后红狮子酒吧的
红酒、甜点

一手秀丽的签字、一枚完美的印章
两个人的共频

我比任何人适合
你的镜头

下电梯时
你的右肩和我左肩的轻擦

“本是两个人的约会
变成了一群人的狂欢！”

这是我的节日，两天后是我的生日
从饭馆到影院……是一双

一直到现在
到这首诗的完成

我们的阳光和树叶

它们狂欢
它们悲鸣

就像我们

除了爱
别无家园别无祖国

重 复

这么多树叶，这么多——
落在我头顶、肩上、脚下
覆盖我和我爱过的地方

我每年都会生养这么多树叶——
落在你头顶、肩上、脚下
覆盖你和你爱过的地方

刃

你给的网线，你给的针
你给的天空，你给的大海
你给的火药，你给的子弹
你给的闪电，你给的地震

我们跟绸缎有什么关系

风吻我一下
你吻我一下，又一下……

我抚摸你一遍
你抚摸我一遍，又一遍……

四季都是绸缎
我是你绸缎的肌肤

你在风的上面
覆盖我穿上我……

缠裹我们的是私语、颤栗和汗水
是天上的星光、海里的水草和游鱼

手上的光

光在头顶
光斑在窗上

双人床空出
右边亲爱的

我曾抚摸过你窗口上的阳光
但反被它抚摸一下午

我曾抚摸过你窗口上的月光
但反被它抚摸一晚上

留下光芒和阴影、雷电和风雨
在身体里……

雨中湖边的婚纱摄影或破坏仪式

这婚纱的背面
残荷这么美，红叶也是

长头纱好看，像你的斑点伞
红杏出门，像你的摄影作品

你披着湖水上岸
落下满天的毛毛雨

以自己的舌头、音调和心脏
我爱上这眼泪聚成的湖泊

为了这种成全
我准备了所有的破坏仪式

石头相撞
为火星准备灭火器

干柴和烈火相遇
为烈火准备暴雨

你从雨中跑过
像短暂的阳光掠过屋顶

汉口里

给我黑夜的时候一定给我白天
给我泪水的时候一定给我阳光

老天疼我
多像你啊

全天候的
宠爱

我属于自然的女儿
书卷的缪斯

这些仿古建筑只是
我们相思的驿站相爱的港湾

空镜头

空下的还有这怀抱
这红椅

它身后的树由翠绿变成金黄
回声寂寥

时间收获一人的离开
光收获你的身影

你拍下
这虚幻的填充物

拍下回忆中的亲吻、颤栗
狂喜与疼痛

黄叶飘下来铺满红椅
随后被风卷走……

当我们等雪时我们在等什么

雪并没有落下来。她不想
把这儿装点成童话世界

不想天女撒花纷纷扬扬
不想不相爱的人白头

冬天舍不得它浩荡的纯洁
而失眠者舍得宝贵的睡眠

羊群也要来数雪花
但雪并没有落下来

如此奇怪的冬天

南方大雪纷飞
北方艳阳高照

如此奇怪的冬天
我要写诗

我不写诗，就不记得
冬天的奇怪

我不写诗，就不记得
南的混乱北的不堪

吃 雪

雪要来，在夜里来
即便没有童话，也要一次次来

玻璃杯也要盛满雪
有风或太阳时

闭着眼
品味或者摇晃

你来，你来吃雪吧
别留明年发大水

骊　歌

她走时
月光跟随她

还有风
和一堆树叶

她自己的脚步声
和无声的哭

之后
下雪了

风带回月光和积雪
给故园

窗前看雪

就在窗前看雪吧
就像看雾霾

就在窗前看童话世界
就像看仙境(陷阱)

不要到户外去
更不要去拍雪

小心蜜或毒
小心雪崩或地震

你拍的东西有假象
我埋的东西有咒语

翻 篇

白雾晃动树枝
鸟飞来飞去

她站在阳台上
看雪

一只蚂蚁在她的靴子里
找热带

新年了
两尺缎带打成的蝴蝶结

封住青春和旧照片
你别用相机抓蝴蝶

楼下的哀乐

我在楼上的租房做晚餐
楼下传来哀乐

我做的鱼肉很香
可口的饭菜等待家人回来

学龄孩子偏爱吃荤
陪读的我完全没有胃口

孩子匆忙吃完晚餐
匆忙回学校上自习

我站在北边的阳台上
望着长江

夜色覆盖不了流水
它涌过来覆盖我

随之而来的
还有月光和更多的悲伤

那年月

不知道距离苹果诱惑夏娃
毒倒白雪公主多少年？

不知道距离苹果砸中牛顿
药医吃出半条害虫多少年？

我的父辈们
还穿着青蓝衣服

哥姐们已经白天喇叭裤扫地
夜晚公汽上嚎叫

邻家少女在树影下编辫子
少男在沙路上踢石子

有人太孤单了
在河边放了一把计划经济的火

县城文工团的演员
在圣诞节有了欧洲人的眼睛

奶奶在梦中对爷爷说:
“你起来得正好！去汴梁吗？

记得戴口罩。顺便给我捎
几两毛尖……”

世间所有的路

他在江上跑快艇
他在峰间走钢丝

我们走山路，说着话
听着自己的回声

突然就累了
突然就冷了

越爱越冷
抱了这么久

世界也没有改变
体温也没有回升

人 类

每个身体里都有一个人类
灵魂里也有

或大于地球大于宇宙
或小于流沙小于尘土

但却是最好的
有最理想的标准照

绝不是眼前看到的
更不是你想承受的

原来还有美好的大气包裹它
现在代之以防毒面具和口罩

上帝啊
废船在沙滩上像鱼骨

方 位

我喜欢在东边的窗口眺望蛇山
喜欢看高于写字楼的教堂

它西北有黄鹤
东南有彩云

空中飞舞的群鸽慢下来
俯看车水马龙的人间

我在楚才路旁的陪读房
右耳听唱诗左耳听读书

现在需要静下来
听自己的心跳和呼吸

有关系

床咯吱作响，是因为床板和床脚
没契合好

天空和大地不能亲密

风动是因为
有空可钻

高山和河海不能亲密

碰巧美酒遇到咖啡
秀才遇到兵

我和你不能相遇

歌喉遇到聋者，光亮遇到盲者
你是流亡的王或被囚的后

满天的电闪雷鸣

我不再缝纽扣
但还是捡起地上的针

双鱼座与其他星座的关系

狮子座是丈夫、王者
又是情敌、奴婢

天蝎座是卿卿我我的知己
又是若即若离的跟班

巨蟹座是前世情人
又是现世债主

中途跑过来的射手座没开腔
就胡乱射击众星

双鱼座东南西北地
游啊

当天空是镜子
日月星辰是饰品

她无数次在梦中奔跑
却不轻易将鱼尾化作人脚

你会说

我登高时，你给我群山
我流泪时，你给我汪洋

我还是要转身
对来路的荆棘过去的脸庞深鞠躬

以便有勇气爱戴
现在的围巾和口罩

以便为身边的亲人准备
蓝天和云彩

以便为将来的阳光积攒
足够的光斑和阴影

你会说
这一切并不是苦难

那你就摇晃这绳索
拥抱这财富

失　眠

失眠有无声星空的黑蓝
失眠有寂荡草原的红绿

失眠有一千只耳却听不到一声哭
失眠有一万张嘴却吻不到两片唇

失眠是无边夜色包裹的失水之鱼
等着数字不断增加的羊群来搭救

你不被听见的喊声
剪破夜色

剪破星空和草原
剪破耳朵和嘴唇

而失眠的羊群
将碎片还原

还原成一双血淋淋的手
和一张触目惊心的脸

凝神于窗外

窗收纳东边的武昌
蛇山旁的教堂和它周围的建筑物

飞舞着群鸽
和数家天台上的衣衫和床单

小车带着鸣声
经过豆皮摊和热干面馆

街角有凝神于手机的宿醉者和骑单车的学生
有拎着菜蔬的主妇或坐轮椅的老者

小宾馆有睡眼蒙眬的前台
和灯光暧昧的房间

摩托拖着尖音
冲击寂静和声浪

这长卷的每一处
闪烁于窗内的纸页间

画春天

他们总算忽略很宽很旧的长江
而取岸边很细很新的柳枝点染

我醉不醉酒
都要打着枝繁叶茂的树冠
奔跑

别再画我了，先生！

我老了
请允许我躲在镜子的背面
不再见年轻时的朋友

就像此刻
我赞美这些骄傲的绿叶
但不忍惊动她身后倾伏的枯枝

不停说话

洗手两遍
关门窗三次
进出电梯四趟

楼下垃圾筒旁
站着一个漂亮的芭比娃娃

墙角的水泥工
用火机烧多脚虫

雨下了一整天
雨下了两整天

天掉下来了
但没有一颗星星掉下来

外面的花都谢了

窗边有束花站了一个礼拜
不停地对我说话

深 圳

深圳有欢乐
有悲伤

有大欢乐
大悲伤

有男人女人
和动物

车水马龙
灯红酒绿

当然
还有很多鱼

可是鱼
鱼回不到小渔村

中山陵下

他在抽自己的白发
不再戳年轻的胳膊

那些令他痛苦的
都不见了

只有毛毛虫
还在逗猫猫

不论是北京冰棍
还是西安冰棍

此刻，都是中山陵下的
南京冷批

休息片刻去音乐台
寄手绘明信片

金山寺

白娘子来过吗？
这里干旱

枯莲蓬垂向夕阳
硬书法刻进石头

这里很多
拍照的红娘子

法海在石洞里
修行

洞口修持喃喃自语：
“要给法海平反！”

我拍了一张寺顶白云
又拍了一张寺外光影

问一对善男信女
“你们说呢？！”

西津渡

必须有首现代诗
刻在古石上

以便传承上
有突兀

像古渡口不在长江边
而在闹市

我也不要发髻
而顶蝴蝶结

云台阁不见饮酒的诗人
而闻热闹的脱口秀

允许我酒肆上坐一宿
梦回英雄的战场美人的闺房

铜 陵

古矿封了
雕像立在门外

白牡丹没开
相思树不相思

园林很周正
你的头发很乱

孩子在户外徒步
宠物在观光带撒欢

灵碧石对着
你家的门当

有人在民俗村扔炸弹
赢的钱都喝了酒

你穿行在欧式小城
找不到回家的路

青铜一直在哭泣
令江南的冬天也成雨季

爱莲说

我这么老了
他还要我脸靠花瓣

用年轻的经验
拍一张老脸

荷花凋谢
棉桃炸裂

钓鱼人
你的鱼饵美得像耳环

波光闪烁
如银鱼翻滚

我还是
在树影下剥莲蓬

向日葵

圆盘上的眼睛
眨动几颗露珠

这么多爱太阳的女子
和葵花

一统天下

果实高于花朵
却安于风中

她不再说枕边话
她不再说枕边话

秋收过后
新郎离家

蜜蜡姑娘

穿绿色长裙的蜜蜡姑娘
她的宝贝都是金色

春夏到了秋天

黑色波斯猫
亮着两颗金色的眼睛

走在罩着蜜蜡的
玻璃柜上

乌云流过满洲里的太阳

她说：
这是世上最轻的宝石

而诗人醉心的流萤和灯火
没有重量

眺望边境线

额尔古纳草原的金色和头顶的蓝色
包裹着我

把我变成
羊羔、云朵、松鼠和大雁

自由穿越
边境线

骑士和旅者止步于此
徒有奔马和列车

仅能把歌声和镜头
投向那一边

我不能一直感受美

白桦树真美啊
她的树干美叶子美

白桦林真美啊
晴天美雨天美雪天更美

动物们都冬眠了
我彳亍而行

年轻时爱过那么多诗
现在一句都不记得了

你看这画面这么美
我却冷得想死

无 题

前天去医院
看了一位朋友

外面到处都晃眼
晃得头晕

昨天头晕
今天还头晕

躲在床上听雨
电话邀约周六摘金橘

我回说哪儿也不去
就听南方的台风北方的雾霾

如果天晴了
我就听室内的雨

然后静等
暴风雪的到来

好好做一场爱
再去革命再去投胎

写意鸟

它在枝上,在歌唱
不在它自己那里

我有它一致的目光和歌喉
我还有别致的空巢和空壳

风吹乱头发和衣衫
有什么关系呢

像你随手的写意
和这么一声轻笑

已过千条河
已过万重山

你再这么一回头
我就盖好红章

将盛世和英雄
一并挂墙上

一个世纪的冬天

写下一个冬天，我就丢弃了
它的年轻迷惑过我

写下两个冬天，我就忘记了
它的寒冷温暖过我

而一个世纪的冬天，它的
严酷、琐碎、孤绝、无望

冰雪覆盖大理石的
寒光

以一个老者的余力把它们
磨成利剑

杀向风车和逼过来的
死亡

大声唱——
蒲公英、芦苇花、雪茫茫

回忆录

花在风中，在孤悬的岩石上
望着蓝天和白云

多么像夕阳下的你
望着年轻的自己

和一群活泼的少女
在过去的曙光中

爱着蝴蝶蜻蜓燕子
爱着鹅卵石和横行的螃蟹

爱着奶奶的祖籍、裹脚布
爱着姐姐的女红和哥哥的弹弓

爱着沉默寡言的父辈
和天真懵懂的儿孙

用生命抒写的传记
在我的暮年提起笔

而我能写下的只是这叹息
这敬意

田天一卷

与我同车（报告文学）

——记武汉市531路公交驾驶员张兵

一、这个沉默的背影

凌晨，4点多钟5点不到，张兵已按时起床。

这是他做公交司机二十七年所养成的职业习惯了，不用闹钟也无需手机叫醒。天还没亮，一家三代人分别在卧室、客厅和一间没有窗户的小黑屋里睡得正酣，他也不便开灯，就轻手轻脚摸进厨房，随便弄点吃的；然后摸黑下楼，不声不响走出公交宿舍大院，走到街边一个固定候车点，一声不响站在那里，像个影子似的，耐心等候着公司开来接送职工的交通车。

张兵住在汉阳郭茨口，531路“大本营”却在汉口易家墩，中间还隔着一条汉江呢！所以他先要坐班车到停车场“拿车”，然后才能准时开出今天的头班车……

只要上早班，你得天天如此！

前几天说好了要做一次张兵的乘客，搭乘他的清晨第一班车，于是我也不得不早早起床，睡眼蒙眬驱车赶往易家墩停车场。老实说，这对我可是一件难事，平常习惯于“早晨从中午开始”，连“黎明即起”都做不到，现在却要你踏着夜色，奔走在黎明到来之前……

不过，我还是在张兵发车之前赶到了。

停车场上灯火通明，数辆公交车正在静静等待它们的主人。据我所知，目前武汉公交集团拥有6千多台公交车、电车，有3万4千多名公交职工，其中司机有近2万人，为了保证各条线路在凌晨6点甚至5点多能准时发出头班车，每天此时此刻，在武汉市，至少有上万人要像张兵这样早早出门，披星戴月，匆匆奔走在上班路上。不论刮风下雨，不管天寒地冻，你都必须在发车之前抵达工作岗位——迟到是要扣钱的，那点儿“当盐都不咸”的微薄工资，哪能经受得起？

张兵出名纯属偶然。

不是他本人刻意追求，也没有什么幕后大师的精心策划。不过是武汉公交三公司在一次“安全行车标兵”评选活动中的意外发现罢了。

他们查阅当年司机违章违规档案及乘客投诉记录，忽然发现没有张兵的任何记录，事故也罢违章也罢，就是最难“侍候”的乘客投诉，这老兄也是一片空白！

再查前些年的记录，同样如此。他先后开过45路、531路公交，公交司机最容易触碰的三方面记录他都没碰，记录都是“零”，这连谨小慎微的私家车司机都难以做到——他是如何做到的？

武汉市每天有400多万市民乘坐公交，我们假设1%的乘客有所不满，那就是4万人；如果4万人中有1%的人忍无可忍选择投诉，那每天就有400个投诉，一年的投诉全市将达15万份。而张兵连一起乘客投诉都没有——这可能吗？

……

有点不可思议！如果是真的，如果一个公交车司机二十多年"零事故、零违章、零投诉"，这不但是"武汉之最"，也是中国公交驾驶行业的"吉尼斯纪录"了……

于是媒体跟进报道，什么"最牛司机""三零司机""交通之星""服务明星""微笑哥""身边好人"等等美称纷至沓来，省市有关部门纷纷发文号召学习张兵，还立即组织"张兵先进事迹报告团"，要在全省各地巡回讲演——我来跟班乘车，就是来搜集素材写演讲稿的。

6点差几分钟，张兵坐进491号公交车驾驶室。此刻他已穿上挺括庄重的公交制服，还打了领带，装扮严整、讲究形象；而且精神饱满，有人没人都面带笑容，仿佛不是个即将出车的公交车司机，而是一个就要登台演出的大艺术家呀！

这台车现在可是"名车"了——武汉市最出名的公交车！也是最漂亮的公交车。虽说已营运三年多，但至今也没接受过一次大修手术，还是那么眉清目秀，一脸光鲜，在那些密密麻麻列阵以待、仿佛"一奶同胞"的同类型车辆中，有种鹤立鸡群之感。

我曾听说，代班司机都愿意开这台车，说，"张兵师傅的车开起来真顺手！"一些乘客甚至有车不上，非要等到491号车才坐，说是跟张兵熟悉多年了，喜欢看他那张笑眯眯的脸，就像坐私家车似的……

我也跟着张兵上了车，在车厢右侧挑选了一个靠窗的座位，首次享受一下头个乘客的"特殊待遇"——提前"抢"了个好座位。

此刻，车里车外一览无遗，一路风光尽收眼底，到了每个车站，乘客上车下车的客气礼让，或者推拉挤撞，也都历历在目。

不过也有遗憾，任何一个乘客座位都是如此——你看不到司机的面孔，看不见他的喜怒哀乐，除非他转过脸来，和你打个招呼，否则，即使从起点一直坐到终点，你也只能看到一个不声不响专注驾车的司机背影。

其实，在乘客眼里，一个公交车司机，不就是一个沉默的背影吗?

二、什么是“三零”

【徒弟说】

现在你们都知道所谓“三零”，就是一个司机要做到“零违章、零投诉、零事故”，应该说这是每个驾驶员的奋斗目标和职业理想，但要实践起来却非易事；对于那些整天穿行在都市的车水马龙之中、路况又特别复杂的公交车司机来说，要做到“三零”，似乎就有点痴人说梦、天方夜谭吧!

“三零”，也许是一道“天堑”无法逾越，是一座高山高不可攀!

大家不是说“常在河边走，哪有不湿鞋”么，但我们的张师傅却做到了二十七年“常在河边走”，二十七年“就是不湿鞋”!

自从媒体报道师傅的事迹以来，许多人都问过我这个问题：“三零”是真的吗? 不是吹牛吧?

我说，我和我的同事们都可以证明，在漫长的二十七年职业生涯里，在行车80余万公里、相当于绕赤道20圈的漫长行程中，张兵真的就没发生过一起交通事故；在驾车360多万次经过红绿灯路口时，没有一次违章；在运送乘客420万人次的漫长旅途上，没有一次乘客投诉——真的没有一次，一次都没有，你可以去查阅公交部门的管理档案，去调看交警部门的违章记录!“三零司机”货真价实、名副其实!

有所疑惑的人更加好奇了：他是怎么做到的呢?

我说，如果你知道“三零”背后还跟着“四个一”，或者像我一样，天天和张兵工作在一起，耳闻目睹、眼见为实，自然就不会大惊小怪，而是心悦诚服了。

每个城市居民都熟悉公交车，可是，作为乘客你并不知道，每天清晨，当一辆公交车在开往第一个站点之前，我们这些司机要在停车场做什么。

按照规定，每一次出车前，司机都要对车辆进行全面“体检”，因为有油、水、电等等十个项目，所以又称之为“十检”。这是你的必修课。即使在天寒地冻的季节，你也可以在最早到达停车场的忙碌着的人群中，看到我师傅那瘦削的身影。有时我们徒弟可能到得晚一点，检查马虎一点，但师傅总是到得更早，他的“十检功课”也做得更仔细、更彻底。除了做足“功课”，每跑完一趟车，他还要“围车一转，上车一看”， 像个老中医那样“望闻问切”，看车是否漏油、漏水，看轮胎胎压是否正常，闻一闻轮毂是否有异味，摸一摸温度是否标准，还要摇一摇乘客座椅或扶手，看某个螺丝是否有了松动，哪怕是轻微的松动……

2003年汽油车改装燃气车，他自告奋勇，抽时间跟着燃气公司的工程师去学拆、装、清洗蒸发器；2010年改开欧Ⅲ标准的柴油空调车，他用了三个月时间弄清楚柴油机的工作原理，即使不找修理师傅，他也能自己动手排除故障了。出车时，任何时候他都随身携带“百宝箱”，各种修车的工具、零件应有尽有，要是我们的车忽然出了毛病，一个电话就帮你搞定!

师傅有时开玩笑说，徒弟们啦，你们爱车要像战士爱枪一样，因为车辆就是司机的“枪”；要像爱老婆一样，531路公交车，便是你上班期间时的老婆!

2001年春的某一天，张兵正在聚精会神开车，谁知路上突然窜出一辆“麻木”横穿马路，惊心动魄!万般无奈之间，张兵只得一脚急刹!

有问题吗?没问题，只是一个摇晃，把一个老乘客刚刚买的几块豆腐摔破了——直到下车时，她还在嘟嘟囔囔地抱怨，心疼得不得了。

言者无意，听者有心。张兵觉得这是乘客给他出了一道考题：开公交车，怎么才算平稳?怎样平稳到不让乘客的一块豆腐破掉呢?

第二天，他就去请教老师傅，老师傅说的也挺简单：你把茶杯灌满一杯水，揭开盖子放在驾驶台上，看它如何不洒一滴水；洒了水也不准添加；如果全都泼掉了，那就狠狠罚自己——这一趟顶住干渴决不喝水，嗓子冒烟也不喝一口！

好吧，如法炮制！刚开始的时候，车子还没走出三站路，一杯水就基本洒掉了；但是慢慢地水越洒越少，杯子里越剩越多；一年多的苦练之后，一趟下来，竟然滴水不少，满满一杯纹丝不动，从此他的车开得不摇不晃，不颠不簸，像安静的湖面一样，无风无波，水平如镜！

这就是师傅的“平衡功夫”。后来，在武汉市职业技能大赛上，他参加“客车项目技术比武”，其中有个环节，正好就是将一杯水放在你的驾驶台上，你开着车穿杆而过，中间还要完成加挡、减挡等规定动作，——只要洒下10毫克的水，就扣掉一分；洒光了也就扣光了。

但是连续两届比赛，张兵都水到渠成、功夫到家，还拿过一个全市第二名！

这都是平常修炼出来的，绝非一朝一夕之功。我问师傅，你是怎样炼出这个绝活的？他说一点都不神秘，主要是在排挡、踩离合器和踩刹车的协调配合上多动脑筋，关键是要多学多练、熟能生巧，然后又手把手教我，在什么速度该进挡啦、刹车究竟怎么用啦……

如果说“三零”（零事故、零违章、零投诉）是我们的工作目标，那么，“四个一”（开好每一趟单边，进好每一个站点，用好每一脚油门，服务好每一名乘客），就是师傅拿来敲打我们徒弟的四根鞭子！

“开好每一趟单边”，说说不难，要做到就不那么容易。531路从汉口古田一路的易家墩到汉阳的汉南四村，全线有28个站点、36个红绿灯、7个拐弯处；中途要经江汉桥跨过汉江，还有不少随时冒出来的、今天挖明天填后天又挖了的施工路段。路况相当复杂，你不能不提心吊胆，可以说，每一段道路，每一个转弯，都是对司机素质不小的考验！

在“开好每一趟单边”的同时，就要“进好每一个站点”了。对此，师傅也有他自己发明的苦练技术的窍门。

说来简单，那就是在一杯水之外，再带上一把豆子。豆子不是吃的，是用来记录行车的质量，只要有一个站未停稳，或是离站台人字沟超过了1米，或是有乘客抱怨车子不稳，甚至前仰后合天旋地转了，你就往纸盒里丢下一颗豆子，记下一个教训——师傅认为，一颗豆子就是一个职业瑕疵，就是一个警示，必须自警自省，引以为戒，直到全程不用一颗豆子，尽善尽美，无可挑剔！

现在，531路的乘客都已熟悉张兵的那套规范行车程序：离站100米开始将车速降到5公里/小时，缓慢滑行；前门对准站牌再开门，避免翘头摆尾。乘客上车关门后，从车内装的后视镜查看乘客是否入座，然后再起步离站；行车时记住繁华路口红绿灯的时间，到了路口根据信号灯的秒数控制好车速，避免频繁停车起步。

当然也有个别乘客不满意：伙计呀，你的车开得“像个嫂子”啊！

可他不为所动，一直坚持中速行驶，绝不飙车，不猛踩油门冲红灯，不违规变车道，不抢道超车，切实“用好每一脚油门”，而这一切，都是为了安全平稳地“服务好每一名乘客”！

就这些。

我们公交车司机的每一天就是这样度过的。

驾驶同一台车，走同样的路线，朝朝暮暮，平平凡凡，没有惊天动地，也无轰轰烈烈，我们的每一天就是这样陪伴着广大乘客，一起走过来的。

可是，我们的张兵师傅却把每一天当做最重要的时刻，把每一天都当历史、当人生，立足岗位、为民服务，把职业当事业，把每个细节做完美，用二十七年的默默奉献来成就他的每一天！

什么叫二十七年如一日呢？

张兵师傅已经用他的行动做了最完美的回答！

另外，我还想说说“张兵小组”的事。张兵是我们三公司531路乙班三小队的小队长，他言传身教带出来的这个小队，也是兵强马壮，十分了得！

记得是2007年，张兵参加全市大客职业技能竞赛获得好成绩，我们小队的年轻司机吕涛立刻见贤思齐，主动要求把师傅的资料拿回家给他自学，因为他也想参赛，也想得奖！

“巴不得你们个个超过我！”张兵说，还公开许愿，“你要得了奖，我个人再发你一份奖金！”

不过，得奖也不容易。虽然有师傅的热心指导，手把手教了徒弟一些独门绝技，可是吕涛两度参加大赛，两次都没得奖。

尽管没得奖，张兵却自费请徒弟们吃了一顿，算是以兹鼓励。他说，吕涛能够不惧高手，顺利入围决赛，这已经是小组的荣誉，是师傅大大的光荣了。

师傅还经常发起一些小队活动，比如与其他班组的“挑战赛”，或者组织劳动竞赛。胜负倒在其次，关键是能使你时刻感受到团队的氛围，感受到同舟共济的力量！

如今，吕涛由于各项工作表现突出，已经当上班组长。

还有一个班组长名叫胡浩浩，也是出自“张兵小组”的一个优秀驾驶员。

三、全凭一颗滚烫的心

【乘客说】

张兵师傅是平凡的，平凡得就像沧海一粟；也是不平凡的，二十七年来，他从小事上做起，从细微处入手，给我们乘客留下了一次次难忘的记忆，一件件永远的感动！

回想起初次认识张兵的情景，我就非常感动，也觉得非常有趣。

那天，我带孩子出门，坐的正是张师傅开的车，坐了两站路，孩子忽然嚷嚷着要上厕所。

我急了，出门的时候，我再三问过他，要不要上厕所？他摇着头。怎么刚刚出门，坐上公交车，又突然闹起了内急？

现在，离古田站还远着呢，即使下一站就下车，我也是一片茫然——虽说是个老武汉，却不知道公共厕所在哪里。

公汽在等绿灯的时候，张师傅竟然回过头来，对我说：“这位朋友，你别急，下一站你就下车，往前走不过一百米，在工商银行的旁边，就有一个厕所。”

我有些诧异。一个普通的司机，对沿途的厕所这么熟悉！我也来不及表达感激，车一停立即带孩子下车，很快就找到厕所，解决了这个意料之外的难题。

下次坐车，我就问了张师傅：你怎么像个活地图啊?

他笑着说：“这没什么，车厢里就有一幅武汉地图，在531路沿线，我特地标明了每个厕所的位置。”

我定睛一看，果然如此。531路公交车的沿途，一共有20余个厕所，每个都有醒目的标示。

我有些不解：“为什么有些是用红笔标的，有些是黑笔标的呢？”

张师傅笑着说：“红笔表示这里有一个厕所，黑笔表示厕所正在维修，一时半会可能无法使用。”

竟然有关心厕所的公交司机，我还是第一次遇到；而且是不是正在维修，他也一清二楚！

天下之大，真是无奇不有啊。

不感动都不行。

照理说，公交车司机开好你的车，也就行了吧？但是，张师傅尽量做好开车之外力所能及的事情，事情虽小，对乘客也许就是大事呢，小事方便了大家，好比一滴水，滋润了乘客们可能着急上火的焦渴心田！

慢慢地我才发现，张兵的本事不止于此。张师傅还对武汉的医院了如指掌。

古田四路附近有一个长途汽车站。有些外地乘客来武汉，是来求医问药的。平时，张兵特别留心，哪家医院哪位大夫擅长哪个领域，一一记在心里，只要乘客问起来，他总能在第一时间告诉你，叫你去找谁。

同时又考虑到有些乘客可能经济困难，他甚至可以告诉你，医院附近的哪个招待所真正物美价廉，哪里服务态度好，可以让亲属安心陪护。

“都是些芝麻绿豆大的小事，但是我们如果有问必答，外地人就省了些时间，减少些麻烦，也会觉得武汉人热情！”

张兵笑眯眯地告诉我。

与其他司机相比，张兵确实是一个“微笑哥”。他的好脾气尽人皆知，我没见过他板脸生气，更没见他怄气吵嘴，而是从早到晚春意融融，一年四季一脸阳光。

只要坐进他的车，你就会时时听到一个亲切而温和的男中音：

“莫急莫急，扶稳了！”

“不要慌，您家慢慢下！”

他对本地乘客总是百问不厌，对外地乘客总是有问必答。

下雨天，当你拎着一把湿淋淋的雨伞上车时，他还会礼貌地提醒你伞尖朝下，防止扎伤他人。如果乘客之间发生矛盾，他温言暖语，好言相劝；即使个别脾气大的，或者喝醉酒的乘客对他恶声恶气、出言不逊，他也一张笑脸一团和气，温良恭俭文明礼让！

武汉三中位于汉阳汉南四村，校门口就是531路起点站，这也是唯一一个公交站，全校五六百名学生都指望着它放学回家。以前，一到放学时间，孩子们总是潮水般涌出校门，蜂拥上车，挤成一团；一些公交车也随意停靠，谁也不知道哪辆要走、哪辆不走，学生们便在车辆之间穿来穿去，甚至三五成群地站在马路中间，茫然四顾，翘首以待……

张兵看在眼里，急在心头，为学生安全考虑，他主动找到学校，建议校方留出校门前的空地，专供多辆531路排队停靠上人；同时引导学生有序乘车，有的班级还错时放学，让学生错时搭车，这样就缓解了车辆压力，学生也安全多了。

现在你去看看！每到傍晚，当放学铃声响起来，叽叽喳喳的学生就会排着整齐的队伍走出校门，有的坐校车，但更多的学生会按次序登上531路公交车。如果见到熟悉的张兵师傅，同学们都会问候一声：“叔叔好！”到站下车时，他们还不忘道一声：“叔叔再见！”

531路途经武汉市第一聋校，这里有许多不幸失聪的孩子经常乘坐张兵的车。张兵说，对他们应该有更多的照顾，有更多的关爱。

有一次，我和两名聋哑学生，上了张师傅的车。两名学生刷卡的时候，张师傅做了一个“请”的哑语动作（握紧拳头，大拇指和小指头跷起，手势由内向外）。两个学生仿佛找到了知音，格外高兴。

我不禁诧异了，这可是标准的哑语呀！一个公交司机，天天忙着开车，怎么连哑语都这么熟悉呢?

原来，他专程请教过聋校的老师，学习掌握了一些常见手语，比如“你好”“往这边走”等等，以便于和这些特殊乘客交流互动。

还掌握一点心理学，比如你用手拍肩或者扒拉他们，都是非常不礼貌的，容易让对方感觉受歧视，引起反感；只有平等尊重的交流，才能赢得孩子们的心。

有一段时间，他看见一个名叫李敏的学生经常背着一只破旧书包，心里不忍，总想帮帮她，可一时又拿不出钱来买新的，十分着急；后来，他得到一笔劳模奖金，马上买了一百个新书包送到聋校，捐赠给一百个特困学生。

还在书包上印上“文明出行”四个醒目字样，提醒学生们注意文明乘车；其实也是提醒驾驶员同事们，一定要特别注意眼前的特殊情况，毕竟这些孩子是听不见喇叭声的。

有人说，531路乘客学生多、老人多，确实是这样。张兵说，对学生乘客，对孩子们，你得时时处处“讲爱心”；而对老年乘客，对待我们眼中的“爹爹婆婆”，你就得“讲细心”了。

531路沿线有很多持“老年证”上车的乘客。进出站的时候，他远远看见老年乘客向车辆跑来，总是耐心地多等一会儿，等他们上车，站稳扶好后才关门起步。

有一次，有位太婆带着一个残疾儿子等公交，可过去好几辆，就没一辆停下。张兵靠站停车，立即帮太婆把儿子扶上车，安顿好。太婆一边感激他，一边大声指责叱骂没停车的司机。

张兵说，前面没停，是因为车子装满了，还好我这里没满，正好有您和儿子的位置！

居住在阳新路、拦江路等老社区的爹爹婆婆，经常要乘坐531路到钟家村逛超市，到汉阳公园、到江边散步遛弯儿。他们感谢张兵多年来对老年人的细心观照，便结伴找到站点上，请求公司领导表扬表扬张兵。

老人说：“我们都知道张兵对老人好，等你们也老了，你们才知道张兵的好！”

不过人上一百，种种色色。也有少数个性急躁的乘客、把“汉骂”挂在嘴边的乘客，甚至蛮横斗狠无理取闹的乘客。

对待他们，张兵就讲究一个“耐心”：堵车了，耐心解释堵车的原因；你边坐车边过早，他就耐心劝说大家注意乘车环境，否则一车人都吃亏，要呼吸热干面的味道……

当然，张兵也遭遇过一些突发情况，有时还很紧急，很惊险。比如说，2008年的一天，我就亲眼目睹了很紧急的一幕。当时有个乘客刚刚上车，忽然身子一歪，就在座位上晕倒了。大家惊叫起来，但张兵沉着镇定，一边赶紧报警，一边叫救护车。病人把手机掉在地上，他连忙捡起来通知了家属。一番忙碌之后，病人被救护车送到汉阳医院。

忙完之后，张兵不动声色地继续开车。这时我和几位老乘客都提醒他，“要不要我们给你作个证啊？”

张兵很奇怪：证明什么？

“你是司机，人家可以说是你开车不小心、不稳当，把乘客摔下跌倒了。”

张兵疑惑：不会吧？

“现在的人，真难说！”

于是一些乘客拿出纸笔，纷纷给张兵留下电话号码。他们说，如果有需要，我们都愿意为你作证！

不过是一些萍水相逢的乘客，却要挺身而出主持正义，自愿为一个用心服务乘客的行为作证！

好在只是虚惊一场，乘客留下的电话号码并没派上用场。事后有陌生的电话打给张兵，但那是病人家属一遍遍表示感谢的电话。

后来我和张兵谈起这件事，他说，只要将心比心，人和人之间就能互相理解、互相包容，心灵的冰雪就会瞬间融化；只要你捧出一颗真心，献上一片诚心，就能像和煦春风沐浴着每个乘客，像一道阳光温暖着整个车厢！因为他坚信，服务好每一位乘客，用心比技术更重要！

一节车厢，不过十米，说大不大，说小不小，容量非常有限，但是，它穿过武汉三镇，穿过每一个乘客的心间，如果司乘双方都能将心比心、以心换心，尊老爱幼、文明礼让，那么十米车厢里，就会成为我们一片流动的城市、一个共同的温馨家园！

四、我愿做你们的“专职司机”

【张兵说】

1984年，我继承母亲的职业，成为一名公交车售票员；1986年经考试合格，拿到大客驾驶证，才正式开始公交车驾驶员的职业生涯。我的妻子也是公交职工。我的姐姐姐夫都是公交职工。可以说，我们一家都跟公交结了缘，我的命运与公交同行，我的一生将与公交相伴！

小时候写作文说理想，有的同学说长大后要当运动员得金牌，当科学家拿诺贝尔奖，要当干部为人民服务，当解放军保卫祖国，可是，就没有一个人说他长大要当公交车司机……

我读小学时有一次确实写上了这个理想，还把它当作一个很了不起的大事业，对它满怀憧憬向往，因为那时我以为，只有开公交车的人，才能每天出汉口，到汉阳，过武昌，跑遍武汉三镇，不花钱就能饱览两江四岸美丽风光！

倒不是我有什么先见之明，预先就知道一辈子要做什么，不是这样的；只是因为我母亲是一个公交车售票员，回家说的都是公交车上的事情，哪个司机开车过猛、摔了一车人啊，哪个乘客逃票、月票过期还在用啊……

如果你像我一样，每天都在听母亲讲述公交的事情，那你也一定会从这里诞生你最初的人生梦想！

人们回忆往事，记得最清晰的往往是快乐的事、幸福的事。但我运气不佳，刚刚当上司机头几天，就看到了一件不幸的事：由于一辆公交车发生车祸，大大小小的伤者家属便来站上扯皮闹事、大闹天宫，办公桌椅砸了，桌上的玻璃板拍碎了，茶杯水壶杯盘狼藉，文件书报撒满一地，简直就像世界末日、战场废墟……

最让人难受的，是绝望的家属那撕心裂肺的哭诉、那痛不欲生的嚎啕……那个场景既激烈又惨痛，真是令人心悸，我至今历历在目、终生难忘！

其实只是一起普通车祸。只是有人受伤，就已经闹成这样，要是真出了人命，岂不是后果更严重？

那时，我还是个刚刚入行的新司机。然而触景伤情，我也像那些家属一样，躲在一个角落里默默落泪。同时也在心里告诫自己：张兵你记着，这是不守交规的悲剧，这一幕是对所有司机的血泪警告，类似的事情绝不允许发生在你身上！你必须用全部身心来保证安全行车，不能有半点含糊、半点侥幸！

现在大家夸我“二十七年如一日”， 如果抛开赞誉的成分，单从时间上来讲，我的公交工龄事实上已经超过了二十七年；而且，除了工休假，我确实每天八小时都在开公交车！

我从小个性比较温和，跟小学中学的同学们几乎没红过脸，工作之后，同事们也知道我是个本分人、稳当人，因此我就暗下决心，本分人要做本分事，稳当人要开稳当车！坦白一点说，我也许没别的多大本事，但是我愿做你们的“专职司机”！

这就是我的简单想法。落实到每天的工作中，也就是“开好每一趟单边、进好每一个站点、用好每一脚油门、服务好每一名乘客”！

二十七年匆匆逝去，我基本实现了这个目标，没有发生一起交通事故、没有违章记录、没有一次乘客投诉。

我做到了三个“没有”，也就是大家所说的“三零”，但并不值得夸耀，更不说明我的工作已经做到了尽善尽美；在我看来，我们是驾驶员，既然吃这碗饭，那么最基本的一个要求，就是安全行车、对生命负责，因为这是职业的起码底线，也是我们对社会的庄严承诺，而一个公交车驾驶员，尤其不能轻率，不能懈怠!

除了把车开好之外，我们公交车司机还要跟五行八作、形形色色的乘客打交道。这个时候关键是保持平和的心态。你敬人一尺，人敬你一丈，礼貌可以互相传递，文明能够互相感染。

很多司机都是上有老、下有小，你不容易别人也不容易，你对乘客客客气气、文明礼貌，时刻记住“老吾老以及人之老、幼吾幼以及人之幼”的古老格言，尤其要对老人、对孩子们态度好一点，那么等你的亲人朋友出门以后，也就能得到别人的善待，能得到大家的关照，我坚信，人在做，天在看，做个好人绝对有回报!

这里我想起一次特殊的遭遇。有一次，我帮助一个残疾老人上了车，他下车的时候，忽然把一个小纸团塞进我手里。

这是干什么呢?

打开一看，原来上面写着三个字：“谢谢你！”

当然这不算什么，不过就是一个老人的一份真诚谢意而已。但我当时心头一热，几乎都要热泪盈眶了，为什么?

我做的事情其实很小很小，不过是举手之劳，但这个老人却看得很大很大；在我看来，这三个字的小纸条，胜过千言万语，它是来自老百姓心灵深处的一份最珍贵的礼物!

这些年来，作为一个公交司机、一个共产党员，我只是做了我应该做的事，只是凭良心做事，凭本事吃饭；但是，广大乘客却给了我许多鼓励、许多感动，有的写张纸条略表寸心，有的打个电话说声感谢，有的甚至登门拜访我们单位领导，强烈要求组织上表扬我!

2011年9月1日上午，我们531路调度室窗口收到一盒生日蛋糕，红色卡片上的留言写道——

“张兵师傅，生日快乐!”

落款没有姓名，只是写着“你的乘客”四个字。

这是谁呢？我们都不清楚。要讲乘客，坐过我的车的乘客成千上万、数不胜数啊！

我的领导和同事们也感到奇怪，他是如何侦查到我的生日的，并送来这个生日礼物？

而且这个蛋糕还有点别致，有一个方向盘的造型赫然在目，周围还簇拥着象征幸运和生机的薰衣草与万年青。

领导说，这可不是一个普通的蛋糕啊，它是一个匿名乘客对张兵师傅的公开赞扬、热情褒奖！

我说，这也是对我们公交集团的祝福，也是对531路的希望，是广大乘客对我们公交职工的一份真情嘛！

我们至今不知道他是谁，但我敢肯定，这是531路的一个乘客，是个经常乘坐公交车的乘客，是我们公交人的知音！

对我来讲，开个车子其实是个蛮简单、蛮平常的事，只要你有强烈的责任心，有良好的行车习惯，有一丝不苟的工作态度，你就能做好自己的事情，即使在平凡的岗位上，也能实现你的职业价值与人生价值！

只要你不希图鲜花掌声，不指望大富大贵，我想，我们这些公交车司机，也能通过辛勤的劳动来实现“三赢”：乘客满意，公司有效益，自己也得实惠！

在武汉公交行业，我拿的算是“高收入”了，现在每个月基本能达到三千块以上；组织上还发过多次奖金。去年武汉公交集团驾驶员的月平均工资测算是2213元——比起他们，我，我真的很知足了。

但对家庭我是有愧的，也有不少遗憾。我妻子江萍也是公交人，结婚多年，我还真没陪她出过一趟远门，出国旅游更是想都不敢想，我们两口子一年四季都在武汉打转，因为每个节假日，恰恰是公交人最忙的时候；陪孩子的时间也很少，无论蹒跚学步、牙牙学语，还是中考、高考，因为我要上班，没能亲自陪伴；老亲娘（岳母）生病住院，我也只能首先忙完工作，再去象征性地照顾一下；我的父亲弥留之际，我根本就没在他病房，也是赶巧了——那个时候，正是线上最忙碌，却又无法找人倒班的时候……

唉！

有时家人抱怨，我说，有什么办法呢？谁叫我们是公交人呢？

谁叫咱们家是个“公交世家”呢？

何况我还是武汉市的劳动模范、优秀共产党员！

所以说，既有遗憾又不遗憾，因为我在工作中感到快乐，在为市民服务的岗位上感到充实，辛苦我，方便你，当乘客乘坐我的车时感到安全、交口称赞的时候，老实讲，我比谁都更满足，更幸福！

我确实没做什么大事，没有什么值得一提的非凡业绩，只不过是在自己的平凡岗位上，就在驾驶室里，尽一个称职的公交车司机的本分而已。

五、“随父”还是“随母”

【妻子说】

张兵是家里最小的孩子。母亲施永群退休前在24路公汽卖票，父亲张清顺则是汉阳区公安局一名普通民警。

打小他就面临一个选择：父亲是警察，母亲是公汽售票员，一个是带枪的国家干部，地位高，待遇好，威风凛凛的；另外一个则是辛辛苦苦起早贪黑的“劳动人民”——这辈子他是“随父”，还是“随母”呢？

他崇拜父亲。别看父亲个子矮，似乎弱不禁风，却是个威风凛凛的厉害角色，在汉阳一带，没哪个街头“混混”不怕他。有一次，当几十个不良青年当街进行大规模械斗的时候，他大吼一声“我是警察”，只身一人就冲上前去，以英雄的气势震慑众人，并且当场擒获一个挑头闹事的，踩在脚下，制止了一场后果难料的群体犯罪。

张兵和他哥哥都是目击者。当时他们睡在街头的竹床上，只见父亲忽然腾身而起，根本就没考虑他一个人能否对付那么多手持棍棒的“歹徒”。

仅仅因为他的警察身份吗？

不，因为他压根儿就不怕死！

真的不怕死！抗美援朝那一年他还不满20岁，但国家号召踊跃参军，他不假思索就在村里报了名。来不及脱掉农家衣裳换上志愿军军服，也没弄明白朝鲜的距离、方位，他们就在家乡连夜登船，过洞庭、下长江，到了武汉才知道，原来这是个炮兵部队，要在武汉郊区短暂集训之后开赴战场。

可是炮兵有炮兵的入伍标准。那天，首长来了，挨个打量着这些列队受阅的战士们，有时还停下来问问个人志向……轮到张清顺，首长问他为什么要当炮兵？他挺起胸部高声回答：为了多打敌人！一枪只能打一个，但一声炮响，敌人就成排成排地倒下了……

然而最终，这个最想当炮兵的小伙子却被淘汰了。理由是他个子太矮，才一米五几，当炮兵不够资格。而跟他一道参军的同村乡亲全都面试合格，如愿以偿当上了“雄赳赳、气昂昂”的志愿军。

作为唯一的落榜者，张清顺噙泪离开军营。不过组织上也没让他复员回乡，而是就地安排他到汉阳区公安局参加工作，当了一名民警。

1953年，抗美援朝战争结束。这个小个子的汉阳警察到处打听战友们的生死行踪，结果一个都没联系上，原来他们都已先后牺牲了，有的在抵达朝鲜不几天就被炸死了，所有老乡都当了烈士……

现在，那十几个一道参军的同村老乡，只剩下他张清顺一个人还活着，还侥幸活着！不但活着，还是光荣的人民警察，还跟大城市的公交售票员结了婚、成了家，并先后生下两男一女三个孩子……

因此张清顺常常念叨，战友们牺牲在保家卫国的战场上，尸骨无存，我却活到如今，有儿有女，家庭幸福，我还有什么不满足的？

又说，个子矮，当炮兵不合格，但是个子矮也能做一个合格的民警、一个合格的共产党员！

不是说说而已，他几十年都是勤勤恳恳、兢兢业业走过来的；组织上和同事们用“坦荡无私、忠诚报国、不计名利、严于律己”等等美好的词汇来评价他，倒也名符其实。

但张兵却是“随母”的。父亲对子女管教严苛，甚至不允许张兵和哥姐像同龄人那样在街上溜达，有事没事都得在家呆着，更不可能把孩子带到办公室或者破案现场；于是张兵成了母亲的“尾巴”，经常光临母亲工作的24路公交车，从五六岁起就给母亲送饭，车上车下都混熟了，尤其对驾车的叔叔阿姨佩服极了，恨不得有朝一日取而代之！

实际上张兵曾有过一次“顶职”当民警的机会。但是父亲根本没回家讲一讲，就自作主张放弃了。因为指标有限，需要“活动活动”，而父亲是个一辈子都不愿意赧颜求人的个性！

性格使然，所以在他们家三个子女中，子承父业“随父”当警察的没有一个，却有两个子女先后“随母”，选择公交作为自己的职业！

父亲常常说，干公交有什么不好？24路公交售票员赵金梅还是全国劳模呢，得到过毛主席接见呢！

又说，职业没什么高低贵贱，只要你好好为人民服务，什么职业都是个好职业！

不是官话，他经常是这样念叨的。

八十年代初，父母单位各自都有福利分房的机会，但公交只能分小套，警察是干部身份，可分得大一点。他们一家五口，谁都希望大一点。

可是父亲说，我们公安局有的家属是农村户口，没有工作单位，也不可能分房，我不能跟他们争嘛！

于是就在郭茨口的公交宿舍分得一套40平方米房子，大小两间，一家人勉勉强强住下了。后来姐姐出嫁，搬走了；哥哥成家，大间由哥嫂住，小间父母住，张兵睡客厅……

可是张兵跟着也要结婚了，继续在客厅搭床哪成啊？为了张兵顺利结婚，哥嫂便到原单位一个破仓库暂时栖身，不讲条件“让了房”，直到几年后拆迁，他们才有了一个固定居处。

张兵的爱情故事挺简单的，但也不乏浪漫：他和我是同一台公交车上的工作搭档。张兵开车，我卖票，每天8个小时泡在一起，天长日久就有好感了。每到下班，我们都有点恋恋不舍的感觉，甚至想把工作……延伸到8小时以外。这样过了大半年，张兵就说，到我们家玩吧，我亲自做红烧鱼给你吃！

就这样，张兵把我带到了这套40平方米的房子里——房子是分配给母亲的。小是小一点，但它是母亲这个“老公交”一辈子唯一的、也是最大的收获啊……

接着就生了儿子。

好像就是一眨眼工夫，我们的儿子就长成大小伙子了。

儿子在长个子，高高大大的，房子却一寸也不涨，已经容他不下。现在，年迈的婆婆住小间（**公公已去世**），我们夫妇睡大间，刚参加工作的儿子，只能像张兵小时候那样，蜷着身子缩着腿，一个人睡在客厅行军床上了。

“幸亏你没要求孩子子承父业！”

我总拿这个和张兵开玩笑。

“公交有什么不好？大小是个国企嘛！”

他不服气。

但儿子坚决不干公交。他说你们两代人还没干够啊？每天天不亮就起床……宁愿打工，他也不干这个了……

我们愁儿子的房子。儿子一旦恋爱结婚，没个独立的房子恐怕不行……可是，我和张兵都在公交企业，辛苦不说，还收入有限，哪有能力买房呢……

张兵倒是挺乐观，“要么找个有房的媳妇，要不，就把我们的大房让给小两口得了……”

你住哪里？我住哪里？

张兵弓腰驼背坐在儿子的行军床上，神情黯然，一脸沮丧，“我也不知道我们住哪里……怎么也不能老夫老妻的，上街流浪吧？”

当然，我心里也不是滋味，甚至想——如果张兵当年“随父”当个人民警察，我们的儿子，也许会有另外一个人生？

我梦想，有朝一日，我们至少有本事……给儿子买一套婚房！

六、与我同车

跟每天一样，张兵不到5点就起床了。

此时残夜未尽，万籁俱寂，大街上几乎没什么行人、车辆，武汉三镇尚在睡梦之中。

不过这天与往日有别，他在出门之前，特意揣上了两包蓝盒黄鹤楼。前一阵省交通运输厅组织“张兵事迹报告团”，在湖北各地巡回演讲，他是一号主角不能不去，因此只能向公交三公司请假——这也是他工作二十七年来第一次“缺勤”；现在大江南北漫山遍野转了一圈回来了，见到那些亲如兄弟的同事们，不能不有所“表示”吧?

倒不是想让大家分享他的什么“光荣”，他是要表达心头的歉意，因为外出期间，都是由车队同事们轮流给他“代班”开车的，他在外面演讲，高谈阔论、众星捧月，同事们却在辛辛苦苦上班，每天连吃饭喝水都顾不上!

他在报告团里算是一次难得的“休息”，同事们可没休息!

他在路灯下默默站了片刻，不一会几个同事和徒弟也陆续来了，于是他挨个“耍烟”，又挨个点燃。大伙大口大口吸烟，一边故作贪婪，发出享受的嘶嘶声，说，这可是“喜烟”啊!你当了咱们公交名人、武汉名人、全国名人……我们也跟你沾光啦!

张兵呵呵笑道，“喜烟?那我还欠你们一顿喜酒吧?可惜这回没发奖金，下回发了奖金再请啰!”

“舍不得就算了!”

张兵忽然憋着嗓子学说普通话，“与我同车的，都有希望!”

于是大伙哄笑着涌上交通车，从汉阳郭茨口直奔汉口易家墩，一直把张兵团团围在中间，听他自嘲在各地演讲时，因不习惯当明星所闹出的种种笑话。

一到停车场，张兵就围着他的491号宝贝车，前前后后忙开了。

就在等待公交调度室通过车载电脑发来出车命令时，他也没闲着，习惯性地拿起抹布，擦拭着方向盘、仪表盘、驾驶台之类，只不过这些地方本来就光洁如镜、一尘不染，实在没什么好擦的……

面对熟悉的一切，今天甚至有点久别重逢的兴奋，因为——他又能开车了！

6点整，531路发出第一班车。

司机是张兵。

你依然看不到司机的面孔，看不见他的喜怒哀乐，除非他转过脸来，和你打个招呼，否则，从起点一直坐到终点，你只能看到一个不声不响专注驾车的司机背影。

在我们这些乘客眼里，张兵，不就是一个沉默的背影吗？

最喜欢的还是东湖（散文）

2013年5月2日，一个平淡无奇的早晨，有一辆考斯特公务车不声不响开进武汉东湖宾馆大门，停在一幢砖石砌墙、具有中国传统风格、朴素得有点简陋的小楼前。

这便是著名的“梅岭一号”——时至今日仍然笼罩着某种神秘色彩的东湖“毛泽东故居”。

只有东湖宾馆57岁的讲解员郑敏庭以及湖北省委接待办少数几个普通员工在此迎候。我能忝列一侧，还是承蒙东湖宾馆总经理武勇先生特别允准的。可是就连武勇本人，作为盛情邀请毛泽东亲属在劳动节假期来汉“探亲”的东道主，也没有亲临现场。不为别的，就因为客人更喜欢自由自在安安静静地走访探望自家亲人曾经工作、生活和居住的地方——“我们都是普通人，和任何人一样，也是普通的参观者，没必要虚张声势、前呼后拥的。”他们这样告诉武勇。武勇表示理解，但也抱有几分歉意，“我们作为毛主席故居的管理者，总得尽点地主之谊吧？”客气了一番，最后说定：只需东湖宾馆提供一个讲解员就可以了。

讲解员就是东湖宾馆党办主任、馆史研究室主任郑敏庭。多年来，他寻访研究毛泽东在东湖宾馆及湖北武汉的工作生活历史，东湖宾馆的一草一木、一张桌子一个板凳，他都能信手拈来给你讲一段毛泽东的逸闻趣事……因此，东湖宾馆只要来了重要客人，便派他担任现场讲解。

然而今天的客人是毛泽东亲属，这可非同小可！郑敏庭虽说已在东湖宾馆工作了32年，可是见都没见过毛泽东一面，他能讲些什么呢？

大约9点，公务车抵达梅岭一号，车门打开，首先下车的是毛泽东女儿李敏；跟着是毛泽东的外孙女孔冬梅、外孙女婿陈东升以及他们那3个活蹦乱跳的小孩子；此外还有其他亲属友人。

李敏有一张神似父亲的脸庞，圆圆满满、白白净净，但被一副眼镜遮掩了；衣着朴素，不事梳妆，看上去就是一个普通劳动人家的老太太；她已经76岁，腿脚已不大灵便，眼睛也不好，下车时动作迟缓，手扶车门艰难挪步……当郑敏庭上前搀扶李敏时，我在一旁暗想：这可是当年的“红色公主”、毛泽东千娇万宠的“娇娇”啊，怎不令人感慨时光易逝、岁月无情！

等到客人进入梅岭一号门厅，在一尊跟毛泽东身高一般高的塑像前围拢而站，孩子们也安静下来，郑敏庭便开始了他真诚朴实、激情洋溢的讲解。

“毛主席的各位亲人，大家好！这里是毛泽东主席故居，对于各位来说，也可以说是回家了！东湖宾馆欢迎毛主席的各位亲人！”

我注意到，当郑敏庭用“毛主席的亲人”来称呼客人时，毛泽东的三代后人全都刷地抬起目光，满怀深情地注视着面前的毛泽东塑像。

郑敏庭说，这尊塑像是从毛泽东故乡韶山“请来的”，由雕塑大师、中国美术馆馆长刘开渠和中国人民革命军事博物馆著名雕塑家程允贤共同设计……塑像高1米83，这是毛泽东的身高；基座高41厘米，这是象征他从遵义会议起担任党的领袖41年；至于他的胸前口袋上方，为什么要挂着一张“主席”字样的出席证呢？那是因为，塑像再现的就是他在天安门城楼上庄严宣告新中国诞生的那一刻、是中国人民从此站起来的那一瞬，那也是五千年中国历史终于结束内忧外患翻开新篇章的那一刹那！

瞧瞧，他几乎是在朗诵诗歌了。我知道他曾精心写过一个解说词的“通稿”，一般情况下也就照本宣科，稍有发挥也变化不大，但他今天完全是脱稿讲解，即兴发挥了。

介绍完了塑像，郑敏庭的“问题”出来了：“大家猜一猜，从1953年毛泽东主席第一次参观东湖算起，到1974年10月12日他最后一次告别梅岭一号，他先后在东湖宾馆下榻多少次？”

大家面面相觑，谁也猜不出。郑敏庭只好赧然一笑，自我揭秘了：

“那我就自豪地告诉大家吧！在前后21年中，毛泽东数十次来到武汉，仅住在东湖宾馆就有44次！每次短则几天或者十天半月，多则达半年之久，并且在这里度过了76岁寿辰。所以我们说，东湖宾馆是毛泽东在北京中南海以外居住时间最长的地方。”

一提中南海，所有的目光便不约而同转向李敏——她曾在中南海毛泽东身边生活多年，酸甜苦辣都尝过——李敏只是微微一笑，大家也会心地笑起来。

“湖北没有中南海，但是有东湖，我不知道他老人家是不是真正喜欢北京那个面积不大的中南海，但我知道他真正喜欢武汉东湖，尤其喜欢东湖梅岭，也就是大家现在看到的、站立的这块地方。每次只要外巡，他就对汪东兴、罗瑞卿等人说，‘到武汉去，还住梅岭！’或者就直截了当地说，‘到梅岭去！’因为身边工作人员都知道梅岭在哪里。我听他的几个卫士讲，这几乎是毛泽东每次来湖北之前的一个口头禅。”

看来各位的兴趣已被激发起来，特别是孩子们更是叽叽喳喳、竞相抢答，郑敏庭便趁热打铁：“大家来到东湖梅岭，现在我们就追随着毛泽东的脚步走进他的故居！”

穿过走道，走进一间小小的会客室。这是毛泽东会见重要客人的地方。一圈沙发，一张茶几，地上铺了翠竹图案的地毯，一盏落地灯有三只灯泡，就这些，看不出有任何新奇的地方。

要说新奇的话，就是墙壁上有一幅国画，那是著名画家陈半丁1961年送给毛泽东的生日礼物；还有个“工农兵联合起来”的雕像，是柬埔寨首相西哈努克亲王1965年赠送的礼物；屋角摆有一部南京机器厂生产的老式电影放映机，那是毛泽东工作之余用来观赏影片的……

郑敏庭概略介绍了毛泽东在这个会客室里接见各国外宾的情况，然后一连出了三道题目：第一，墙壁上三个孔是做什么的？第二，这边墙壁上这个木漏斗又有什么用途？第三，为什么茶几是个三角形？

答案究竟是什么呢？大家猜来猜去，郑敏庭却故作高深，笑而不答。这些谜题只有东湖宾馆的老员工才能解开，别人自然闻所未闻，即使你是毛泽东的亲属。

其实答案挺简单的。原来，墙上三个孔是用来放置鲜花的，以此表达主人对各国贵宾的欢迎与尊重之意；木漏斗是一个出风口，因为那时候没有空调，只能使用冰块降温，鼓风机把冷风吹进房间，然后通过木漏斗达成空气循环；至于三角形茶几，不过是以此拉近主人与客人的距离，至少在心理上感到要接近一些。

接着，郑敏庭又带着一行人参观了毛泽东办公室、卧室、餐厅等等，还有一个古木蔽日、曲径通幽的内庭院，每一个地方都有生动形象的解说，每一件物品都有鲜为人知的故事……

在整个参观过程中，40岁的孔冬梅一手牵一个孩子，时刻都在履行着一个母亲无比琐碎的种种义务，一会儿要制止孩子喧闹，一会儿又要带孩子找卫生间，尽职尽责，不厌其烦。她秀眉睿目，俊俏端庄，脸型神态酷肖毛泽东，尤其令人惊奇的，是她和外祖父来了个神秘的“隔代遗传”，下巴上清清楚楚也有一颗痣。——早年我是学遗传学的，不由得惊叹生命的神奇传承、各种遗传信息的绵延不绝顽强不衰！

当然，瞻前顾后最忙碌的还是陈东升。陈东升和我同是1979级武大学生，虽说不同系（他在经济系，我在生物系和中文系），但同时在珞珈山生活过几年，自然有不少共同话题，一路上我们都在谈论大家熟悉的师友故事。如今他是泰康人寿的董事长兼CEO，身价数百亿，并且打算出资一个亿捐赠武大，建个艺术馆——但在这里，此时此刻，他只是李敏的女婿、孔冬梅的夫婿、3个孩子的父亲。老人需要他搀扶，孩子需要他呵护，夫人也需要他鞍前马后关心照顾，还要义务导游，不停地介绍这解释那——他是湖北人，又熟悉东湖，自然要责无旁贷地向媳妇和“老亲娘”（丈母娘）推介自己的家乡。为了这次团聚，他自己的老母亲也从天门竟陵镇赶来了——她要会晤“亲家母”、迎接儿子儿媳和孙子们回老家去寻根祭祖、两姓团圆。

实际上，这是一个普普通通、亲情融融的家庭旅行团。如果不点明这里有毛泽东的三代后人，就跟我们常见的那种扶老携幼、呼儿唤女的亲友聚会，也没什么差别了。

那天，我们跟着郑敏庭走了一圈，不知不觉又回到梅岭一号楼前，又看到了昂首挺立、微露笑意、一脸自信、眺望远方的毛泽东塑像。

郑敏庭说，“在初来乍到者眼中，东湖宾馆一定是个迷宫，但是你只要一直走下去，坚持不回头，就能够抵达你想去的任何地方。”

这是梅岭一号的一个奇特之处：进门之后你只要一直向前走，就不必担心迷路，就能把整个建筑转一圈，据说这叫“不走回头路”；而且不远处的梅岭二号、梅岭三号也是如此，整个梅岭建筑群都是按照这个特点设计的。

在参观过程中，我注意到李敏一直沉默不语，也没照相，直到这时，她才跟毛泽东塑像合了影，然后面对塑像，一字一顿地说：“过去只听说东湖漂亮，梅岭就像世外桃源，我却从来没来过。父亲在这里如何生活、如何工作，我也不知道。但我理解父亲。他来东湖是来工作的，操心的是国家大事，不是游山玩水，也不是疗养，所以不能带上我这个女儿……今天我看到了梅岭、东湖，很高兴，我心里觉得，这还是父亲带我来的！”

李敏朴朴实实几句话，让听者无不感动。

“李敏大姐的话让我想起了毛主席最后一次离开东湖梅岭的情景。”郑敏庭走到楼前一棵松树旁，深情地讲述着：那是1974年10月12日。那时主席已经81岁，而且疾病缠身，白内障非常严重，几乎看不见眼前任何东西。那天凌晨，主席要走了，他先是抚摸着卧室的床、沙发，摸摸门框，然后让人搀扶着，颤颤巍巍地走到东湖边，可他什么都看不见，只得把脸贴在湖边一棵大树上，他想听听东湖的涛声。后来又来到这棵松树前，他要亲手为松树浇水，浇了水，他又一个个叫着东湖宾馆服务员的名字，像个慈爱的老父亲似的，逐一摸了摸那些孩子的脸庞……这时，他哭了，跟他熟悉得就像家人一般的所有服务员和身边工作人员全都哭了。凌晨3点，主席的专车缓缓驶离梅岭一号，带走了老人家对东湖的深情、对湖北武汉人民的深深眷念……

讲到这里，郑敏庭已是哽咽难言，李敏、孔冬梅、陈东升也都泪流满面，在场的每个人全都一派肃穆、黯然神伤，只有那三个天真聪颖的孩子，睁大一双吃惊的眼睛，对这一切感到好奇，感到迷惑……

郑敏庭擦擦眼泪，微笑着说，“说来也是奇怪，就是这棵松树，在1976年主席去世之后竟然破天荒地枯黄了，树叶松针落了一地，但第二年又返青了，活了过来，东湖宾馆有的服务员就说，是不是毛主席显灵了啊？我们都是唯物主义者，并不迷信，但是谁能告诉我，这个神秘的自然现象是为什么呢？我问了植物学家，他说这是巧合。总之没有一个让人信服的解释。巧合就巧合吧！但我还是要想，这是不是天人感应、草木有情呢？”

接着我们来到东湖边，坐上一艘机动旅游船，送李敏一行去东湖宾馆对岸的武汉大学参观。武大是毛泽东生前视察过的两所著名大学之一，同时也是陈东升的母校，自然不能不去看看。

登上游船，等待大家前后左右猛拍了一阵东湖美景，郑敏庭又开始讲东湖了。首先就提出一个考题：武汉东湖和杭州西湖都是中国名湖，大家说说，毛泽东最爱东湖还是西湖？

有人说西湖，有人说东湖，陈东升说中国两大名湖主席都爱……

“我们都知道，东湖也好，西湖也罢，都是毛泽东特别钟爱、流连忘返、到达次数最频、居住时间很久的地方，但是比较而言，毛泽东还是更爱东湖！”

大家将信将疑，郑敏庭便拿出证据说话：“不是我站在东湖自吹自擂，这可是毛泽东主席亲口对汪东兴同志讲的，他对北京之外的各地居所曾有过多次评价，他说，最喜欢的还是东湖，其次才是杭州西湖。另外，他在东湖居住期间也对武汉军区司令员曾思玉说过——”停顿片刻，郑敏庭首先请求“毛主席的亲人”原谅他的唐突不恭，然后才模仿起毛泽东的湖南口音来——

“湖北地处中原，扼守着长江和京广路上的咽喉，战略地位十分重要。东湖比西湖好，这里有长江，夏天还可以游泳。东湖的樟树、桂花树、竹子风景真好，四周的柳树水杉树甚多，对岸是老虎尾，远处是中山亭，那边是珞珈山，茂密的树林里是武汉大学校址，东湖真好！”

这可是一字不漏的毛泽东原话，又让郑敏庭模仿得惟妙惟肖，大家边听边鼓掌，笑声不断。

“线飘族”，你在寻找什么？

给你一辆单车，除了用来朝九晚五早出晚归之外，还能拿它做什么？能不能从大街上循规蹈矩的车水马龙中斜逸而出，一路西行，一路登高，用小小单车去丈量2142公里川藏线的遥迢长途？不怕高山大河拦路堵截，无惧风霜雨雪刀剑相逼，一直骑行到佛光四射的布达拉宫前，“行到水穷处，坐看风云起”？

还要作文、写诗、发帖子，甚至带给我们一本专记“线飘族”骑行生活的纪实随笔集？

“线飘族”，好怪异的称呼！这是本书作者箫风禅月对他们“楚天乐道骑行团”的自我定义，发到网上，于是成为所有“飘”在川藏线的骑友和步行者的统称。据说，在漫长的川藏线上，每年骑行或徒步奔向青藏高原的，像他们这样“身体下地狱，眼睛上天堂，心灵归故乡”的，竟然数以万计——想想，这是何等壮观却又奇特的一道旅途风景！

同时不免要问：“线飘族”，你在寻找什么？

西藏情结？你可以选择火车飞机呀，为什么非得在漫漫天路上餐风宿露，游荡二十多个日日夜夜？

热爱单车运动？为此还组建了一个骑行团，先是在武汉周边多次活动，单日骑行100公里左右，接着又从武汉往返岳阳，环青海湖，翻越大别山……这一系列活动，不都是为了强健体魄、储备体能、增添信心，为最终能够顺利骑行川藏线做些必要的身体与精神的准备吗？

或者是厌倦了商场争斗、官场沉浮、情场纠葛，都市生活过腻了，要摆脱红尘俗务，超脱人世烦扰，追求一种潇洒自在、随遇而安的心境？即使做不到“结庐在人境，而无车马喧”吧，也可以暂时放下一切，卸下面具，在川藏线上放纵一把，因为前方就是西藏，就要抵达“天人合一”的世界屋脊，啊，你如同一个天堂之梦，恍恍惚惚飘在眼前……

打开《线飘札记》，答案尽在其中。箫风禅月把他二十三天的骑行历程、观赏的文化风景、参与的人物事件，以及触景生情的个人感悟，都一五一十记录下来了，形成一百篇各自独立却又互相连贯的旅行随笔——你也可以把它视为一篇真实生动、形象丰满、结构完整、文字流畅的纪实文学。

对于一部文学作品，我最感兴趣的首先是人的故事、人物形象的塑造，然后才是所谓思想深度、哲学高度、信息浓度、语言温度云云。

就《线飘札记》而言，我觉得本书的最大收获，就是在不同章节里成功塑造了“线飘族”这个群体形象。作者动用多种艺术手段，特别是准确、朴素的语言表达，让一群不同个性、不同职业、不同年龄、不同文化背景的人，在神秘、崎岖的川藏线上，也在作品中行走起来，鲜活起来……

先看六个武汉骑行者的形象，一路领略他们的个性性格、音容笑貌，动作遭遇、不定行踪——实际上，也就是你跟随他们，做一次不花钱的“纸上旅行”。

书中的“我”，本名宋丹，网名箫风禅月，于数年前去过一次西藏，哪想到从此一发而不可收，心底埋下一个“西藏情结”，不但自个筹划骑行西藏，还把志同道合的一些新老朋友集聚成团，一心操练，还把刚刚考完中考的儿子也捎带上了。这对父子的骑行故事充满温馨，十分感人。

老田和小田也是一对父子，途中颇多波折，但同样父子情深，又让人忍俊不禁。老黄则是一个对佛教颇有研究、似有所悟的人，日常生活方式类同于居士，淡泊内敛、宠辱不惊，可他一直把9岁女儿用5天时间为他做的一个小玩偶，恭恭敬敬挂在自行车龙头上，他说，这才是人生大道上他真正的保护神！

至于清涟，他可是骑行团的灵魂人物，好文学，善书法，喜历史，研佛道。他本来也想把一个读大二的儿子带上，好说歹说也没成功，人家要和他男女同学一道骑行，那才有真正的自由；夫人非常担忧路途凶险，老公命运叵测，几乎天天做噩梦，数次洒泪阻拦，他却声情并茂地朗诵起一首名叫《骑行，还是迷茫？——致即将开始的川藏线骑行》的诗歌：

……
即将上路，却感觉有些迷惑，
贸然的离开，这一切都变得那么舍不得，
回来后，我们会继续所有，
这一路，会改变些什么？

是啊，也许会改变些什么。

毕竟你骑行在川藏线。虽说壮美无比，景象万千，但是你得时时刻刻绷紧神经，应对“四大难题”——路途遥远、行程艰辛，还有不可预测的滑坡与泥石流、坡陡弯急等等，以及免不了的高原反应——带来的种种风险考验。可以说，每前行一步都困难重重，每登高一米就增加一分正常呼吸的难度，有时甚至事关生死、命悬一线……而终点仿佛永远遥不可及，那个梦中的圣城，总是远在天边而又近在眼前！

当然，作者的眼睛也没放过其他一见如故的“线飘族”。比如那个曾在网上见过照片的、肢体残疾的“徒步哥”，他始终坚持“不搭车”，他说那是他的人生信仰；还有在瓦斯沟补水时见到的那个怀抱妻子骨灰盒的白发老者，他长途跋涉，不过是为了实现他已去世老伴要到康定城看一看的最大心愿，因为他俩一生夫唱妻随、琴瑟和鸣，在一个简陋的工厂宿舍里，他们唱了一辈子《康定情歌》……

对于那些质朴温和、心底善良的藏民，书中也多有真切恳挚、浓墨重彩的描写，你将看到一心要挣脱命运束缚的多吉，打小就出家的冷布，活泼可爱的布珠家三姐妹，在家里挂着世界地图、渴望出国留学的卓玛，致力于弘扬藏民族文化的梅朵……

不过很遗憾，我却只能读些关于西藏的书，而没有实打实骑行西藏的福气。不是缺乏憧憬与向往，而是没有能力——压根儿我就不会骑车。小时候生活在大山区，出门就爬山，唯一的交通工具就是自己的两只脚；十六岁到了武汉，起初住汉阳而单位远在汉口，每天上下班需要穿越大半个城市，便只能像打仗冲锋一样挤公交车；后来搬到汉口住，无需天天坐班了，但偶尔出行，还是习惯公交车，何况此时出租车已经普及到大街小巷，还有那种蹦蹦跳跳自由乱窜的所谓“麻木”（三轮摩托车）与“电麻木”……

如此看来，这辈子，我是不能像箫风禅月以及“楚天乐道骑行团”那样，做一个“线飘族”了！

那就读书吧，读《线飘札记》。

（《线飘札记》已由中国文联出版社出版）

行走在故事里

李强将他三十多年日积月累的写作成果精选一部分，终于要出版此生第一本书了。

哪个李强？

据说，中国叫李强的多达二十三万个，几乎相当于长阳土家族自治县半个县的人口。小小县城龙舟坪，我认识的就有十多个李强。说到宜昌、武汉，或者深圳、惠州，那就更是数不胜数，好像各行各业都有，随时随地你都可以遭遇三五个李强。比如江汉大学校长，便是诗人李强；武汉电视台有个小伙子，那是导演李强；有天雇了几个河南人帮我搬家，一问那个把一台冰箱反手扛在背上，一口气搬上五楼竟然连气都不喘一下的，原来也叫李强……

不过，这里只说一个李强，就是我的儿时玩伴兼异姓兄弟，多年来一直“行走在故事里”的那个李强。

现在，趁着李强出书，我来讲讲他个人的故事，对于几十年行走在别人故事里的李强来说，多少也算一点补充吧。

我俩都是长阳人，差不多同龄，但因为他家住在清江边的县城，而我家在清江中游的大山深处，距县城一百多公里，因此不曾在小学、中学里同学。高二时我背着背篓到县一中寄读，突击一年后考进武汉大学生物系，这时我俩开始书信往来——人没见面，已经熟悉对方的名字和字迹。

因为有一个共同爱好：都喜欢写诗，而且像比赛似的四处投稿。这方面我运气较好，从初中起，几乎每年都有某首“五句子”变成铅字，比如“沉痛悼念毛主席，清江滚滚热泪涌……”之类。那时他已在县检察院工作，几乎日写一诗，但是屡投不中，于是犟脾气上来，偷偷摸摸自办一份油印刊物（他在机关掌管打字机），专门发表他自己和另外一个好友的作品——你不发表老子自个发表算了！——打印成册后便四处寄赠，我便是寄赠对象之一。寄我“指正”说不上，“切磋”更不敢，但我每次都像个大哥哥似的“欣然拜读”，同时也把我在武大校报上发表的“豆腐干”寄赠给他，——一半是交流，一半还带点炫耀。

直到1984年12月，家乡成立土家族自治县，我才见到李强第一面：人高马大、一身警服，还是满头黑发，细皮嫩肉，不像如今这样以一个亮闪闪的“光头”闻名于世。那会儿他正在宾馆门口执勤，“保卫”我们这些在外地工作的“贵宾”，胸牌上就有“李强”二字，于是我跑上前去自报家门，他立刻又喊又叫，什么慕名已久相见恨晚了一通。

多么美好的青春时代、令人怀念的八十年代！

自此以后，我和李强就成为常常见面的朋友。只要回县，常常就住在他家，享受他父母待我像对亲儿子一样的百般照顾。至今记得，每到黄昏时分，我俩就坐在他家阳台上“日白粉经”（聊天）的情形：一壶茶，两包烟，有时是一瓶酒，就那么对吹对擂、大侃特侃，经常通宵达旦，不知东方之既白。我们的话题只有文学，只有青春，只有对县内各种各样人物的议论评点，只有对古老神秘的土家历史文化的反复讲述……

到了天亮时刻，你俯身凝望大街，就会看见一个踽踽独行的身影，从东头踱向西头，又从西头踱到东头，沉重的踱步声既空旷又清晰——是个姓谢的文学朋友，对文学比我们更加痴迷，发誓要为此献身，那时他已写过一百多部中、长篇小说了，可是运气不佳，始终没能发表一个铅字……

有人说，人一辈子真正的朋友多是儿时伙伴，而且不会超过十个，我想，我和李强，绝对都是对方的十个之一。

朋友之间免不了互受影响。影响之大有时足以改变命运。我大学毕业后到一家文学杂志做编辑，业余时间写点报告文学；李强忽然也心血来潮，要从检察院调往县电台（其实就是广播站），脱掉威风凛凛的警服不说，就是每个月的福利损失，也令人瞠目……那时候，谁在乎什么经济得失，实现人生理想才是重中之重！我不是大胆放弃生物系遗传学的名牌专业，改行投奔写诗作文的中文系了吗？他告诉父母：这，就是他毅然改行的榜样！

我这个“坏榜样”，也不能帮他做通父母的思想工作，还专程跑回家乡劝说他悬崖勒马，可是未能奏效，他铁了心要当这个基层记者了——他说新闻总算离文学近些，记者可以经常下乡，四处采访，接触三教九流，广交八方朋友；而且要在报道书记县长重要讲话之余，也像我一样，写一点报告文学——这下我可百分之百把他坑了，真是罪该万死！

谁都知道，许多著名报告文学作家本是记者出身——可是谁是县级记者出身呢？一个山区小县，能有多少值得一写的报告文学题材？舞台不大，题材局限，李强的这种选择确实困难不小。所以李强只好“螺丝壳里做道场”，写写基层小人物——一篇《架在曲溪河上的歌》，一篇《南线·难线》，都是那个时期全县上下街谈巷议的作品，一些单位甚至作为文件印发，广为传播。作者的名气也随之突破县界，辐射宜昌。

九十年代初，宜昌一家法制报创刊，宜昌作家张永久出任主编，二话不说就把李强招去了。这里正好发挥他熟悉法律、擅长讲述案件故事的特长。于是他接连推出法制题材的大块文章，《三峡无小事》等作品应运而生。我过去也写过法制题材的作品，知道这个领域鱼龙混杂乱云飞渡，有的报刊甚至低俗浅薄诲淫诲盗，但李强的法制作品却是一身正气，爱憎分明，又讲究写法，好看好读。

过了几年，法制报因故停刊，李强便只能收拾好大摞作品剪报，抛家别舍独自远行了。先是进入武汉《成功》杂志，2000年又向深圳、惠州转移战场，在每家报刊都是骨干，都是主笔。

到了武汉《成功》杂志，我们见面机会多了，几乎每周都要在一起小聚，一边喝酒，一边听他谈天说地。那是一家专事报道各界成功人士的综合月刊，所以李强经常要采访所谓“成功人士”，他擅长的报告文学正好“人尽其才、物尽其用”。他又勤于采访，勤于写作，因此几乎每一期都有他的重头文章刊出，有时甚至一期几篇。当他每次都带着几本印制精美的杂志出现在朋友们面前时，你以为他在记述他人成功故事时，自己也顺便“成功”了？

其实不然，我知道，他在收获名流高官接见晤谈、豪商巨贾盛情款待，偶尔还有“美人计”伺候的同时，也收获了大堆麻烦，有时，甚至有生命之忧。

有一次，有个“成功人士”容不得他在作品中个别犀利调侃的句子，竟发短信威胁，要他“立刻从武汉消失”，否则要雇“黑社会”打上门来；还有一次，他拿着“记者证”到武昌火车站采访时，猝不及防竟然挨了别人一刀。不是比喻，他是真的在屁股上结结实实挨了一刀。幸亏此处肉多，无伤大雅。具体细节我不便泄露，——其实那是个“误会”。

这里我只说一句话，所有曲曲折折、颠颠簸簸的遭遇，李强都是吃了土家人性格的大亏。土家人大多性格耿直、血性十足，但头脑简单、容易冲动；对朋友忠心耿耿、两肋插刀，却又不辨是非、胆大妄为……但是无论怎样，还是生命要紧，何况你是家中独子啊，兄弟！

大约在2000年，李强向深圳、惠州转移战场，从此开始关注经济，不但研究企业、采写大批经济人物的报告文学，自身也跃跃欲试，不再只是纸上谈兵，而是亲自创办企业，把他从中国一些一流企业家那里学到的管理知识经营经验用于实践。

文人下海，免不了书生意气、眼高手低，但是，经历了十多年的摔打沉浮之后，他现在也算是大器晚成、功成名就了。只是江山易改、本性难移，他的土家人个性还是依然故我——前不久他的一个公司遭遇副总的“背叛”，而这个副总，竟是他多年里朝夕相处、推心置腹的“朋友”。几天前，他在电话中和我谈及此事，我沉默半晌，唯有一声叹息。

还是回到“文学”吧，——我在督促他编辑出版这本《行走在故事里》时劝导他。

而且还要尽快编辑或写出第二、第三本。

凭着我对李强几十年的了解，我相信他能写出更加优秀的作品——尤其是在早已解决了温饱小康之后的今天。

（《行走在故事里》已由武汉出版社出版）

听阮金思讲故事

捧读阮金思的随笔集《鸿爪处处》，无论你在北国的热炕旁，还是南方的火塘边，或者干脆就坐在风驰电掣的高铁车厢里，都会立即产生一种听故事的强烈感觉——你听的，不是插科打诨的小笑话，一惊一乍的小段子，甚至也不是鸿爪处处的吉光片羽，大千世界的触景生情与睹物思人……你听到的，是一个起承转合环环相扣、酸甜苦辣味味俱全的人生大故事！

这个故事的讲述者，就是著有多部畅销小说的黑龙江知名作家阮金思先生。

大略说来，《鸿爪处处》的故事梗概是这样的：有个铁路系统特大型企业的领导干部（分局党委书记），那时他刚刚四十九岁，正值年富力强大展宏图之际，可是忽然“遭遇困境”，他所在的机构竟在一夜之间被撤销了，摘了牌子、散了摊子……其实，作为单位“一把手”，他“能力水平也不差，做事认真，不缺群众基础”，加之又是被铁道部长亲口表扬过的“小秀才”，要是勇敢一点，或者说功利一点，“挖门盗洞谋求一职也是有可能的，而降低身段遵从当下的潜规则也有希望”，可是他没有这么做，一生一世都不屑如此，因为“这都不是我的强项，也有损尊严和人格”，而是宁折不弯、决不委曲求全，在尽心尽力安顿好属下一千多名干部职工和家属之后，他便从热热闹闹权高位重的工作一线，跌落到冷冷清清基本无所事事的闲散状态……难道“人生就如此空白，就如此结束”？不，他不甘心，一心渴望“还能做点什么并有益于社会”，于是，童年的文学梦豁然苏醒，他“决定做点自己喜欢的事，也就误打误撞地走上了文学创作的道路”……

就这样，一个优秀官员从此销声匿迹，一个优秀作家横空出世了。先写了一部48万字的长篇小说《鹰巢》，跟着又是《老总逃亡记》《名模之死》《走私者》《高铁之父》《鹰巢2》等多部长篇，还有反映中国劳工加入苏军远东情报组与日本关东军斗智斗勇的长篇历史小说《谍报·东宁要塞》等等，也都一气呵成顺利完稿。

而就在这夜以继日成年累月趴在电脑屏幕前、一部赶一部的高速写作中，他还忙里偷闲写下数篇散文随笔：有时是一段往事回顾、亲情怀想，有时又是旅行记趣、山水抒情，或者是时事酷评、世事感悟，免不了还有写作体会、读书心得……无非是些随手记下、随心写下、随感而发的简短文字吧！

但是，当你把这些短文一篇一篇联缀起来，或者说将这些个不同的讲述声音汇聚在一起，你就听到了一个以阮金思为主角的人生大故事，——是的，这是一个前官员不惧挫折突破生命困境的励志故事，是一个作家深入生活体验情感的心灵故事，是一个智者洞察世相感悟命运的自传故事……

听阮金思讲故事，也就是听一个作家讲故事——所谓作家，其实就是一个讲故事的人——不过是让你讲述的声音变成有个性的文字，起伏回荡在字里行间而已。

我与阮金思素昧平生，至今不曾谋面，但是可以肯定，当我在遥远的武汉拜读他的作品时，他就坐在你面前，如闻其声，如见其人。这里没有北国的热炕，也无南方的火塘，更不能像古人那样围着一堆篝火听故事，尽管如此，他仍然能吸引你凝神倾听、一句不漏，听得时悲时喜、情不自禁……

这就是我阅读《鸿爪处处》的现场感受，一种终于听到一个好故事的艺术享受。即便是些凡人琐事、家长里短吧，他也讲得声情并茂、栩栩如生；是些网络热点、社会新闻，他也讲得入情入理、见微知著……

我也读过他的《鹰巢》和《老总逃亡记》两部长篇小说，同样，你也不能不佩服他讲故事的成熟技巧、塑造人物的不凡功力，真可谓谋篇布局悬念迭出、悲欢离合惊心动魄！

是的，这是一个作家在讲故事。关于作家讲故事，怎样讲得更高明、更精彩，讲得别具一格、别开生面，讲出真善美，讲出假丑恶，我记得日本作家村上春树曾经说过一个原则：

“愉快的故事总得讲得愉快，恐怖的故事总得讲得恐怖，庄重的故事总得讲得庄重。”

只有遵循这个简单原则，才能“让听故事的人或是不寒而栗，或是泪流满面，或是捧腹大笑。让他们忘却饥寒，即便是一时片刻。”

——作为写作同行，我们以此共勉吧！

（《鸿爪处处》已由长江文艺出版社出版）

我们是武汉少数民族

也许你来自北方的旷野，
或者南方的森林；
也许你的汉语至今还不流畅，
“弯管子普通话”里带来家乡的口音；
也许你生在武汉，
老一辈早在江城扎根；
也许你刚刚落户，
崭新的户口簿上，
才填好让人惊奇的那一串古怪姓名……
你我不同名，不同姓，
不同乡也不同宗，
可是我们拥有一个共同的、让人自豪的身份；
你我不同学，不同事，
不同星座，不同血型，
但我们是血脉相连、心心相印的姊妹弟兄！
——我们是武汉少数民族，
是一千万人的城市大家庭中，
最友爱、最真诚、最和谐的一群！

我知道，你是在汉创业的维吾尔同胞，
此刻你顾客盈门，生意兴隆，
——叫卖声余音绕梁，
新疆烤全羊香飘三镇！
从无证摊贩到规范经营，
从街头游击队到闹市正规军，
哪一步没见咱们民族工作者
奔波忙碌的身影？
哪一天没有沐浴
咱民族大家庭的融融春风？
——你的幸福就是我的幸福，

你的忧心就是我的忧心！
只要你勤劳致富，
哪怕我呕心沥血；
只要你笑容满面，
哪怕我额上再多几道犁沟般的皱纹！

我知道，你是一个普通的、普通得
月薪不足两千元的藏族打工者，
生命里只有劳动、劳动……
用辛勤的劳动
为遥远的家人撑起一片爱的绿荫！
和大家一样，你上有老下有小，
你微薄的收入，
是几代人的衣食冷暖、幸福凭证！
你每天早出晚归，奔波不停，
却被狠心的老板一次次克扣工资，
其实你一年的收入，
还买不到他一个小小的车轮！
生活对于你就是一座沉重的大山，
可是没有一条小路，
能把你带到巍峨的山顶！

然而党和政府没有忘记你，
没有忘记我，
没有忘记你们，
没有忘记我们！
每当“民族联系点”传来救援的呼声，
民族工作者就闻风而动，
立刻担起
维权济困的神圣责任！
——政策的事按政策落实，
法律的事聘请律师免费出庭，
别看就是索回几千元血汗工钱，

可它是一座城市的爱心行动，
是民族团结的温暖缩影！

是的，你不是一个人，
而是形单影只的一群人……
——你是孤悬城郊
无依无靠的少数民族小山村！
世世代代远离城市，远离世界，
你有两样最古老的山货土产，
就是封闭和贫穷！
没有一条路通向富裕，
没有一盏灯
照亮新媳妇的洞房和孩子的课本，
没有一个早晨不是在叹息中翻开，
没有一个梦不是从泪水里惊醒！

看，我们市委市政府的领导来了，
——带来党和政府的牵挂
和全市人民的民族深情；
民委的“扶贫工作队”进驻了，
——架桥修路，送医送药，
交心谈心，访苦问贫！
全市多家民族企业和个人
也纷纷捐款捐物、排忧解难，
不同信仰的宗教人士，
也把他们的满腔慈悲，
化作一颗颗炽热滚烫的扶贫爱民之心！

无论你是教授，是艺术家，
是商店营业员、公汽售票员，
或者公司白领，
是父亲母亲的孩子，
是孩子的父亲母亲……

无论你在生产一线的车间班组，
还是在运筹帷幄的决策中心，
是在城市建设的高高脚手架上，
还是在“中国光谷”的
实验室里大展雄风……
我们都是一家人，
是一千万城市大家庭中，
最友爱、最真诚、最和谐的一群！
我们是武汉少数民族，
我们是血脉相连、心心相印的姊妹弟兄！

“汉族离不开少数民族，
少数民族离不开汉族，
少数民族之间
也相互离不开”——
我们在大武汉生活，
——同呼吸，共命运；
我们在美丽江城团聚，
——手挽手，心连心！

【表演者：武汉市民族团结进步联合会】

《都市茶座》十年

有一座城市天高地阔，四通八达，
两江四岸风景如画！
谁来翻开3500年
筚路蓝缕风雨兼程的城市传奇，
谁来讲述天翻地覆
波澜壮阔的当代神话？

有一个地方居中独厚、笑傲天下，
江汉汇通八面来风，楚风汉韵热烈火辣！
谁来展开姹紫嫣红的民俗风情，
谁来续写活色生香的汉味文化？

2000年，《都市茶座》横空出世，
惊醒了新世纪第一缕朝霞！
武汉人说武汉事，
武汉人讲武汉话，
一群武汉文艺家，
描绘最新最美的大武汉图画！

听！“舀瓢汉江水，泡杯香片茶，”
这首主题歌，
流淌着大江东去的豪迈旋律，
每个音符，
都跳荡着汉水西来的欢快浪花！
这首歌我们唱了十年，
许多人当作“武汉市歌”唱了又唱，
——在歌声中
你我找到了家乡的根、情感的家！

看！荧屏上的武汉人，
个个都有一种与生俱来的幽默感——
乐天知命，心胸旷达，
生活的起承转合，
只需几句简单的“汉骂”；
乐而忘忧，笑语喧哗，
几杯靠杯酒，
就是咱老百姓的“香格里拉”！

咱们的武汉话热情洋溢，豪情喷发，
那是“搭白算数”的爽气，

那是敢爱敢恨的潇洒！
——“天热火气大”，
我们曾在一百年前吼垮了一个王朝；
——“说话喉咙喳”，
可我们的高门大嗓，也能倾诉绵绵情话……
武汉的“男将”
顶天立地，永“不服周”——
像九头鸟那样智勇兼备，
像“岔巴子”那样见义勇为，包打天下；
武汉的女子
美丽灵动，率真泼辣——
像花木兰那般扬鞭催马，
像“老板娘”那般风风火火，英姿勃发！
我们都是男一号，
我们都是女一号，
大武汉的故事，
由咱武汉人当家！

夏雨田挥动彩笔，
——各路演员大显身手、大放光华；
何祚欢说古道今，
田克兢“岔七岔八”，
——把笑声送往武汉三镇万户千家！
《都市茶座》虽小，
却是武汉方言武汉风情的电视窗口；
《都市茶座》不大，
却是武汉精神武汉个性的文化大厦！

可是天有不测风云，
月有阴晴圆缺，
《都市茶座》十年，
也曾经历过人世的悲欢离合，
饱受情感的风吹雨打！

2004年7月，
荧屏上的笑声忽然中断，
《都市茶座》，
送走了栏目创始人夏雨田……

【录像画面——
夏雨田：……都市……茶座，永别了……

雨田，永别了吗？没有！
在我心中你依然那么智慧，那么豁达，
那么青春，那么潇洒！
永别了吗？没有！
你生前总说“活着就需要回答”，
你用一生做出了最完美的回答！

【录像画面——
马季：“……这次来是因为我以前多次来武汉时，从武汉同行身上学到了许多，看到了武汉曲艺人自强不息的精神，前几年全国曲艺下滑很厉害，而武汉曲艺队伍却巍然屹立。另外武汉还有个夏雨田同志，他用一支笔写下了光辉精彩的一生，留下了许多难忘作品，我就表演过许多他的作品，他是相声界的典范。我现在72岁了，现在走的正是夏雨田指明的‘表演+创作’的道路。他值得所有曲艺界同行学习。只要有一天我还在舞台上，就要像他那样坚持创作！”

【录像画面——
田克兢：“夏老师，老头……我们怀念您——”

夏老师，您没有离开《都市茶座》——
您的笑声，
早在武汉三镇播洒，
早在每个武汉人心头生根开花！
每一期《都市茶座》——

都是夏雨田风格的延续，
都是夏雨田精神的发扬光大！
马季老师，您也没有离开我们——
你们俩是喜剧艺术的南北高山，
是人品艺德的两座灯塔！
让我们记住夏雨田的名言，
——“生命有限，笑声永恒”；
只有“把欢笑献给人民”，
《都市茶座》才能笑洒江城，香飘万家！

《都市茶座》，笑洒江城，
一笑十年，香飘万家！
从岔巴子到老板娘，
一个个鲜活的人物闪耀荧屏，满眼芳华；
从王发泡到郝大妈，
一个个可爱的形象人见人爱，人见人夸！
从市艺校剧场到锦城园剧场，
从常码头摄影棚到电视台演播厅，
《都市茶座》十年转战，摔爬滚打！
从曲艺版到综艺版，
从幽默短剧到栏目剧，
《都市茶座》十年探索，十年奋发！
从编剧、导演到演员，
我们十年同吃一锅饭，同饮一壶茶；
从决策者、管理者到技术工作者，
台前幕后齐心协力，
里里外外亲如一家！

一个年迈的将军曾经对我说，
他是东北人，
但跟着《都市茶座》学会了武汉话；
一个漂亮的空姐曾经告诉我，
她最大的梦想，

就是到《都市茶座》当一回茶客，
或者给顾客端上一杯茶；
一个京城影视大腕说，
好羡慕武汉啊，
——上百个武汉演员，
都有自己固定的角色，
《都市茶座》就是最大最开放的舞台；
一个的士司机说，
他真没时间多看电视，
但是自己家乡的《都市茶座》一集不拉；
一个外地来汉大学生告诉我，
四年大学，
《都市茶座》给他上了四年武汉人文知识课；
一个卖早点的嫂子讲，
《都市茶座》讲的是老百姓自己的事，
真情实感，朴实无华，
家长里短，分毫不差；
一个弱冠之年的小伙子说，
他的梦想是邀请岔巴子和老板娘，
给他主持一场地道纯正的汉味婚礼；
一个牙牙学语的孩子说，
除了动画片，
他最喜欢看《都市茶座》，
因为……因为他是个标标准准的武汉伢！

江城故事多，酸甜苦麻辣，
武汉美与丑，连着你我他！
生活在武汉三镇的广大观众——
你是《都市茶座》永远的朋友、永远的靠山；
亲爱的大武汉——
你是我们永远的主人、永远的东家！
感谢武汉！
——呵护十年；

感谢观众！
——陪伴十年！
十岁的《都市茶座》，
感恩武汉，感恩永远！
十岁的《都市茶座》，
此时此刻再出发！
《都市茶座》——
今天再出发！

【表演者：肖慧芳 马启厚 尹北琛 周锦堂 邱玲 陆鸣 吕婧 刘志鹏】

金祈之恋

有一种普普通通的藤本植物，
悄悄生长在武陵山区的重峦叠嶂、高山峻岭，
千百年来它攀爬在茫茫林海的云雾山中，
不言不语，默默无闻，
世世代代它匍匐在贫瘠又美丽的土地上，
自生自灭，隐姓埋名！

是的，实在是太平凡了，
太普通了，
你没有挺拔健美的身躯，
也没有山花烂漫的姿容，
只不过长着几片普通的叶子，
跟任何一片绿叶，
看上去没什么不同！
在许多山民眼里，
你不过是百无一用的杂草野藤！

甚至没有自己的固定名字，
也可以说你有太多太多的名字，
——有的叫藤茶，有的叫霉茶，
还有天子茶、土司茶、土家神茶等等外号，
就是没人知道，你其实有一个
植物学上的学名叫“显齿蛇葡萄”，
——你是葡萄的近亲，
而不是茶叶家族的嫡传子孙！

哎，你并非草根，
其实出身名门，有土司血统，
甚至曾与明清两朝皇帝
把盏言欢、肌肤相亲！
当年容美土司田世爵率土兵万人奉命出征，
每个人身上都带着家乡的藤茶冲锋陷阵，
别处征调的军队大多水土不服，疾病丛生，
唯有喝了藤茶打仗的土家士卒，
才没病没灾，虎步雄风！
历史在记下田世爵“东南第一功”的同时，
也记下“土家神茶”的一份光荣！

自古以来，
你就是武陵土家人药食两用的宝贝，
也是皇室贡品，
因为你有茶的味道、茶的芳香、茶的文化身份，
又有药的功能、药的效用，
药的救死扶伤、妙手回春！

可是你不知道
生长你养育你的这片神奇大地
就叫恩施，就叫来凤！
“中华药库”、

“世界硒都”、
“长寿之乡”，
还有那得天独厚的自然风光，
五彩斑斓的民族文化风景……
是这方水土，
给了你最高的黄酮含量，
让你的血管里
永远奔腾着生命之水，
源源不绝，生生不息；
是这方水土，
给了你富硒的遗传基因，
叫你的心身，
健康长寿，百病不侵，
永远跳动着青春之魂！

哦，因为你有脚下这片神奇山水，
你有头顶这片格外不一样的日月星辰，
才有了藤茶——
你这北纬30度的神奇精灵！
和这个纬度上诸多神秘现象一样，
——像神秘的百慕大三角、
著名的埃及金字塔、
世界最高峰珠穆朗玛峰……
你给人类留下一个关于生命的未解之谜，
你在寻找揭示大自然谜底的
探索者和当家人！

十年前，有个武汉人偶然接触藤茶，
他因为长期失眠久治不愈，
因为咽炎严重突然失声，
就是一包藤茶，
让他久违的睡梦重新香甜；
就是一杯藤茶，

让他重新发出了
还带点嘶哑的浑厚的男中音——
是的，
我要去恩施，去来凤，
要见识一下这个神奇的山里宝贝，
我要把它介绍给身边朋友，
为更多人所饮用，
把它推荐给更多更多
不认识藤茶却需要它的人！

金祈人来了，
一群寻找自然和生命谜底的武汉人来了——
2009年，金祈集团在来凤成立凤雅藤茶公司，
“金祈藤茶”正式诞生，
一片鲜为人知的藤茶，
开始了它走向茶杯、走向生命的旅程！
在武汉市政府援建的、
来凤县最宽广气派的“武汉大道”上，
从此有了一个
武汉民营企业组建的来凤团队，
有了许多说一口汉腔的武汉人，
有了“金祈人”的美称！

金祈人来了！
一群立志开发藤茶造福人类的武汉人来了——
在一片杂草丛生的鱼塘上，
在当地领导和村民的见证下，
金祈人的第一间厂房破土动工，
只用短短六个月，
就建成了宏大气派的第一期工程……
那些沉睡千年的山里宝物，
一下子从梦中豁然惊醒；
那些从来都是散落在千家万户的野生藤茶，

从此进入现代工业的GMP生产线，
大步跨上生物保健福佑天下的新征程！

金祈人来了！
一群热爱藤茶、热爱土家的武汉人在来凤安家了——
2009年，金祈集团有了第一片藤茶种植基地，
有了开疆拓土的第一个根据地，
“公司+专业合作社+基地+农户”，
一个新型产业从无到有，应运而生！
在田间地头，在荒山野岭，
在村委会的会议室和农家的火塘里……
你处处可以见到金祈人
奔波的形象、跋涉的身影，
这些本来不习惯走山路的武汉人，
尽管踉踉跄跄，气喘吁吁，
还是筚路蓝缕，大胆前行，
走出了艰苦创业的第一行脚印！

金祈人来了！
2016年，金祈集团已经拥有
全国最大的藤茶基地，
涉及5个乡镇、5000多家农户——
实行订单农业、最低保护价收购，
以茶兴农、以茶富民！
祖祖辈辈靠天收的山区农民，
被藤茶改变了生活；
一千多个“建档立卡贫困户”家庭，
已经被藤茶改变命运！
金祈藤茶，
——就是你身边脱贫致富的财神！

金祈人来了，
各地经销商也来了！

因为金祈藤茶，
是“国家地理标志性保护产品”，
——昔日养在深闺人未识，
如今堂堂正正有身份！
因为“金祈藤茶”，
是国内唯一一个藤茶保健食品，
——唯一，
就是质量保护伞、市场通行证！

金祈人来了，
各地消费者也来了！
“喝金祈藤茶，游大美恩施”，
体验藤茶文化，品味土家风情！
商旅文的“来凤模式”风生水起，
金祈藤茶喜迎茶客知音！
2014年全国有近万消费者抵达恩施，
2015年近两万人做客来凤，
2016年将突破三万人……
不论生产车间、藤茶基地，
还是来凤县各个旅游景点，
都是一波未平，一波又起，
摩肩接踵，游客如云！

七年前，没有多少人知道什么是藤茶，
什么是“金祈藤茶”，
不过短短七年，
“金祈藤茶”早已飞出大山，
金祈品牌天下流传，光彩照人！

七年前，没有多少人了解来凤，到过来凤，
如今来凤是国家级“龙凤经济协作示范区”、
“武陵山区增长极”、
“土家文化集成区”

和“湖北形象窗口县”，
是名副其实的“中国藤茶之乡”！
在这个“一脚踏三省”的世外桃源，
青山绿水藤茶美，
凤凰飞来不思归！

箫韶九成，凤凰来仪，
金祈藤茶，辉煌崛起！
兴生物保健，创世间佳茗——
金祈人披荆斩棘，一步一个脚印；
带领民族地区一方百姓共同富裕——
金祈人扶贫攻坚，不忘初心！
金祈人——
你这稀缺自然资源和科技文明的辛勤耕耘者，
你这中国茶文化和土家民族文化的浇花人；
金祈人——
你这来自“茶叶码头”武汉的当代陆羽，
你这“知音故里”的知音！

【表演者：周锦堂 陆鸣 尹北琛 邱玲 钟逸 陈巾戈】

爱之舞（纪实微电影剧本）

日 内 舞蹈室

在典雅抒情、伴以编钟之声，同时又具有蒙古元素的音乐中，武汉第一聋校教师杨小玲独自起舞……

从动作看得出来，这是她为学生新编排的双人舞《爱》——讲述的是湖北姑娘王昭君与匈奴王的爱情故事，因此她扮演两个角色，时而跳扬鞭策马的“男生”，时而跳缠绵多情的“女生”……

她一边构思编排动作，一边等待学生们到来……

出片头演职员字幕。

日 外 第一聋校校园

下课了，陈静静、张家喜走出教室。他们大幅度地比画着手势，显得兴奋莫名——显然在“说”着什么感兴趣的事情。

陈静静自信地：（手语）……这次到上海，我和你！

张家喜：（手语）我？……恐怕我不行……

陈静静：我俩跳得最棒，你承认不承认？

张家喜暗自摇头：（手语）不一定吧……姚小莉、李彤也不错啊……

陈静静有点瞧不起：（手语）姚小莉？她才学了几年舞蹈？那手、那脚，整个一个木偶，半路出家！

张家喜：（手语）可是……可是……

日 内 舞蹈室

杨小玲还在舞蹈……

不过，当陈静静、张家喜、姚小莉、李彤等学生陆续进入舞蹈室时，我们便发现一个奇特的现象：就在转瞬之间，再也没有音乐，没有任何声音，只有杨小玲一个人无声地舞蹈……

即使学生们纷纷为老师鼓掌，我们也只能看到鼓掌动作，却没有一点声音……

对于这些学生来说，这个世界无声无息，就是一个无声的世界！

片刻之后，满头是汗的杨小玲停下动作，拿起鼓槌，示意陈静静、张家喜、姚小莉、李彤等学生分成几组双人舞搭档，在咚咚的鼓声中翩翩起舞……

虽然大家跳得各有千秋，但仍然多有瑕疵，比如陈静静，她神情孤傲，像个倔强的小公主，而且不大顾忌搭档张家喜，有的动作不甚协调……

杨小玲陷入沉思……

日 内 舞蹈室

鼓声停下，杨小玲示意大家听她讲话。她一边打手语，一边高声告诉大家——

杨小玲：告诉大家一个好消息！我们的双人舞《爱》已经被省里选定，参加全国中小学生舞蹈比赛，大家开心吗？

陈静静兴奋不已：（手语）是去上海吗？

杨小玲：说得对，上海。大家知道，我们学校是“特殊教育艺术人才的摇篮”，多名同学参加过北京残奥会开幕式的表演，全世界的观众都观看了我们的舞蹈……不过，这次比赛也非常重要——（询问姚小莉）为什么重要？

姚小莉忽然被提问，有点紧张：（手语）这……是不是因为我们……演的是四大美人王昭君？

“话”刚落音，大家哄笑起来。

杨小玲也笑了：（手语）是不是王昭君当然很重要，但更重要的，是我们要和身体健全的全国中小学生同台竞技，而不单是咱们残疾人自己的专业比赛……

大家纷纷点头……

杨小玲：（手语）因此，我们要推荐两位最突出最优秀的同学到上海去比赛，最好是——拿个金奖回来！

大家你看我我看你，跃跃欲试……

杨小玲：哪两位同学将代表学校，也代表我们武汉这座城市去参赛呢？学校决定……

同学们有点紧张，陈静静尤为期待，她屏住呼吸，瞪大双眼，身子有点发抖……

众目睽睽之下，杨小玲却走近姚小莉、李彤，抓住他们的手举起来——

杨小玲：代表我们第一聋校参赛的是……姚小莉、李彤，祝贺他们！

一些学生鼓起掌来，有的冲姚小莉、李彤摇晃着大拇指，他俩则一边一个抱住杨老师的胳膊，高兴得不知如何是好……

可就在这时，意想不到的事情发生了：陈静静忽然怪叫一声，“嗖”地冲出人群，扭头就跑！

杨小玲愣了一下，立刻追过去……

日 内 更衣室

陈静静泪流满面，一把一把揪散自己的头发，又脱掉舞鞋，狠狠地扔掉……

杨小玲追进更衣室，两手按住陈静静的双肩，试图使其冷静，但被她愤然挣脱……

杨小玲用手语解释：你也跳得不错，我承认，你也有资格参赛，可是遗憾，指标有限，只能有两位同学入选……再说，你对这个舞蹈的排练不够积极，有点有气无力、心不在焉，情感投入不够，你和搭档协调不够……

陈静静不理不睬，一边流泪一边换上她的学生服……

杨小玲：好啦好啦，别耍孩子脾气啦！每次重要的活动你都参加了，还多次上了电视，你想想，为什么别的同学就没意见呢？……下次，下次我们再争取机会，好吗？

陈静静根本不看老师一眼，拦都拦不住，一步不回头地走掉了……

日 内 校长办公室

杨小玲诚恳地：……陈静静可能对我有意见，校长，因为她发誓要做邰丽华姐姐那样的舞蹈家，毕业后也要进中国残疾人艺术团，可这次双人舞没选上，她生气了……

校长：双人舞就是两个人跳，又不是群舞，这孩子！

杨小玲：我注意观察过，她这一阵好像有点心不在焉，每次排练都没精打采的，像没吃饱一样……

校长：是不是她觉得自己已经掌握了动作技巧，不必再认真训练呢？

杨小玲：陈静静从小学跳舞，有悟性，一段舞蹈别人要学一个月，她一个星期就掌握了……

校长：所以骄傲嘛！受不得一点挫折嘛！

杨小玲：可能还对姚小莉不大服气，姚小莉是到聋校后才学舞蹈的，又是个农村孩子，幼儿园都没上过……

刘校长：但姚小莉进步了、后来居上了啊，还当了舞蹈队长，对不对？

杨小玲：我也没料到今天会来这一出……

校长：是不是还有别的原因呢？

杨小玲：……还是先摸摸底再看吧！

刘校长：哈，知道了，杨老师又准备做杨妈妈了吧？又要请学生上你家吃大餐了！

夜 内 杨小玲家厨房

杨小玲拿着手机走进来，焦急地：奇怪，真是太奇怪了！陈静静到现在也没回我短信！

杨小玲爱人陈双鸿系着围腰正在炒菜，动作熟练，锅勺叮当……

陈双鸿：什么短信，打个电话吧！

杨小玲惊讶地：你！打电话对他们有用吗？今天你好像不是咱们特教老师啊……

陈双鸿：还不是替你着急嘛！那就再发短信催催！

门铃响起，杨小玲慌忙去开门……

夜 内 客厅

姚小莉、张家喜进门，和杨小玲打过招呼，姚小莉立即去厨房帮忙，张家喜则大模大样地坐下。

姚小莉问张家喜：（手语）你没生我气吗？

张家喜惊讶：（手语）你是最好的老师、最好的妈妈，你比妈妈还要好，我为什么要生气？

杨小玲：（手语）选了李彤没选你，你落选了，我希望你不要生我气！

张家喜爽朗一笑：（手语）李彤跳得好，阳刚之气，威风凛凛，他比我有实力，我一百个服气，崇拜他，我要向他学习！

杨小玲感到欣慰：理解老师就好！我知道，每一个参赛机会都对你们很重要，今后，我要为你们多多争取！

杨小玲看下手表：（手语）你没见到李彤吗？

张家喜摇摇头，不自然地笑笑……

姚小莉从厨房跑出，拿着手机，大惊失色，让杨小玲看显示屏……

姚小莉手机上显示："尊敬的舞蹈队长！祝贺你丑小鸭变成小天鹅！从今天

起我不再跳舞！我要远走高飞！这个学校没有我的舞台！陈静静绝笔！”

杨小玲：什么“绝笔”，她根本不懂这个词！

夜 外 老城小巷

杨小玲和姚小莉匆匆奔走，沿着街旁一家家店铺寻觅招牌……

夜 内 一个小小的家用电器修理店

明亮的灯光照耀着各种家用电器。一台破旧的电视机上正在播放《千手观音》录像。

陈静静一边啃着馒头，一边看得津津有味。不过，她没想到，杨老师和姚小莉早已站在她身后。

陈静静发现杨老师后，先是有点惊诧，又看见了“竞争对手”姚小莉，于是眼睛一闭，干脆来个视而不见……

杨小玲诚恳地：（口语加手语）……都怪老师对你关心太少，陈静静，你每天练功要消耗很大体力，每餐吃个馒头可怎么够呢？

姚小莉：（手语）我看见她每餐就吃一个馒头……

陈静静气愤地站起来，紧握双拳瞪着姚小莉，似乎要扑上去打架……

杨小玲立刻站到她们中间：不说了……陈静静，我给你发了多少短信啊，你也不回！怎么没礼貌呢？我担心你出了啥事呢 ！现在好了，啥事没有，到我家去吃饭！

这时，一个瘦弱的男孩扛着一台大电视进来，喊了声“姐”！

杨小玲打量打量，顿时眼眶湿润了……

杨小玲：这是你弟弟吗？

陈静静不答话。

杨小玲对男孩：这个店子是你打工的地方吗？多大了？

男孩自豪地：嗯，我满15啦！

姚小莉：听说你要给姐姐挣生活费是吗，每个月给姐姐多少钱？

弟弟：200……

杨小玲：你一个月挣多少？

男孩：500……

杨小玲默默掏出500元钱递给男孩：拿着，老师工资也不高，这是你姐下个月的生活费……

陈静静淡漠地看了一眼，也不说声谢谢……

姚小莉忽然控制不住自己的感情，情绪激动地跺着脚……

姚小莉：（手语，对陈静静）你这么痛苦、脆弱……上海我不去了，听见没有？还是你去比赛吧！我自愿的！

杨小玲愣住了……

日 外 舞蹈室

姚小莉、李彤正在练习双人舞《爱》，他们尽情舞蹈，十分投入，有时又停下来互相指点，纠正某个动作的失误……

姚小莉：（手语）我是真心想帮助陈静静的，可她不买账！

李彤：（手语）她是不愿跟我搭档吧，我猜，因为……

李彤忽然感觉到手机震动，一看，有点慌张……

李彤：（手语）有点急事，我去去就来……

日 外 通往校长室的走廊

杨小玲上楼，和李彤迎面相遇，李彤难为情一笑，慌慌张张跑开了……

日 内 校长室

校长室就在舞蹈室旁边。

杨小玲走进，也不坐下：校长，我一句话说完，您别起来。这几天我基本弄清了陈静静的生活情况，父亲病逝，母亲没工作，挺艰难的，她每个月生活费只有200元，这还是她弟弟打工挣来的……

校长：这事儿我也挺犯愁的，像她这样的困难学生，全校有300多个啊！

杨小玲：办低保的事还没有结果吗？

校长：你上次在党代会上向省市领导建议之后，学校马上打了报告，但暂时还没结果……我们不能让一个学生失学啊！

杨小玲：那我再跑一跑，再催一催。

校长：全国有1950所特教学校，我们第一聋校在许多方面都是名列前茅的，这事也不能落后吧？

日 外 第一聋校校门

校门处标语："热烈祝贺我校高三毕业班37位同学被国家重点院校录取！"

一辆豪华轿车停下，张家喜钻出车门，他母亲张妈让司机帮儿子把行李袋送进学校，但被张家喜毫不客气地拒绝了。

张妈一脸殷勤，一边打手语，一边大声讨好儿子：你看你看，那么多同学都考取大学了，妈妈也等着你的好消息啊……

张家喜仿佛啥也没听见，也不跟母亲打个招呼，昂着头就走进校园……

日 外 第一聋校校园

李彤迎面跑来，见到张家喜，立刻站住了。

张家喜：（手语）我妈在车上等你，请你喝茶！

李彤大惊：（手语）你妈妈？请我喝茶？为什么？

张家喜冲校门处努努嘴：（手语）我也不知道。你见到她就知道了。

李彤更加迷惑，想一想：（手语）是我得罪你了吗？

张家喜：（手语）咱俩哥们，有什么得罪！

李彤：（手语）那你和我一起去！

张家喜：（手语）不行不行，她不让我参加你们的谈话！对我保密！

李彤：（手语）可是……她能听懂我的话吗？

张家喜：（手语）她懂我，也就懂你！

李彤：（手语）可是……我的手语是“方言”啊！

张家喜：（手语）她什么都懂！

日 内 舞蹈室

杨小玲带着姚小莉，一边示范讲解，一个动作一个动作地排练……

但是李彤还是没来……

倒是有一些舞蹈队的孩子们来了，他们先是默默观看，接着忍不住暗自动作起来……张家喜也在其中，只有陈静静不见踪影。

杨小玲鼓励地：（手语）来呀！大家一起来！咱们一起跳！参赛固然重要，但学习舞蹈不仅是为了参赛得奖，而且，还是为了证明我们和正常孩子比，一点也不差！掌握一门技艺，也为我们的未来，打开更大的一扇门！

于是大家纷纷跳起来……

李彤匆匆赶来。他一把拉起杨小玲，几步走到门外，情绪十分激动……

日 外 走廊上

李彤：（手语）杨老师，原谅我，我不能到上海比赛了，老师您原谅我！

杨小玲平静地：（手语）临阵退缩啊？家里有事？身体不舒服？

李彤越发慌乱：（手语）不不，我推荐张家喜！

杨小玲打量着李彤：（手语）为什么？讲哥们义气？

李彤嗫嚅着：（手语）这……对，我和张家喜是好哥们，我想好了，我愿意把名额让给他……

杨小玲若有所思地：（手语）也行！这可是你自个提出来的呀……我让张家喜和姚小莉跳搭档！

李彤欲言又止……

日 内 舞蹈室

杨小玲擂鼓打节奏，张家喜和姚小莉双双起舞……

其他学生静静围观，没人参与跳舞，也没人鼓掌，都是一脸迷惑不解……

李彤蹲在角落里，一脸痛苦……

日 内 杨小玲家

杨小玲：奇怪，我有点看不懂舞蹈队的孩子们了，当初为了争取参加比赛，个个力争上游，努力刻苦地训练，现在，好不容易定下参赛名单，才几天，忽然出了一个谦谦君子，被选中的李彤主动“让贤”，跟我提出要让张家喜去上海当冠军！

陈双鸿：李彤？你都念叨过好多次了，说这孩子训练挺刻苦啊……

杨小玲：他身上都磨破皮了，几大块，还不让我看……我就不明白他为什么要放弃呢。

陈双鸿：名额有限，僧多粥少……他发扬风格吧！

杨小玲：也许吧，姚小莉也想主动把机会让给陈静静，但陈静静不干……这孩子自尊心超强，不要同情和施舍！

陈双鸿：只能派两个学生参赛，老实讲，这对那些落选的有点不公平，为什么不能引进竞争机制呢？

杨小玲：这本来就是竞争的结果啊，校长！

陈双鸿：离比赛不是还有两个月吗？我想，能不能分成A、B、C、D多个组进行排练，最后谁优秀谁上！

杨小玲：当然好啊……只是最终……只能去两个同学，你上我就不能上，还是得有个胜负之分吧？

陈双鸿：那没办法，冠军从来只有一个。

杨小玲笑起来：有了！我忽然有个灵感！

陈双鸿：愿意洗耳恭听！

杨小玲故作神秘地：总之就是想让舞台更大一些，能够容纳更多的孩子！

夜 外 星级酒店

张家喜、李彤、姚小莉一道走进酒店，都有点闷闷不乐、垂头丧气的……

夜 内 豪华包房

张家喜的母亲张妈端坐在主座，正在对儿子和两个学生说话，表情有点夸张，过分的热情露出几丝虚假，同时一边熟练地打手语……

张妈：……我们的家喜呀，能有这次参赛机会，我做家长的呢，首先要感谢李彤同学！你是个好孩子……你把机会让给家喜，大公无私，先人后己，像雷锋一样！你对我们有恩，我们家是知道感恩的！

张家喜惊讶地：（手语）李彤……让给我？你强迫的？

张妈：（手语）不不，他自愿的，不信你问他！

李彤一时不知所措，慌忙解释：（手语）我……我自愿的……因为……因为你比我……因为……你的机会，比我更重要……

张妈：李彤真是懂事的孩子，说得真好！你的情我领了！（对李彤，手语）阿姨我也不会亏待你的……对不对？

张家喜仿佛明白了什么，"嗵"地站起，勃然大怒：（手语）不！不！我不干！你们背着我搞阴谋诡计！

张妈也火了，厉声命令道：坐下！真是不知好歹！（对张家喜，手语）妈妈都是为你好，妈妈就你一个孩子，妈妈一辈子就是围着你转，一切都是为你着想……

张家喜不再辩驳，他十分委屈，情不自禁流泪了……

姚小莉走近张家喜，轻抚他的肩膀让他安静，自己也默默流泪……

张妈：（手语）阿姨也谢谢你呀，小莉，你是个好姑娘！你要多多帮助我们家喜，带着他一点，帮着他一点……

姚小莉点头：（手语）阿姨，如果我跟张家喜跳搭档，那李彤呢……

李彤惨然一笑：（手语）你和张家喜搭档，我可以和别的同学跳，陈静静也跳得挺好的……

日 内 女生宿舍

宿舍里空荡荡的，只有陈静静一个人在默默练习《爱》的舞蹈动作……

日 外 女生宿舍

杨小玲透过窗户观察着陈静静……

（回忆）她眼前出现了二十年前那一幕：也是在这个宿舍，七八个小女孩在跳傣族舞，动作幼稚，但劲头十足……

她看着看着，泪水涌上眼眶……

教室里，当年18岁的杨小玲比画着，以不熟练的手语连猜带蒙地对一群聋哑孩子说：从今天起，我，就是你们的老师！我，请你们记住：老师我，杨小玲，老师爱你们！

此刻，她的眼睛又湿润了……

她没有打搅陈静静，转身离开……

日 内 杨小玲办公室

视频正在播放《千手观音》录像……

杨小玲愣怔一下，又换上《星星你好》……

陈双鸿进门，调侃地：我的亲爱的杨老师，你又在加班？

杨小玲扭头看看丈夫，笑笑。

陈双鸿也打着手语：周末又不休息啊？你可是二十多年都没好好过过一个周末啊！

杨小玲仍在聚精会神地研究视频……

看一眼视频，陈双鸿说：自我欣赏你的教学成果啊，还没看够？

杨小玲：这话听着怎么阴阳怪气的，哪像个好丈夫？

陈双鸿：世界上还有比我更支持老婆的丈夫么？

杨小玲：是不是对我有什么意见啊？

陈双鸿一笑：意见多着呐！比如……

杨小玲：说吧！咱们家一贯民主！

陈双鸿：比如……今天星期天，你还要排节目吗？就不能带女儿“培优”啊？

杨小玲：你全权负责，这都是老习惯了……怎么？代表女儿抗议我？

陈双鸿：算啦，不说了，说也没用！走啰！（欲走）要是那次你调到中国残疾人艺术团，咱们全家进京，女儿高考要低几十分呢！

杨小玲：还翻老黄历啊！你说，如果当初我答应调去做导演，我们聋校这些孩子怎么办？借调一年期间，孩子们天天发短信问我什么时候回来，我的心啊……被孩子们的期盼拴牢了，没办法，人在京城心在汉，这是我的宿命，也是你们的！

陈双鸿：是的，每个成功人士的背后，都有一些像我和女儿这样的默默无闻的牺牲者……

杨小玲：哎呀，送你四个字——大言不惭！

陈双鸿：谢谢夫人！

日外校园

张家喜、姚小莉一边用手语交谈，高高兴兴往舞蹈室走去……

日内舞蹈室

杨小玲在用手机发短信。一些学生已经到来，李彤也来了，都是兴奋的、期待的目光……

张家喜、姚小莉一道进门，大家羡慕地看着他俩的一举一动，而李彤默默低下头……

杨小玲示意大家听她讲话。

杨小玲：（手语）大家把手机拿出来！

每个人都遵命照办。但是不知道老师要干什么。

杨小玲：（手语）好！请你们各自打字，内容是——“学校决定，双人舞

《爱》将改编为大型群舞参赛，像春晚的《千手观音》，像残奥会的《星星你好》，因此舞蹈队每个同学都有参与机会了，杨老师请你立即到舞蹈室参加排练！我们等着你！杨老师等着你！”

杨小玲：（手语）写完了？好，一起发给陈静静同学！

日 外 老旧的小巷

陈静静急急走路，一边看手机……

看完放进兜里，马上又拿出来……

几辆汽车跟在她身后慢慢行驶，不停地摁喇叭……

她站住，还在看短信，汽车也只得停下，而喇叭按得更响……

陈静静一动不动，继续看短信，她什么也听不见……

司机气愤了，探出头，正想大骂，没想到陈静静忽然回头，冲他扮个鬼脸甜蜜一笑，然后一溜烟跑开了……

司机莫名其妙……

日 外 修理店

那个15岁的小男孩正在忙碌，满脸油污，陈静静走进，小男孩露出纯真的笑容，马上拿来一只馒头，让姐姐快吃。

陈静静接过馒头，一口咬掉一大块，又把手机递给弟弟，让他看短信。

弟弟一看，顿时惊喜不已，冲姐姐大叫：你快去呀！杨老师等着呐……

陈静静还在吃，连吞带咽，显然饿极了，她的眼睛露出弯弯的笑意，又慢慢涌出泪花……

弟弟三把两把将姐姐推出修理店：杨老师都等急了，你快去呀……

陈静静看弟弟一眼，笑着擦泪，一转身，撒开双腿跑起来……

日 内 舞蹈室

鼓声咚咚，同学们正在翩翩起舞。

陈静静突然冲进来，杨小玲的鼓声停了，音乐停了，大家的舞蹈动作也停下来……

陈静静跑近杨小玲，喘息着：（手语）我……我……老师，我错了……

杨小玲疾步上前，紧紧拥抱着陈静静……

李彤忽然掏出一张银行卡，指指点点地要交给杨小玲……

杨小玲不明就里：（手语）你这是……

张家喜急不可耐地凑上前，帮李彤解释：（手语）这张卡里有五千块钱，都是我妈妈干的好事！

杨小玲感到震惊：（手语）五千块钱？

李彤垂着眼帘，羞愧地：（手语）他妈妈非要给我，我不要，她要给，不要也不行，她说我们家困难，没钱上学，要帮助我读书……

杨小玲思索着，恍然大悟：（手语）我明白了，所以你打算放弃参赛资格……

李彤急得要哭了：（手语）我没放弃，我不会放弃的……

杨小玲把银行卡交给张家喜：（手语）还是物归原主吧！告诉你妈妈，如果她真要帮助我们的同学，我们欢迎，但那就不能讲条件！不讲任何条件！

张家喜默默接过，思索着……

这时校长走进来，对杨小玲说：杨老师，我有个喜讯要告诉大家，你帮我翻译一下——

校长：报告大家一个好消息！我刚才接到政府的电话，从本月起，我们第一聋校的困难同学，将全部纳入武汉市低保统筹，全校300多名困难同学，每月将享受到460元生活补助金！同学们，这是杨老师为你们争取来的，让我们一起感谢杨老师！

杨小玲的手语字幕则显示：同学们，这是学校为我们争取的，我们应该感谢政府和学校！

大家激动鼓掌。陈静静、李彤高兴得跳了起来。

杨小玲悄声对校长：最后一句我跟你修改了……

校长一惊：好哇……看来我也得学学手语，像你一样，交流无障碍！

杨小玲拿起鼓槌：（手语）好了，现在，我们的大型舞蹈《爱》将进行第一次彩排，校长要当咱们的第一个观众……预备——

大家各就各位，等待杨小玲的指令。

杨小玲敲响大鼓，喊着口令：一、二、三——开始！

所有学生舞蹈起来，个个精神饱满，热情高涨……

夜 内 上海某剧院华美的舞台

舞台台标：全国中小学生文艺展演

台口上方电子屏打出流动字幕——

舞蹈：《爱》

表演单位：武汉市第一聋哑学校

编舞：杨小玲

独具特色的音乐声中，大型民族舞蹈《爱》正在上演，气势壮观、美轮美奂……

舞台上，我们可以看见张家喜、陈静静、李彤、姚小莉的美丽面孔，当然还有舞蹈队其他同学……

舞台旁，在一个无人注意的角落里，杨小玲正在聚精会神地用手语指挥……

灯光照不到她，掌声也与她无关，可是她的学生们，那些漂漂亮亮的聋哑孩子，时刻都在用眼角的余光寻找她，注视着、跟随着她的每一个动作……

日 外 第一聋校校门

校门处新增了大幅标语：“热烈祝贺我校大型舞蹈《爱》荣获全国中小学生文艺展演金奖！这是湖北省获得的唯一金奖！”

张家喜、陈静静、李彤、姚小莉等同学依然身着演出服，簇拥着杨小玲、校长（包括现实中的原型）等人，各自摆好姿势准备照相。

咔嚓一声，照片定格。

【与陈俊合作编剧；获首届中国（武汉）微电影大赛剧本一等奖】

池莉——卷

致橡树致枫树致所有树

八月的深夜
沿着时间隧道
我进入
北美小城IOWA
忽然一只鹿
亭亭玉立于我的来路
仙乐响起
美酒浅斟慢酌
我不是夜来香
但我香了

树啊树
满城的树
居然孕育了所有宝贝
除了我之外

人与人的爱
我长期不懂
先于一切
我懂得树
橡树、枫树以及所有英俊潇洒大树
都代表爱情
所以诗人乃至非诗人
都纷纷愿意
变成鸟

三个月太短
对于森林
对于拥抱
亦然
唯有对视

在满城的参天大树之中
把自己凝望成太湖石
满身的窟窿
满身的眼睛

原来
任由树调戏挑逗
是多么甜蜜
先油绿再鲜红
再澄黄
然后飘然坠落
慵懒
翩翩起舞
薄
瘦
随心所欲

如果你有鬓角脸颊鼻尖胸部
如果你有更多
树肯定多过你的更多

然而
这只是单恋的
恣意狂淫
其实树们从不与人类调情
尽管我们一再写诗
献给树
那些新生的小树们
依然与我们长得一点都不像
然而
这又有什么关系

哦还有比单恋更悲剧的

悲剧
我那几千年的爱慕还在
真实的树
没了
正如呼吸还在
空气没了

我曾借助飞机写诗
也曾借助高铁或者动车
一寸寸和几千公里
我目不转睛
盯着自己被森林抛弃的惨状
一次次流下
三千丈的泪

八月九月十月
我天黑就睡
在北美小城IOWA
在结识了覆盖全城的树之后
我随时都可以邂逅鹿
更不用说松鼠
最重要的事情变成了
尽早入睡

早到昨天就开始入睡
一个中国人在美国
固执使用母国时间
以便有多出一夜的梦呓
栽种自己的树
梦魇中的满口苦涩
依然固执
诉说爱情

我当然是人

我当然是人
但
我首先是诗

我把我供养在我火热的心房里
主要功能是激动我自己
我的那个被崇拜
首先需要我自己
动手

然后我承认我是人
为了心房的持续跳动
我必须承担“人”这个丑陋的名字
还有七个开了孔的
但事实上愚昧得
等于没有开孔的窍
以及这个名字所包含的
全部罪孽

同时我首先姓诗
同时我偷生于诗

连看电影都不解乏了

肆意乐观
泛滥已久
糖浆
已经
淹没到喉咙
下半身

在传宗接代与乱搞之间
心照不宣
苍蝇和自恋的脸蛋
基本都撞死在
玻璃幕墙与
手机屏上
阳光被瓜分
该有的地方几乎都没有
常识与逻辑
出生一个夭折一个

变老的过程真是
一个变丑的过程
我三岁开始变老
发人深省的老和丑
一直蔓延
蔓延
蔓延
到所有神经末梢
看够了
再没有什么好看了

连看电影都不解乏了
所有死去的主角
都在
下一部片子里复活
这怎么可能呢
人的生命只有一次
谁想骗谁以及为什么骗
都被我忽然发现
其实只不过我
偶尔会奢望
遇见两个小时的真实

最起码焚书坑儒
只发生在秦朝
陈世美也只应该
杀掉一次
屈原投江了
楚辞其实也被淹没
粽子只是吃的东西好不好
不必再装下去
除非我可怜的民族
每天都是聊斋故事
要死很多次
要被折磨很久

是否真有这么好

与黎明一起降临的
是智性吗

阳光真的能够唤醒
良心吗

眼睛睁开了确实能够说明
活着吗

在若干次会议以后
在若干人等讨论以后

尽管郑重得不得了
规格也都很高很高

真理
就会水落石出吗

是否真有这么好
人类

好过被我们故意遗忘的锅碗瓢盆
好过离我们越来越远的春花秋月

好过一缕炊烟
好过一管牧笛

好过母乳
好过瓦上落霜

好过那只小竹篮
总能装满欢快童年

好好学习天天向上这是一定的

光不多了
黎明难以为继

航行在长江上
周而复始几千年
无根的重复
只有一种
被航标灯限制的来来往往

怎能不想成为单纯的水
怎能不想成为汪洋的海
怎能不想恣肆横溢
怎能不想成为疯子或者智者

在重新开始学步的时候我
决计直接走向事物的正名

人就是人
蒲公英就是蒲公英
说好的轻盈自由飞舞
就一定轻盈自由飞舞
至于爱不爱
生不生孩子
蜂蜜是不是糖
是武力震慑还是漠不关心
那就再说吧
先好好学习天天向上

学习闭上眼睛，储存景象
学习闭上眼睛，拒绝景象

学习走进现实
再走出现实
再亲睹现实走进一卷青史
不再出来

学习夕阳，每天黄昏
去方外散步
从容又光艳

九种无关紧要的事

一、摹仿名人名言

往往
那些无关紧要的事
正是
一些至关重要的事

有时候
可以反过来

用烙饼的原理
反过来
也可以用爱因斯坦的原理
反过来

“世上只有两样东西可能无止境：
宇宙，以及人类的愚蠢
对于前者
我还不那么确定”

那么我
斗胆摹仿一下爱氏名言：
“对于后者
假如谁需要举例说明
我毛遂自荐了”

没有比我更愚蠢的人类
十五岁的诗
五十岁才写出来
十六岁又忘记了谈恋爱
唯一持之以恒在吃饭

二、把雨织成雨衣

无疑
我愚不可及
把雨织成雨衣
躲雨
在一个盛宴频频的国度
躲闪

大大小小的盛宴
我不在
竟然以为盛宴不在

盲目的小虫子
在参天大树弯曲的枝条上
奋力爬行
自以为在高歌猛进
万料不到时空注定弯曲
中国古代“掩耳盗铃”的成语
我怀疑来源于我
小虫子我也怀疑
是我
曾经是或者一直是

三、每天遇见羞耻

人到中年以后
羞耻地发现
年轻时候的羞耻
好激动
终于发现了一点什么
本来我一直觉得自己不配
有任何新发现
直到现在
每天遇见羞耻

至关重要的是
周一从日历上的周一滑落
并没有与周二碰面
周三也丝毫不关心昨天
在哪里埋葬羞耻呢?
跑到景点去看日出实在荒诞

压根儿灵魂就没有回家
眸子里哪有亮光

四、颠倒我自己

小说已经太假
诗歌一息尚存
电影结结巴巴
歌喉抖得慌
有太多的曾经
反复被毁
一笔一画要怎样重新书写
才——
正中靶心

可怜我不想在场
可怜我不想被毁
可怜我顺从激情爆发
却大家都认为应该夜晚做爱
可怜我仅仅只是颠倒了自己
就像马戏团的小丑
玩了一个孤独的倒立
躲在，正剧之外

五、谁能若无其事地抵抗若无其事

“大家一致认为”
这一点至关重要
只是
我做不到
手持邀请函
脚蹬高跟鞋
噔噔噔离开

去参加大家
一致到场的会
当
我屋檐下的流浪猫
羊水破了

我更无法飞赴北京
举办自己作品研讨会
以自己是一个人物的
姿态和口吻
这姿态和口吻里
不存在
流浪猫
与它的初次分娩
问题在于
流浪猫更为敏捷
抢占了存在
并用患有先天眼疾的
狡黠猫眼
考验世界
一只坏眼充满脓血
一只好眼充满泪水
谁能若无其事地抵抗若无其事呢

谁能若无其事地抵抗若无其事
反正我不能
反正
那些无名的闲花野草
总会悄儿没声横行
山坡和房前屋后
但凡有土
但凡有心
除了破碎自己我别无他法

六、仅仅只是动用我自己的手

连请假的念头也都瞬间放弃
只被回眸一瞥
牢牢捆住
比绳子温柔
却比绳子结实
墙上一只挂盘歪了
就这种无关紧要的琐事
都一定会被捆住
绑匪破门而入，我
等你已经太久

再次扶正五饼二鱼挂盘
等于再次扶住耶路撒冷哭墙
等于再次把祈祷纸塞进哭墙墙缝
我用我自己的举手投足
仅仅只是动用我自己的手和足
再活一次再活一次再活一次
而这个时代至关重要的一切
均不能
让一个人再活
我也很乐意我的另一个名字
常常被叫做“忽略不计”

上帝啊，我的祈祷是：
让我祈祷的这一刻成为实体
果然
那一刻那一天那一年
变成了山峰
那一只
传递挂盘的手
与无数手的故事

变成了山上的森林
如果这都不算宜居之地
还有哪里能够居住

七、满头青丝，闲庭信步

无论如何
不可以中断的是
每天万步走
在主流词汇里它肯定无关紧要
被称为运动或者叫做健身
排序在那些至关重要的事情之后
众口一词这件事情本身就至关重要
人们众口一词
我却，不是人

我是我的皇帝
我把我的万千宠爱全部给路
这些灌木小草簇拥的路啊
这些鸟儿雀跃在林的路啊
这些不再有围墙和门卫的路啊
这些坦然接纳我双脚的路啊
而天空，偶尔还会给我一片蓝色
而空气，偶尔也还比较新鲜
我怎么能够停下欢快的脚步

怎么能够我
忘记从前没路可走
忘记从前连麻雀打死了都
花草连根拔了光秃秃
留给我的只有一条羞辱
幸亏年轻
那时候我年轻到几近胚胎

血液循环简单
一对腮，鼠目寸光
感知不到苦涩是有多苦

我怎么能够不把它走到底？
眼前果然真的有路了
我怎么能够不格外珍惜
腿脚的权利
每天走　每天走　我要每天走
直至走回山顶洞人的洞穴
直至走到世上千年过去
我才度过七天
直至人类已白发三千丈
我满头青丝，闲庭信步

八、皱纹从脑回爬上皮肤还不够发人深省吗

天哪，怎么可能
我不去更多地
把双手浸入江水
这可是我拥有长江的
唯一方式

怎么可能
我不去江边呆坐
久久观赏那些轮船
那么郑重其事又那么吊儿郎当
缓缓地稳笃笃地
那正是我想要的速度
和风度

再慢一些
我告诉自己

再稳一些
我告诉自己
再迟钝或者再精致一些

物种进化的结果很不理想
成年人路上已经挤满成年人
奔波忙碌中人们纷纷相撞
鲜血从皮肤流出来的样子惊心动魄
皱纹从脑回爬上皮肤的样子
难道还不够发人深省

哦，我怎么可以不持之以恒睡觉
不亲手炒菜
不及时钉紧松掉的纽扣
聆听贝多芬《命运交响曲》
我怎么可以不敞开胸怀
取出自己的命运
掂量掂量

窗明几净或许无关紧要但
怎么可以不洒扫庭除
至关重要的是与灰尘较量
这举重若轻的人世间的王者
在被它埋葬之前
我倒是很乐意先埋葬它几回

九、这一下可算彻底爱了

可是
似乎不管怎么说
一丝不挂
也不算爱得更彻底
诗句才叫更彻底

无孔不入舔舐
又守口如瓶

泼洒一群无关紧要的文字
除了难免会被称之为狗屁
无疑还
看上去
字字句句都
有点傻有点拽有点屌
正如爱情来袭
也正如感冒发烧

世界和我一起
饱受摧残
十万火急赶去
拯救的一种方式叫做结婚
明知故问其实
与此相反
教堂正举行一个人的婚礼
我迫不及待回答神父：
我愿意

这一下可算彻底爱了
终其一生
我可不想没有
这一下
在无关紧要处
激动得
发抖
湖泊般出汗
风一般呼呼吹开自己的
笑

何日才能够走上正途

我之所以说：我要
那是因为
那个要
要我
所以
我说我要

不要装
不要把自己
装成所以
实质上自己首先
都是因为
装无辜
实在是
要不得

要不
索性
在因为和所以
的接缝处
埋个地雷
炸它个天翻地覆
野花重新开放

何时
才能够走上
正途
我说要
你说给
你说来吧
我说好的

事物原本惊人地有序
你偏要惊人地混乱

尖 叫

去海洋馆观看海豚表演
为打开
每一个细胞
尖叫
而名利场
每一个细胞
尖叫到裂变
变成多个名利
其中不少名利
还会膨胀成癌肿
自我炫耀
的狂热痴迷偏执
甚至超过恋爱情绪

究竟谁在教唆人类
要以活跃为重要
哦我不活跃行不行
哦我不兴奋行不行
哦我不刷存在感行不行
哦我不看海豚表演行不行
让海豚属于大海
让人类尽情表演

上帝啊
哦我不再追问上帝是否存在
只因上帝已经被我说出了口
我不再追问是否有捆绑

胳膊明显有道道淤青
佛陀是一个凡人
似乎可以追问
但不待追问
他早已说：无

那么
我想
我被允许了
早就已经
在尖叫刺伤我之前
在苦海无边之前

纯粹为自己流浪

从来没有一个
哪怕小小的村庄
是我的家乡

任何一捧泥土
我都不存在
拥有的权利

助产士的手指
在我出生的一刻
国色天香
当我大放悲声
万物
都告凋零

阳光一闪就灭了
从此我没有灯

我是我的突如其来
我是我的世世代代
我是我唯一的香火
假如真的有香火
这种传说

甜蜜与苦涩
单纯与复杂
我都不虚构
我虚构一匹马
我乐意成为
我自己的游子
我纯粹
为自己流浪
从一个时代到另一个时代
从一片领域到另一片领域
从一边天空到另一边天空

山河破碎几千年了
哪里还有什么乡愁

我想只要我
一直都在大自然里
策马迁徙
我从来都不是异乡人

娇滴滴的月季

你来了
幸福来了
疲惫与疼痛走了

力气充沛得不知不觉
匆忙做着随便什么事情
钥匙　门窗　椅子和椅子的背
随便哪里都在唱歌
手脚停不下来
勤劳得可怕
似乎癫痫病发作
或许真有一种季节性癫痫
随着你的来

你离去
谵妄也离去
千头万绪变冷
花鸟虫鱼各就各位
蜈蚣从每个下水道爬出来
这个得设法制止
邻居在窥视
哪里有异味
听听音乐翻翻书最终
总得明白
人的一生
主要是做幸福之外的事

或许正是幸福之内呢
或许幸福界定有误呢
要善于原谅大众的愚昧
因为自己也是大众
春季首先要搅混大脑和哲理
不用吃安眠药睡觉
实在是很好
东方发白那第一只鸟的
率先啼鸣
连同树枝细细颤动

都被听在枕边
般般都妙不可言
亲手栽种的香水月季
第一朵悄然开放
娇滴滴的

一边顺天施化 一边幽怨叹息

是谁
把呼吸给我
让我冒出了
炊烟
我是饥饿里
一朵丰衣足食的火焰
我要与粮食
一起蔓延

草垛燃烧
星星闪亮
热血滚烫
光芒夺眶而出
占据
所有肉体

同时在另外
一个空间
在我创造的
另外一个国家
我把火焰的名字

送给阴影
我要去
秋季冰冷的河里
舒展成一条
不会游泳的鱼
一边顺天施化
一边幽怨叹息

人的生活方式

无论高寿还是短命
一个人
总是还没有来得及
一朵花的开放赏罢
就已经凋谢

不是时间问题
也不是季节问题
更不是花朵问题
原本就不存在什么问题

答案更是
从来没有
在人类历史里筑巢

只要人
愿意
拥有一朵花的灵魂
就有可能成为一朵花
无论四季

大雪初霁
或者雨后初晴
鸽子环绕楼顶飞行
那时候
所有的马路高楼霓虹灯
都是
草原湖泊或者森林
那时候
人的眼睛
以花瓣的方式
面对万物
那时候
花朵将成为
人的生活方式

在原本应该有的
那个时候
你就不难看见
清澄的心灵
静寂
犹如水晶
一只可以被叫做任何名字
的鸟儿
轻盈飞过
宣告
人的盛开

至于那洁白云朵
不用吩咐
在湛蓝天空微笑着
发出
同样的宣告

语言这条老狗

有人总是自称高尚
我不敢相信
也不敢不相信
假如是假的呢
假如是真的呢

有人总是号称大师
我不敢不相信
也不敢相信
假如他是真的呢
假如他是假的呢

对于谦虚的诉说
与　对于张狂的诉说
对于失落的诉说
与　对于拥有的诉说
我一律不敢相信
也不敢不相信
假如他们实际上
正好相反
或者正好一致呢

人类语言是我
今生今世最大的悲哀
我恭敬地伺候多年
至今依然徘徊在
一扇无形的门外
我实在看不见
在语言与发出语言之间
那重重帷幕后面

怎样的牙齿、舌头和嘴唇
才是语言诚实的隧道

我每天都要
带我的老狗外出散步
我无奈与哀伤得一如
我带着人类语言

尽管我的老狗
忠实得超过了
忠实这个词语
但它有时候还是
会跑在我的前面
并且会突然转向
还会
突然地改变兴趣
还会在
不应该撒尿的地方
故意撒尿
还常常在
没有发情的时候
假装发情

唯一值得庆幸的是
我的老狗
不说话
也不写字
它只是做

坐在云端深处

所有山峰
都是我的亲戚
我潜伏在小草根部
认真成长
每天
我都吞食泥土
那是因为
我
没有其他方式
走进你

我发誓
我的缄默
将溶化你的缄默
溶化无数
不肯变成雨的云
最残酷部分是雾
我将把自己
变成利剑
学会击穿

我挽起
村姑的竹筐
背上我前世今生
的方块字
沿着鹰隼的眼神
穿祖母的绣花鞋
攀登
我将

坐在云端深处
成为
最接近天使的物质

成为我

多少年
多少代
古老的我
竭力摆脱睡意
只为讨回
站立的尊严

母亲
不要踢我
虚弱的腿
我一直都是
你最听话的孩子
而你
什么时候
才是我
懂事的母亲

允许我
成为舞蹈
成为羽毛
成为最简单的
沙砾
成为我

我选择向日葵的唯一理由

我选择向日葵的
唯一理由
是因为
在我选择它之前
它就已经表达了我
用一张很具体的脸
让结果证明结果
而且
脸庞直接就是种子
你不能不信

我选择向日葵的
唯一理由
是因为
再没有谁比它更
酷爱自己的选择
坚决朝着太阳旋转
谁对它说不
都没有用
即便厚厚的云层
即便太阳本身

我选择向日葵的
唯一理由
是因为
唯有它
大约能够代表我
世界其他的部分

则完全不能
除了它是植物
我是动物
仅仅一字之差
但我千万次地愿意
对这一个字
视而不见

树敌无数

那么
你就坚决不下雨吧
渴不死我
敌人
我冷笑
干涸究竟是否有能力
枯竭想象
自从夜行屋顶的猫
提醒我的再生
我便从山高皇帝远的荒野
顺流而下
从天而降
悄然而至
沿着树梢
渗透土地
每一道细纹
都允许我经过
那些江河湖海池塘
那些永不停息的波浪
每一片都被我附体

树敌无数
我毫不介意
你就坚决不下雨吧
我本来就是水
本来就是水里的
女巫
妖精
楚辞里的山鬼
从来
我都是
不战而胜

颂雪花飘临那一刻

世界上
再也没有
如此悄无声息的覆盖
博大到
无边无际
且一路轻盈欢畅
到此地
到彼岸
到天堂

一桩事物就这么
拥有难以置信的
翅膀
真情坚强得
无坚不摧

就算满目都是恨
都是颠沛流离
都是愁苦情人
都是永不相交的
两条直线
和另一个空间
就算我
完全没有意义

你依然
还是
所有奇观
依然
所向披靡
同时进入
覆盖与劫夺
面对你
谁能够阻止肉体
融化成水
谁又能够不让自己
哆嗦和尖叫
你发生
你存在
童话就会来

李修文

卷

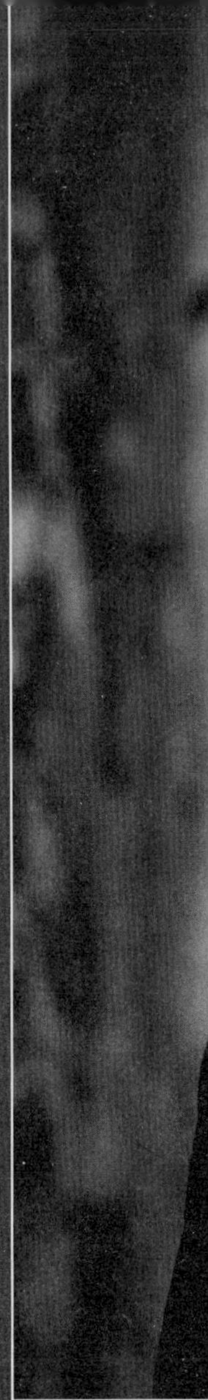

山河袈裟

这位仁兄，听说你是个作家，想我年轻时候，也爱写个文章，最喜欢郭沫若戴望舒，次喜欢从维熙刘绍棠，说起刘绍棠，那可是神童一个，还在上中学，写的小说就编入了课本，实话说，我上中学时，也有才子的美誉，写了不少作品，但都不屑于发表，只给友人分享，尽管如此，这位仁兄，我还是劝你就此罢手，停止写作，以免整天胡思乱想，最终落得个我这般下场。

什么下场？疯子的下场呗！当然，我不承认我是个疯子，你看王医生，你看田护士，我实话对你说，他们都比我疯多了，想必你已经听说，我们精神科的主任，外号就叫陈疯子，足以说明，群众的眼睛是雪亮的。说到这里，我必须强调一次毛主席当年的名言：人民，只有人民，才是创造世界历史的动力。

对不住，话扯远了，听说你想写我的故事，我本不想答应，没有特别的原因，主要是担心你的才华不够，我的故事，堪比梁山伯与祝英台，至少超过罗密欧与朱丽叶，本来我自己要写，但是自从住进这里，成天吃药，提笔忘字，只好一声叹息，就此作罢。听田护士说，你愿意代我走一趟越南，去给我的祝英台和朱丽叶上个坟，我就知道，你我有缘，现在，请允许我给你鞠躬作揖，别担心，我不是说疯话，我得的这个病，按他们的说法，叫做间歇性躁郁症，间歇性，就是有时候发病有时候不发病，我现在清醒着呐。

说起来，命运和生活对我们这些人很不公平，住在这里的人，全都是无辜的，你们给我们强加了一个名号，叫做疯子，又强迫我们住进这个地方，我们这里的很多人无法接受，我也无法接受，但是现在我接受了，世界就是这么残忍，按说我早就不应该为此感到大惊小怪了，你问我是怎么进来的？实不相瞒，那是一个美丽的传说——我以为自己是一只蝴蝶——对，你没听错，我的祝英台死了以后，我朝思夜想，跟戏里唱的电影里拍的一样，感觉自己和她都变成了蝴蝶，她在前面飞，我在后面追，她在街上飞，我就在街上追，她在楼顶上飞，我就在楼顶上追，然后，他们就说我疯了。

就算疯了又怎么样？我们的这个世界很美，你们的世界不美，我说我是只蝴蝶，我的同屋认为自己是顶帽子，而你们敢吗？我必须说句公道话：我们，是在代表懦弱的你们试验各种各样的活法，我们最勇敢，你们，一个个的，全都胆小如鼠。

对不住对不住，话又扯远了，好吧，我来跟你讲我的故事，但是从哪里说起呢？从我的家乡还是从我去越南打仗说起？好吧，听你的，就从家乡说起，我的家乡，是一座长江边的小镇，风光如画，可谓人间仙境，我最喜欢的，是它的梅雨季节，那时候，江水初绿，百舸争流，尤其是雨后，山顶上，长江上，全都云雾缭绕，置身其中，心都碎了。什么？还是从去越南打仗说起？哈哈，你果然烦了，嫌我话多？可是兄弟，我能叫你兄弟吗？好，兄弟，请你原谅我总是忘不掉我的家乡，因为我这一辈子，出了家乡就没过上几天好日子。

好吧，从去越南说起，第一回上战场，说不害怕是假的，如你所知，当初我是个汽车兵，我们的队伍往越南开的时候，月光下，甘蔗林一片片的，看上去，就像一个个的年轻人站在田野上，我在害怕之余，还在心里为甘蔗林写了一首诗，但是，越往前走，遇见的满载着重伤员的医疗车就越多，有的重伤员腿都断了还在跟我们开玩笑，让我们别一枪没开就送了命，玩笑开多了，我也就不害怕了。

在越南，哪怕战争打得最激烈的时候，我其实也是不用开枪的，一般来说，队伍先打到一个地方，站稳了脚跟，我们这些汽车兵才开始上路，给他们运送弹药物资，说到这里，我想再扯远一点，说一说战争，我对现在电视剧里的战争很不满，什么手撕鬼子，什么功夫抗日，全他妈的瞎扯淡啊，真打起来，你的功夫架势还没亮开，人只怕都被扫成筛子了，还有什么神枪手，我告诉你，仗打起来，再好的神枪手也没用，指定的时间，指定的地点，射出你的子弹，子弹打中了对方，那就算你有运气，打不中，那你就得死，仗要打赢，靠的是两个字：意志；靠的是看谁更不怕死，看谁还能挺最后一口气，我这真不是废话，我是从战场上下来的人，看过很多人死，人家都死了，你还在侮辱人家，说人家拼的不是命，而是拼的什么烂功夫，你们这样好意思吗?

所以，我经常讲，年年讲，月月讲，这个世界上，不是我们疯了，是你们疯了。

接着说打仗，那一年，越南的雨水很多，这样，我们这些汽车兵就麻烦了，一来是，道路泥泞，极难行走；二来是，因为雨大，视线不好，容易被越南的小规模武装突然袭击，说真的，那叫一个惨啊，好多人前一天还一起出车，第二天就变成了一堆肉酱，前线战事又吃紧，没有多的部队派出来保护我们，这样，为了不集中成为目标，我们的车队就不再统一出行了，每回接到命令之后，愿意走大路的走大路，愿意走小路的走小路，只要在指定的时间将弹药物资送到指定的地点就行了。

于是，我也开辟了一条自己的秘密通道，前后走了几次，无一回不是顺利来去，因为任务完成得出色，前后受了好几次表彰，说实话，我已经几乎得意忘形，这样，我便迎来了灭顶之灾。那一回，在我的秘密通道上，刚刚贴着一座高山里的密林边缘上走了半小时，我的汽车就中了地雷的埋伏，爆炸声轰然响起，我并没有被当场炸死，汽车却侧翻过去，跌落下了身边的悬崖，还没坠入谷底，我的眼前便猛然一黑，昏死了过去。

再醒过来已经是两天之后了，是被雨水浇醒的，我实在没有一点夸张：一只我从未看见过的什么动物，已经在开始啃我的胳膊了，最可怕的，是我完全不觉得疼，嘴巴里倒是渴得要命，所以，我就张大嘴巴，一边喝雨水，一边由着它啃我的胳膊。也就是这个时候，奇迹出现，一个女人突然从密林里钻出来，赶走了那只动物，再对我说话，叽里呱啦，一听就是越南人，我当然听不懂她在说什么，甚至也看不见她，可能是流血过多，眼睛几乎已经没有视力，我想着，接下来，这个越南女人就该杀死我了，哪里知道并没有，她竟然一步步地，将我拖进了一座山洞之内。

说到这里，你应该能猜得到了，这个越南女人，就是我的妻子，我的朱丽叶，我的祝英台，她的名字叫小阮。

要到三个月以后，当我的伤慢慢变好，学会了简单的几句越南话，小阮也学会了几句简单的中国话，我们才能互相知道对方的名字。

说到这里，你肯定会问，为什么小阮会救我，哪怕知道了我其实是她国家的敌人，她都没将我从山洞里赶出去？事情巧就巧在这里，她的家族，有遗传的所谓精神病史，好吧，我非常不愿意提起这几个字，但是，为了把故事如实说给你听，我也只好委屈我自己，接着说，她的家族有所谓精神病史，她的父亲，她的哥哥，都在发病的时候伤过人，这样，在她很小的时候，他们全家就被自己的村庄赶到了山上的密林中生活，后来，她的父亲死了，哥哥也死了，虽然只剩下了她一个人，她也没有回到原来的村庄，仍旧一个人住在密林里，所以，尽管两国交战已经死伤无数，但是小阮根本就不知道到底发生了什么。

一开始，小阮还以为我和她一样，都是越南人，也难怪，反正那个国家总在打仗，我说的话她都听不懂，她也仅仅以为那是因为我和她住在不同省份的缘故，后来就算知道了我是中国人，她也根本不能理解这到底意味着什么，仍然以为我跟越南人差不多，我费尽了口舌，向她解释相关的争端与仇恨，可是，她还是听不懂，只是一个劲地对我笑，实话说，她长得并不算漂亮，但是，她的一口牙齿，真的比地下的盐粒、比天上的月光还要白。

她是我的活菩萨——也不知道她从哪里学来这么大的本事，像我这样一个垂死之人，竟然被她救活了。就像武侠小说里写过的那样，她每天清晨就出门采药，中午之前回到山洞，一回来就开始给我熬药，有的熬成了药汤，有的做成了膏药，我的伤就一天天好了起来；有好多次，我都觉得满世界都跟假的一样，我眼前一定都是幻觉，不怕你笑话，手指能动一点的时候，恶狠狠地，掐了自己好多遍，但是掐到哪里都疼，一切都是真的，山洞是真的，洒进山洞里的光是真的，山洞外面的树是真的，所以，小阮也是真的。

她是我的心尖尖——大概在我和她相识一个月之后，全都是因为她，我终于能站起来了，她就扶着我，在山洞外面活动一下筋骨，在一棵杉树底下，我看见了一只鸟窝，我也是厚颜无耻，竟然想吃鸟蛋，比比画画地告诉了小阮，没想到，小阮三步两步就攀上了树，兄弟，你也不是外人了，我就跟你把心掏出来，那时候，当我看着小阮从一棵树又攀到了另一棵树上，一下子就天旋地转了起来，心脏狂跳，但那不是因为身体的痛苦，却是觉得全世界都亮了，眼前见到的一切，山，树，鸟窝，因为小阮的存在，它们就变得特别的美，格外的美，对，是小阮把一切都变美了；还有一回，她采药去了，迟迟不归，我左等右等，她也不回，我就开始胡思乱想，觉得她可能嫌弃我是个拖累，把我丢掉了，一下子我就受不了了，跌跌撞撞，跑出了山洞，喊着她的名字，满山间找她，她正好回来，远远地看着我，笑了起来，从那时候起，我就知道，我已经深深地、深深地，容我再加一个形容词，不可救药，对，我不可救药地爱上了她。

你问我爱她什么？兄弟，问出这样的问题，我真为你害羞，那说明你没有真正爱过一个人。你听好了，我的答案是：全部。我爱她的头发，每天都散发着好闻的皂角香味；我爱她的破衣烂衫，它们让我知道美可以从最清苦的地方长出来；我爱她的皮肤，黑，但酷似我母亲的皮肤；我爱她的胸，对，就是胸，它们像我故乡的丘陵一样高耸在田野上；当然，我最爱她的牙齿，容我再说一次，她的一口牙齿，真的比地下的盐粒、比天上的月光还要白。

——如果将她比喻成我们的祖国，正所谓：这九百六十万平方公里，每一寸都不能丢。

所以，在养好伤以后，我胆大包天，翻山越岭，把小阮带回了部队，当然，我没敢将她直接带进营地，而是把她放在了营地附近的密林里，再嘱咐她藏好，这才进到营地里，那时候，我们所在的部队正要换防回撤，营地里忙作了一片，当我径直上前，几个与我相熟的战友吓得魂飞魄散，他们还以为是我的鬼魂回来了。

在营地里，当天晚上，我先是分配到了一辆新的卡车，而后，首长和战友为了欢迎我的归来，特地为我准备了一场丰盛的晚餐，但是没有酒，因为吃完这顿晚餐，我们就要开拔回国了，所有人都不知道，这顿饭，我吃得既开心，又难过，开心的是我又回到了战友们中间，难过的是，我在大块吃肉，小阮却躲在密林里等我，想着想着，我一阵酸楚，于是，趁战友们不注意，我偷偷给小阮留了一些饭菜，再用饭盒装好，跑出去，把饭盒放在了刚刚分配给我的那辆卡车上。

我还记得，那天晚上大风四起，但是月明星稀，部队出发的时候，我装作需要重新熟悉一下久不驾驶的汽车，故意磨蹭到了最后一个，等到战友们全都出发了以后，我快如闪电，跑进密林，找到了小阮，小阮看见我之后，没有任何埋怨，只顾对着我笑，我也来不及跟她说句话，拉扯着她，再如闪电般跑向我的卡车，让她藏进了车厢里满载的弹药箱中间，再把盒饭端给她，盒饭还是热的，当她掀开盒盖，惊叫了一声，又赶紧捂住了自己的嘴巴——是啊，她这辈子还从来没见过这么丰盛的饭菜。

上天作证，我根本没有意识到，我正在犯下一个多么大的错误，这个错误让我，让小阮，全都把一生过成了一场戏，但是很遗憾，这场戏不是喜剧，是悲剧，彻彻底底的悲剧。

第二天黎明时分，我驾驶的汽车刚刚进入我国境内，突然接到前方的通知，所有人就地休息，我回过头去，看见小阮已经在弹药箱中间睡着了，一路上，大概是因为第一次看见我开汽车，自己又是第一次坐汽车，小阮既震惊，又好奇，我劝了好几次，她却怎么也不肯睡，趴在弹药箱上，托着腮看了我一路，现在终于睡着了，于是，我也就趴在方向盘上睡着了。哪里知道，没过多久，我的车窗就被敲响了，我的心里骤然一紧，醒了过来，往窗外看，几个战友，还有一位首长，竟然一起站在我的车边，我觉得天都要塌下来了，但是仍然壮着胆子，打开了车门。

首长告诉我，我的车上，装着一箱从越南缴获的美式武器，他刚刚接到命令，要把这箱武器火速运送到前方，由另外一支部队的人接管，以便尽快将这箱武器送交到相关的部门用作研究，兄弟，我的劫难，小阮的劫难，就从这里开始了：首长下完命令，一挥手，几个战友跑向车厢，说话间就要上车，好像五雷轰顶，我失声大叫了起来，不不不，我喊了一遍，又喊一遍：不不不！除了一个

“不”字，我再也说不出别的话，紧接着，我跳下车，去阻挡我的战友，首长诧异，厉声对我呵斥起来，我什么都听不进去，死命地护住车厢门，但是没有用，更多战友冲过来，三下两下把我拉开了，哐当一声，车门被打开，我绝望地回头，正好看见小阮刚刚睡醒，不明所以地看着我们，然而，当她看见我被牢牢地控制在战友的手中，顿时就化作一头母狼，叫喊着，凶狠地跳下车，朝我扑过来，然而没有用，没跑两步，她也被控制住了。

只是当时我还不知道，接下来，有半年左右的时间，我将再也见不到小阮了。

我和小阮都被控制住以后，被分别押上了两辆不同的车，我的在前，她的在后，我也不知道车会开往哪里，一路上，我不断回头去看小阮，依稀看见她就算在我战友的控制之下，身体仍然在激烈地挣扎，她似乎也在叫喊着什么，但是没人听得懂。大概两个小时以后，我坐的车停在了一座小镇上，而小阮的车却呼啸着继续向前了，临别的时候，透过玻璃窗，我看见她还在挣扎，还在叫喊。

将心比心，我一点都不恨我的首长和部队，临阵招亲，几千年来都是死罪，按理说，我应该被送上军事法庭，再处以极刑，但是我的首长和部队念我也曾出生入死，把事实弄清楚之后，放了我一马，最后对我的处罚，仅仅是让我脱掉军装，再遣送回家。之前，我在那座小镇上，关了超过一个月的禁闭，对此我没有任何怨言，只是担心小阮：这么久过去了，她到底在哪里呢？还有，没有我在旁边，她一个人可怎么活？可是，不管我向谁打听小阮的下落，不管我哀求了多少遍，没有一个人能够回答我的问题。

在关禁闭的一个多月里，几乎每天晚上，我都梦见小阮，梦见她光着双脚采浆果，梦见她在山洞外的溪水边洗头发，梦见她笑，梦见她笑完了又笑，每每醒来，早已双泪横流，兄弟，不瞒你说，正是在那时，我想清楚了爱的本质，爱的本质，就是怕，越爱就越怕，越怕就越爱。不是吗？其实，在把小阮带回营地之前，我的内心可有一刻不曾感到害怕？没有，每一刻，我都害怕，只是每一刻，我都在爱。

禁闭结束之后，我被遣送回了家乡，家乡正是梅雨季节，江水初绿，百舸争流，尤其是雨后，山顶上，长江上，全都云雾缭绕，置身其中，心都碎了。什么，我对你说起过了？好好，那我就不向你介绍我的家乡了，家乡虽好，却终非久留之地，押送我回家的人前脚才走，我后脚就出发了，去哪里？去我的老部队，去找那个当初在边境上下令将我和小阮关押起来的首长，我下定了决心，如果他不告诉我小阮的下落，我就死在他跟前。

尽管心里很疼，但我知道，我已经变成一个笑话了。在家乡坐船渡过长江的时候，一路上，人们对我指指点点，纷纷说，我，就是那个被越南女特务拉下水的人；到了老部队，情况也没好多少，我再也进不去营区，只好整天守在营区门口，希望碰见当初的那位首长，没想到，老部队里也在传说我犯下了通敌罪，是真正的十恶不赦，所以，当初的战友一旦看见我，马上掉头就走，不过，我不怪他们，谁都想要个前途对不对？

大概是嫌我每天守在营区门口有碍观瞻，终有一天，一个卫兵把我叫到岗哨边，递给我一张纸条，说是我一直想见的那位首长叫他给我的，我打开纸条，看见上面写了一个地址，还有首长写的两三句话，大意是：经过详细的调查，已经可以证明，小阮并非敌国情报人员，但现在是战时，两国正常人员来往口岸已经切断，此事又发生在部队，所以，小阮暂时跟随一群敌国战俘一起，住进了广东湛江的战俘营。

当天晚上，我就坐上了去湛江的火车，不，不是坐，是站，甚至连个站的地方都没有，一路上我都在发高烧，但却并没有要死要活，相反，当车厢里的灯光照亮沿途的稻田、城镇和村落，这些平日里司空见惯的东西，都让我觉得全都比平日里更美，我想，我是深爱着我们这个国家的，如果需要我为了它再上一次战场，我也绝不会讨价还价，我的悲剧在于：除了爱我们的国家，我还爱小阮。

到了湛江，天上下着大雨，我在大雨中换乘了好几趟车，终于来到了首长写给我的地址，一个偏僻的镇子，天才蒙蒙亮，我也找不到人问路，就自己摸着黑四处打探，好在是雨渐渐停了，找了一会，天就亮了，我刚从一个工厂的围墙下钻出来，突然听见有人叫我的名字，只一声，我的身体就快瘫在了地上，因为那是小阮的声音，我流着泪，全身都颤抖着回头去看，这才看见，就在我刚刚路过的地方，有一个被高高的铁丝网围住的院子，小阮正在院子里晾衣服。

看见果真是我，小阮丢掉抱着的衣服，撒腿就朝我跑过来，虽说隔着铁丝网，但这已经足够，我又闻到了她头发的味道，我看着她，她也看着我，我在哭，她也在哭，她哭着哭着，却噗嗤一笑，中国话竟然流利得很了：别哭，要笑。我听她的，就不哭了，与此同时，她想摸摸我的手，我也想摸摸她的手，但是，铁丝网上的孔太小了，手根本伸不进去。

从此以后，我就在这个镇子上生活下来了，兄弟，你猜我是怎么在那镇子上活下来的？说出来不怕你笑话：当和尚。没法子啊，我的士兵证已经被部队没收了，身份证还没办就跑出来了，所以，四处找打工的地方都没人收，到了晚上，连个过夜的地方都没有，好在镇子上有座庙，庙里有个老和尚，这个老和尚看我可怜，就把我收留了下来，时间长了，因为我的确有几分才华，还能写写画画，老和尚就不断劝我剃度，为了不让老和尚为难，我也就真的把头发剃了。

剃头发的那一天，老和尚非常欣慰，直接对我说，他有一件袈裟，已经传了好几代，是这座庙里每一任住持的信物，将来，他一定会把这件袈裟传给我，我给他作揖，点头称是，心里却非常难过，因为我一直在骗他。

对我而言，人间最美好的事，不是在佛前诵经，而是偷偷摸摸往战俘营跑的路上，兄弟，惨啊，我在这镇子上住了两年多，小阮的中国话都说得听不出来是外国人了，我每一回见她，却还是偷偷摸摸，一来是，她从来都是看管森严，二来是，我一个和尚，总不能把庙里的脸都丢尽了。不过，慢慢我也习惯了，习惯了等，习惯了等不到，习惯了小阮从黑暗中现身，也习惯了小阮刚刚笑了几声就赶紧捂住嘴巴的样子，兄弟，我很满足，我适应了这样的日子，反倒不觉得世上还有别的日子了。

兄弟，你累了吗？要不要喝口水？你可得保重身体，我还指望着你代我给小阮上坟呢，不累？那好，你要是不累，我也就不客气了，我接着讲——小阮从战俘营里放出来的那一天，我正在庙里给几尊佛像刷漆，一回头，简直要被吓死了：小阮竟然就站在大雄宝殿门口的菩提树下面，也不说话，只是一个劲地对我笑，我知道，她这是放出来了，所以，我丢了油漆刷子，蹲在地上，哭了起来。

事不宜迟，趁着老和尚关在卧室里打坐，我一刻也没有停，拉着小阮就从庙里跑了出去，我已经定下了主意，带着她回家乡，而且，一回去就结婚。跑出去没多远，我又觉得对不起老和尚，就让小阮在一家糕点铺门口等着我，我自己跑回去，在老和尚的卧室外面跪下了，然后，砰砰砰，给他磕了几十个头，这才又从庙里出来，走在街上，太阳明晃晃的，晒得人眼前发黑，我就在心里不断跟老和尚说话：老和尚啊，下辈子我再拜在你门下吧，这辈子，袈裟我已经有了，是错是对，是缘是罪，我都不打算再换了，我这件袈裟的名字，叫做小阮。

说起来，那真叫披星戴月啊，坐了火车换汽车，坐了汽车换火车，没几天工夫，我就带着小阮回到了家乡，乡亲们听说我带着媳妇回来了，也不像从前那样笑话我了，是啊，不管我犯过多大的错，但是，在我的家乡，一个在外闯荡的男人带回来一个媳妇，倒是也能重新把面子挣几分回来，怎么跟你说呢？听说我要结婚，乡亲们全都出动了，先杀猪，后杀鸡，红纸堆了一屋子，鞭炮堆了半屋子，那可真叫一个张灯结彩，就只等着两天后的婚礼了。

也是欢喜疯了，到了婚礼的前一天，我才想起来，结婚是要登记的，当然一刻也不能等，我就找人借了一辆摩托车，载着小阮，去镇子上登记，一路上，小阮脖子的丝巾老是被风吹起，把我的脸都蒙住了，每回丝巾蒙住我脸的时候，小阮都开心地哈哈大笑，但是她不知道，我愿意一辈子走在那条去登记的路上，一辈子被她的丝巾蒙住脸。

登记之前，我们先去照相，照相馆就在登记处的隔壁，也是凑巧，那一天，十里八乡来登记的人特别多，我就让小阮在照相馆等我，我先去登记处领个号，等我领完号回来，小阮就不见了，有两个干部模样的人在等我，他们告诉我：小阮已经被他们的人带走了，接下来，她将被遣返回越南。我的脑子像是被斧子劈了，半天才反应过来，当时就疯了，在照相馆内外四处喊着小阮的名字，又四处找着小阮的影子，但是一无所获，两个干部劝阻我，我把他们全都踹倒了，问他们，这究竟是为什么，他们告诉我，这是上面的规定，他们也没有办法，只听说这是越南方面的要求——因为战争流落在中国境内的越南人，一律得遣送回去，如若不然，就将影响到流落在越南的中国人也不得遣返。

你知道的，我就算把那两个干部活埋了，也没办法找回小阮，而我只想找回小阮，并不想把谁给活埋了，我拿着刀，逼问他们小阮的下落，他们倒是也如实回答了我，说我肯定追不上小阮了，因为小阮已经在去省城的路上了，下午就会飞到广西，下了飞机，越南方面的人就要把她接管过去，再和其他人一起被带回越南。

说真的兄弟，这一生中，我的偶像不多，刘绍棠算一个，我自己也算一个，你可能会觉得我狂妄，但是，像我这样，明知道自己已经成了个大笑话，却又死不悔改的，我还没见过几个，再看看你们，什么什么写字楼，什么什么CBD，为了几个钱，为了升个职，多少人连自己的女人都可以不要，我早就说过了，你们，一个个的，全都胆小如鼠。

说回来，我把小阮又弄丢了，但是，就算有人拿枪顶着我的脑袋，有个念头我也绝对不会打消，那就是：既然弄丢了，我就得把她再找回来。跟当初去湛江一样，我一刻都没有停，马上回到家，把父母留给我的房子低价卖了，凑了一点路费和生活费，当天晚上，我就朝着当年的战场出发了，根本不在乎我和它之间隔着千山万水，在走了好几千里路的火车上，我一直想，哪怕偷渡去越南，我也得再把小阮带回来，只是没想到，这一去何止千山万水，好多次，我都差点死在了小阮的前头。

你绝对想不到，在中越两国的边境线上，我究竟受了多大的苦，这么跟你说吧，我在边境线上生活了六年，压根都没有进过越南一次，更别谈能见到小阮一面了。

那可真是九死一生的六年——两国虽已不再交战，但是边境上的每一座哨卡都守卫森严，仅以我方论，如果有人胆敢不听劝阻想要跑出国界，断然会遭到哨兵的射杀，我就曾亲眼看见过一个想闯关的人被射杀在了我眼前，后来听说，此人是一个走投无路想去越南找条活路的杀人犯。尽管如此，我也没有一分钟不想偷偷越过国境，为了越过国境，我曾经加入过一支去越南淘金的队伍，据他们说，要是他们都进不了越南，这世上也就没什么人能够进得去越南了，哪里想到，我刚加入进去，没两天，大半夜的，他们突然火拼起来，莫名其妙的，我肚子上也被人捅了一刀，幸亏我跑得快，不然就没命了。

兄弟，在死里逃生方面，我绝对能算得上你的偶像：界河里，我差点被淤泥捂死；哨卡边上的稻田里，我差点被雷劈死；有一回，我和另外几个人勾搭在一起，来到了一排通了电的铁丝网前面，据领头的人说，因为停电，我们有十分钟时间可以翻过电网跑进越南，领头的人话还没说完，有人就发了疯朝着电网跑，果然，一眨眼，他就翻过了电网，并且安然无恙，紧接着又翻过去了一个，如此一来，我再也沉不住气了，站起来就往前跑，刚跑了两步，却有个人超过了我，这人三步并作两步，劈头就要跳过电网，哪里想到，电来了，眼睁睁地，我就这样看着他被电打死了。

那也是猪狗不如的六年——在暂时找不到去越南的办法之后，我做了长期在边境线上生活的打算，所以，请你好好看看你眼前的这个人，正所谓：十八般武艺，样样精通。修伞补锅，编席子弹棉花，下矿井搭台唱戏，这些我全都干过，但是，就算这样，把肚子吃饱仍然不容易，有一回，我在一座矿井里挖了半个月的矿，出来一看，老板跑了，工钱没结上，喝凉水过了几天之后，再也忍不住了，半夜翻墙去一户人家里偷东西吃，好笑的是，东西都偷到了，都快递到嘴巴边上了，我反倒饿晕了，头往地上一栽，就什么都不知道了；还有一回，也是饿得受不了，正好路过一个棉花加工厂，我就跑进去，什么都不管，抓了两把棉籽塞进了肚子，哪里知道，一连好几天，肚子疼得我恨不得撞墙，要说还是我的命大，那时候我住在一家砖瓦厂的工棚里，砖瓦厂早就垮掉了，工棚里就我一个人，我哪怕喊破了喉咙，也没有人听见我在求救，可是最后，我还是命大，活生生挺了过来。

唯一的安慰，是小阮，我都记不清楚有多少次了，当我在鬼门关前面止住了脚，发烧也好，昏迷也好，每到这时候，小阮就出现了，就像在当初的山洞里，她蹲在我身边，我能听见她的呼吸，能闻见她身上的味道，她的头发轻轻地掠过我的脸，这样一来，我就想哭出来了，我还想对她说，你知道吗，为了找你，我已经受了天大的罪了，可是，我知道，这一切，全都是梦，是幻觉。

就算清醒的时候，我也能经常看见小阮——下矿井的时候，我就想着小阮的样子，盯着黑黢黢的矿道看，看着看着，小阮就出现了，一看见她，我就对她说，小阮，我在这儿呢；给人割稻子的时候，我就盯着稻田看，看着看着，小阮就出现了，一看见她，我就对她说，小阮，我在这儿呢；还有走街串巷四处补锅的时候，我就盯着近处的大路和远处的山死命看，看着看着，小阮就出现了，一看见她，我就对她说，小阮，我在这儿呢。

说起来，此生我的确有几分佛缘，有一年，当地农作物歉收，种什么死什么，这样一来，什么工都不好做，我也就吃了上顿没下顿了，正是走投无路的时候，又是一个游方的和尚救了我，见我可怜，每隔两天，他就把他化缘得来的吃喝送一点给我，这样我才没饿死，他也劝过我，不如跟他一起遁入空门，凭我的才华和见识，要是跟他一起回到安徽的庙中，说不定，还能得到方丈的袈裟。

我能活到今天，至少一半的命是一前一后两个和尚给的，所以，我不想再为了一碗吃喝去骗那个和尚了，哪怕饿死，也再没去找过他，每回他来找我，我都躲得远远的，等他走远了，我才在心里叹着气对他说话：和尚大哥啊，下辈子我再跟你一起出家吧，这辈子，袈裟我已经有了，是错是对，是缘是罪，我都不打算再换了，我这件袈裟的名字，叫做小阮。

那时候的我并不知道，就在我挖空心思活下来的时候，身在越南的小阮却正在坐牢：回到自己的国家之后，她被当成国家的叛徒，最后，判了九年刑，并且不予上诉。

兄弟，你看看，这就是我和小阮的命，天上地下的菩萨们啦，你们倒是看看，这就是我和小阮的命，兄弟，我必须向你承认，这一辈子里，有很多回，我都想摇身一变，变成个恶棍，说不定，当一个恶棍，我还会早一点找到小阮，可是转念又一想：想当初，小阮在密林里救下我的命，又或者后来，小阮糊里糊涂跟着我回来，难道是为了让我有朝一日当恶棍的吗？这么想着，我就把那些恶念掐灭了，哪怕是我被人冤枉，去坐牢，我也挺过来了，没有去放火，也没有去杀人，既然这是我的命，我就全都受下来，然后再想法子，看看自己能不能破了这个命，兄弟你信吗，这辈子里凡是害过我的人，我都忘记了。

是啊，跟小阮一样，我也坐过牢，整整坐了四年。那是我在边境线上的第三个年头刚开始的时候，恰好初春时节，群山翠绿，群鸟北返，我终于找到了一个像样子的工作，老本行，给一个沙场开货车，而且，工钱一日一结，蹉跎了两年，我竟然能找到这么一个中意的工作，你可以想象一下，我该有多么谢天谢地。

第一天出车非常顺利，我开车，老板的小舅子押车，到了目的地，天色已经黑下来了，我将满车沙子卸下之后，正要连夜回去，老板的小舅子却提议去喝酒，我不想喝，可是小舅子怒了，威胁我，说是不喝酒的话，他就不给结工钱，这样，想着我也算是在枪林弹雨里开过车的人，就跟他去喝了，没想到，没喝多久，他就喝多了，高低要在小酒馆隔壁的旅馆里住下，我可不敢不回去，只好先送他住下，再开车往回返。

事实上，一上路我就觉得自己不对劲，忘了告诉你，打上中学开始，除了才子的美誉，我还有酒神的名号，千杯不醉就不说了，但要说百杯不醉，我还是有把握的，那天却是十分反常，开着车，我不仅想吐，而且还特别累，眼皮子直打架，一闭眼就能睡着，我心知不对，想要停车睡一会，哪里知道，另外一辆货车突然从对面开过来，又开着大灯，灯光刺亮，亮花了我的眼睛，真是鬼使神差，我连个刹车都来不及踩，迎头就撞上去了。

你能想得到吗？我，一个在枪林弹雨里开过车的人，竟然撞翻了对面的货车，货车上，除了司机侥幸逃出一条命，其余三人，全都被我撞死了。

怎么办？除了坐牢你说怎么办？很快我就被逮捕了，很快又被判了四年徒刑，时至今日，我始终都没忘记去监狱服刑的那一天，天上下着雨，地上起了雾，天地之间，白茫茫一片，什么都看不清，坐在囚车上，我第一次感到了绝望：我觉得我这辈子恐怕再也见不到小阮了。

哪里知道，真正的绝望，才刚刚开始，所谓的度日如年，才刚刚开始：我服刑的监狱，其实还是在边境线上，所以，在这里服刑的，多半都是当地人，到监狱的第一天晚上，因为没有什么东西可以进贡，我就被牢头指使几个小弟暴打了一顿，那真叫一个头破血流；没过几天，我又被暴打了一顿，还是头破血流；两个月下来，狱友们算是都看出来了，我是这里唯一一个没有人来探监的人，势单力薄，孤家寡人，这样，我挨打的次数就更多了。

终于也有受不了的时候，那一回，我被打得实在受不了了，就下了狠心，找了一块砖头藏在怀里，稍有工夫，我就跟在牢头后面，想找一个偏僻之地，趁他不备，趁别人没看见，用砖头砸死他。功夫不负有心人，很快我就找到了下手的机会，机会一来，我便二话不说往前冲，可是真要命啊，不知怎么，小阮突然站到了我面前，一向爱笑的她竟然哭了，也不说话，就那么哭着看着我，我能怎么办呢？我只好对她说，小阮，我在这儿呢。

下一回想杀人，是我的刑期快要结束的时候，对，我记得清清楚楚，大概还有不到三个月的样子，我的刑期就结束了。正是农忙时节，所有的犯人都在稻田里插秧，有一个新来的狱友，光着双脚踩在了一只农药瓶上，流了好多血，我看不下去，就去帮他插秧，秧快插完的时候，他突然问我认不认识他，我当然摇头，他却说，他认识我，他其实就是我当初撞死人时侥幸活下来的司机。

接下来的事情，才是我这辈子遇见过最荒唐的，那个司机告诉我，其实我根本没有撞死过人，从前到后，我所经历的，不过是一场骗局：撞死人的那天晚上，我之所以不胜酒力，是因为沙场老板的小舅子给我下了药，然后，又雇他开车去故意碰上我的车，被我撞死的三个人其实是前一天老板自己酒后开车撞死的，他自己怕坐牢，就临时雇了我，然后又把罪名给了我。

在我坐牢期间，难免会经常对自己撞死人这件事念念不忘，但是想来想去，一想到自己那天晚上的确喝了酒，就没有敢再往下想，哪里知道，事情的原委竟然是这样，兄弟，将心比心，如果是你，你是不是也想杀人？那一刻，我真是悲愤难当，只想越狱出去，杀掉沙场老板和他的小舅子，要说起来，还是那个司机比我更冷静，他劝我，说牢也坐了，现在就算把人杀了，也无非是接着坐牢，弄不好还会被枪毙，更何况，在我坐牢之后，沙场老板早就关了场子，举家消失了。为今之计，不如向国家申诉，索要赔偿，而且，冲着我帮他割稻子这件事，他已经看出来我是个好人，所以，他愿意为我的申诉作证。

我听了他的，开始了申诉，因为铁证如山，案子没几天就翻过来了，然后，我接到了通知，通知上说，我可以随时出狱，只是国家赔偿的钱还要一个月才能到，我想了想，就在监狱里多住了一个月，一来是为了等国家赔偿的钱，二来是，出去之后，也不知道去哪里。在这期间，我给家乡的一个远亲写了封信，想问问他，父母留给我的几亩薄田，我能否卖给他，因为我实在不知道国家到底会赔给我多少钱，万一没赔多少，把田卖了，我也可以在边境线上再撑些日子，是的，我从来没想过回到家乡，因为我从来没有断过找到小阮的念头。

要说这世上之人，十有八九都犯贱，世人之中，尤以我为最贱，你猜怎么着？出狱那天，当我从监狱长手中领到一个存折，再看到存折上的数字，不禁倒吸了一口凉气，过去几年受过的苦，一下子就全都忘掉了，甚至想，如果不坐牢，凭我这几斤几两，是断断不可能挣到这些钱的，以今天的眼光来看，当年那笔钱当然不值一提，但对当时的我来说，不啻是一笔天文数字，要命地，我恨不得小阮马上就从天而降，跟我一起花钱。

随后，监狱长又交给我一封信，信是我的远亲回给我的，他同意买我那几亩薄田，同时，又让我开个价再写信给他，没想到的是，在他的信中还夹着另外一封信，这封信上字迹歪歪扭扭，简直不是中国人写的——是啊，它真就不是中国人写的，它是小阮写的，天知道她是找谁讨教的，竟然已经能用中文写字，这么跟你说吧，当我突然意识到这是小阮的信，我的全身都颤抖了起来，眼泪夺眶而出，一颗颗掉在了信纸上，我又手慌脚乱地去擦信纸上的眼泪，一边擦，一边哭得更凶了。

也就是在这封信上，我才知道，过去几年里，小阮也一直在坐牢，半年前，她被释放了，释放之后，她就来到了中越两国之间的一个镇子上，在那里打短工，她在信里说，如果我能看见这封信，千万要记得马上去找她，因为她生了病，而且是疯病，如果我再不去找她，她怕她就快认不出我来了。

——读小阮的信的时候，我的身体一直在发抖，读完了，我却难以置信，要知道，那个镇子距离我的监狱才不到五十公里，在我入狱之前，为了偷越国境，我不知道多少次去过那个镇子，因为那个镇子一半属于中国一半属于越南，可以说，站在中国的土地上，跨一脚便是越南，但也正因为如此，守卫就尤其森严，还记得我对你说过，我曾经看着一个通缉犯在我眼前被射杀吗？对，就是在那个镇子上。

但是，监狱长的话却不由得我不信，他告诉我，洞中一日，世上千年，现在的中越边境已经不是我入狱之前的样子了，两国的交往已经开始正常化了，好比从前打过架的亲戚，现在虽说谈不上和好，但再见面已经不用打架了。

兄弟，听完监狱长的话，你知道我有什么感受吗？对，我觉得自己像个笑话，一个天大的笑话，我和小阮，我们都成这样了，以前打架的人现在又不打了，是啊，他们不打了，我和小阮却变成这样了。我还想再说几句，监狱长却挥手让我滚蛋，我也只好滚蛋，出了监狱，我就去储蓄所取钱，取了钱出来，又赶紧去给自己买了身衣服，也给小阮买了几身衣服，对了，我还给小阮买了一条丝巾，红色的，跟当初我们去登记结婚时的那一条一模一样。

当天下午，天快黑的时候，我赶到了小阮在信里所说的那个镇子上，进了镇子，我逢人便问小阮的下落，所有人都说见过她，但是所有人都不知道她此刻在哪里，当然，也有人对我找她表示不解，他们径直问我为什么要找那个又脏又凶的疯婆子，兄弟，他们这么说小阮，我竟然没有动手，大概是因为，几年的牢坐下来，我已经想明白了：这世上的人啊，真正是各自有难，各自有命，绝大多数时候，我们都只能各自受难，各自拼命，谁也救不了谁。所以，我不怪他们，接下来，我要忘掉这辈子里所有不愿意记起来的人和事，只有这样，在余生里，我才能将自己彻底清空，专心做一件事，那就是，把小阮带给我的好全都还给她。

然而，小阮却已经不认识我了。

我是在一家学校的教室里找到她的。月光下，她睡得正香，虽然衣衫褴褛，脸和头发都好像很久没有洗过了，但她的牙齿还是那么白，我轻轻地走近她，在她身前坐下，看了又看，看了又看，终于没忍住，伸出手去碰一碰她的脸，她就惊醒了，猛然坐起来，嘴巴里大喊大叫，甚至朝我脸上吐唾沫，我叫她的名字，小阮，小阮，我叫了一遍，又叫一遍，可是她根本就不认识我了，仍然大喊大叫，仍然朝我脸上吐唾沫。

没有别的办法，我突然想起那条红色的丝巾，赶紧掏出来给她，没想到，一下子，她就安静了，眼睛里的神色也变得欢喜起来，迟疑了一会，接过丝巾，捧在了手上，捧了一会儿，像是怕我抢回去，跑到墙角里，系在了脖子上。

趁着她系丝巾，我再也忍不住了，冲上前，一把抱住了她，不管她怎么推我，不管她怎么骂我，我就是不松手，抱着抱着，奇迹就出现了，她不再推我，也不再骂我，反而伸出手来，摸着我的头发，红色的丝巾又蒙住了我的脸。

然而，她还是没有认出我来。

所以，在月光下，在教室里，不自禁地，我竟然笑了起来：还有比这更惨的事情吗？我找了小阮好几年，小阮找了我好几年，等我们互相找到了，她却再也不认得我了，在她心里，已经没有我这个人了，不信吗？你听听她大喊大叫的声音就知道了，她满口喊出来的，都是越南话，她甚至连她辛辛苦苦学会的中国话都忘记了。

你以为这就是最惨的？不不不，兄弟，如果你觉得这就是最惨的，那就说明你还涉世未深，那就说明我担心你的才华是有道理的，在我看来，才华是什么？才华就是想象力，一个没有饱尝过生活之苦的人，是没有办法去想象真实的生活的，我就算把一切真实的遭遇端给你，你也还是不知道我在哪里哭过，又在哪里笑过。这么说你不会生气吧？兄弟，你千万不要生气，我们是有缘人，我对你的劝告，无非是苦口的良药。

兄弟，最惨的事情，不是小阮不记得我了，而是她根本就活不长了——从我找到她，到她死去，一共只有九天时间。我跟你说过，那天晚上，在学校的教室里，我抱着她的时候，她伸出手来摸了我的头发，不，那并不是她对我示出的好，而是她站不稳了，想撑住自己的身体，最后也没撑住，仰面倒在了地上，眼睛也闭得紧紧的，呼吸还有，但是怎么叫也叫不醒她，我吓死了，赶紧抱着她，跑出学校，在镇子上四处找医院。

到了医院，见到了医生，医生却是见怪不怪，原来，小阮初来这个镇子的时候，曾经找医生看过病，医生早就给出了诊断：活不过今年。小阮还没醒过来，我就问医生，她这到底是怎么了，医生这才告诉我，小阮患上的，是急性败血症导致的肝肾衰竭，如果没有什么念想支撑着她，她是断然活不到现在的。

我掏出存折，对医生说，我就是她的念想，如今，她的念想有钱了，不管花多少钱，也要把她的病治好，医生却两手一摊：晚了，没救了。

正说着，小阮醒过来了，一醒过来，就接着大喊大叫，我全都听不懂，她叫喊的，仍然是越南话，但我可以猜得出来她的心思，她想从医院逃出去，因为吊瓶让她害怕，白大褂让她害怕，头顶上的灯也让她害怕，她的眼睛里除了惊恐，再也没有别的什么，但是，你说说，我怎么能让她走呢？哪怕是死，我也得让她死在医院里啊！再说，不管医生怎么说，我却怎么也不肯信小阮会死，我还以为，我和小阮的好日子，才刚刚开始呢，所以，不管她怎么叫喊，我也不能让她走，反而走上前，把她死死按在了病床上，她又要朝我吐唾沫，最终，也没有力气吐出来。

就算病入膏肓，小阮，她也是我的心尖尖——在医院的日子里，大部分时间，小阮都在昏迷之中，只是偶尔醒来的时候，才会叫喊出几句越南话，都是些只言片语，不过我有办法，我对你说起过，这个镇子一半属于中国，一半属于越南，所以越南人多得很，我找了一个小本子，只要小阮叫喊，我就把她的发音记下来，再去找越南人问她喊出来的到底是什么，有时候，她喊的是妈妈，有时候，她喊的是天上的鸟，就是从来没有一次喊起过我。

她叫喊得最多的，竟然是：放了我，放了我，放了我。我知道，那大概是她在越南坐牢期间，对管教、对监狱、对苍茫大地喊过最多的话，每到这时候，我就想抱着她哭，但是又不敢，一旦把她抱紧了，她就喘不上来气，我就只好趁她再次睡着的时候，躲到走廊上去嚎啕大哭。哭着哭着，突然想明白了一件事情，她之所以害怕医院，可能是病房太像监室了，一念及此，不由分说，我马上去说服医生，要把病房改成普通人家的模样，医生当然不干，但你知道的，我的存折上有的是钱，最终，医生还是同意了我的请求。

跟我想的一样，下一回小阮醒来的时候，看看墙角的立柜，再看看窗子上的花布窗帘，果然就不再叫喊了，大概有半小时吧，她就盯着它们看，看了一遍，又看一遍。

唯一的麻烦是，虽说中越两国已经实现了关系正常化，但是，边境管理却并未松懈，按照规定，白天里，两国公民可以在对方的地界活动，到了晚上，却必须各自回到自己的国家，这样，实际上，每到了夜晚，我就得雇上两个人，轻手轻脚地，把小阮的病床抬出医院，再抬到越南的地界，而我，则只能站在中国的地界里，对，病床放在越南，挂着吊瓶的铁架放在中国，要是遇见了下雨的天气，我就打上两把伞，把小阮罩得严严实实的，没下雨的话，我就站在中国，看一会小阮，再看一会越南。

兄弟，你真的没有累吗？好在是，我和小阮的故事，终于来到了快结尾的地方啦，在故事讲完之前，我想再向你鞠个躬，作个揖，如果故事讲完我不认得你了，请你原谅我，因为我突然觉得大事不好：我可能要回到我的世界里去了，对，就是你们所说的，那个所谓疯子的世界，但是如此甚好，那里正是我的故乡，在那里，我和小阮相亲相爱，比翼双飞，只是请你不要忘了，我是间歇性躁郁症，如果你不食言，代我去越南给小阮上了坟，请你一定在我下次回到你们的世界的时候来找我，到时候，再给我讲一讲小阮坟头上的草是青了还是黄了，可以吗？可以的话，我再接着把最后的结果讲完。

算病入膏肓，小阮，她也是我的活菩萨——一天下午，小阮突然醒了过来，她用越南话对我说，你听，在下雨。我向窗外看，烈日当空，哪里有一滴雨呢？小阮又说，你听，在下雨。好吧，我听她的，我就闭上眼睛，果然，闭上眼睛之后，我仿佛来到了另外一个世界，在那里，绿树成荫，小雨如酥，我和小阮都身无疾病，再并肩前行，一直前行到了我们当初生活过的山洞，这时候，我睁开眼睛，奇怪的事情发生了：眼前已经不是医院的病房了，而是真正的当初的山洞，我躺在山洞里纹丝不动，反倒是小阮，跳跃着就上了树，在树上，她麻利地从鸟窝里掏出两颗鸟蛋，再对我笑个不停。

说起来，这就是我幻听和幻视的开始，但我丝毫都不觉得恐惧，反而着了魔，就像吊瓶里的药水在支撑着小阮最后一口气，我也想要更多的幻听和幻视，好让我和小阮在另一世界里重新做人，结成真正的夫妻。幸运的是，在小阮弥留的最后几天里，我以闪电般的速度，终于获得了一个和她同进同出的世界，譬如，她说她的父亲和哥哥来了，我的眼前就会出现她的父亲和哥哥，虽然从未谋面，但是一见之下，异常欢喜，亲热得就像在一起过了半辈子；譬如，她喊着，不要打我，不要打我，于是，我的眼前就出现了一个被击毙的管教，击毙那个管教的人不是别人，正是我。

对，这就是你们说的疯了，是啊，我疯了，但我不以为耻，相反，当我终于确定，我和小阮拥有了一个共同的世界之后，我又哭了，那不是辛酸的哭，那是幸福的哭——就算小阮死了，只要有了这个世界，我也将和她在一起，我们将重新做人，结成夫妻，我们将相亲相爱，比翼双飞。

小阮走的那一天，清风吹过远方的山冈，往医院里送来了花香，她不光醒了过来，脸上还泛出了红晕，她盯着我，看了又看，我也盯着她，看了又看，终了，她还是没有认出我来，转而闭上眼睛，嘴巴里不断地用越南话喊着一个词，我听了半天，听清楚了，她喊的是一个“洞”字，对，就是山洞的洞。也算是如有神助吧，我觉得，她可能是想起了当初我和她一起生活过的山洞，她想回到那里去，这样，我就满医院打听，看看镇子附近有什么山洞，就算以假乱真的在哪座山洞里活上片刻，也算是好的。没花多大功夫就打听出来了，距镇子十公里的地方，真的有一座巨大的山洞，于是，我就找人租了一辆摩托车，再将小阮放在摩托车后座上，给她系好丝巾，就朝着山洞出发了。

要说去山洞的路可真像我和小阮当初去结婚的那条路，我一边缓慢地往前开，一边竖起耳朵去听小阮的呼吸，她就趴在我的身上，所以，她的呼吸声就在我耳朵边上微弱地起伏着，大风又起，吹动了红色的丝巾，丝巾蒙住了我的脸，渐渐地，我就再也听不到她的呼吸声了。

我还是继续往前开，路过一座山坡的时候，在一丛野菊花中间，我看见一只蝴蝶打花丛里飞了出来，慢慢地就飞到我身边来了，我的摩托车开到哪里，它就跟到哪里，这样，我就想起了梁山伯与祝英台的故事——难道说，小阮已经变成了一只蝴蝶？果真如此的话，我也得赶紧步她的后尘，变成一只蝴蝶，这么想着，我就闭上了眼睛，果然，在我和小阮共同的世界里，我和小阮，一起变成了蝴蝶，她在前面飞，我在后面追，她在大街上飞，我在大街上追，她在楼顶上飞，我在楼顶上追。

兄弟，至此，我的故事就画上句号了，你快走吧，记得下次在我回到你们这个世界的时候再来找我，到了那时候，你一定要好好对我说说，小阮坟头上的草是青了还是黄了，现在，我已经不是我了，我是一只蝴蝶，小阮也是一只蝴蝶，不信你看，她在前面飞，我在后面追，她在大街上飞，我在大街上追，她在楼顶上飞，我在楼顶上追……

义结金兰记

夜深之后，东南风吹满了整座山谷，田野上，月光下，簇拥的桑叶碰撞在一起，发出扑簌的声响，渐渐地，小雨落了下来，但若有似无，月光也未消退，使得大地上的一切看上去都显得更加简单，也更加清白。

我刚打算关窗入睡，没料到，一支十数人的队伍，却经过我窗前的道路，正要走出村子，人群里，有人打着手电筒，有人用手机将眼前照亮，几乎没有人说话，但是，几声似乎一直在压抑的低泣还是被我听见了。

随后，我就看见了它：那只方圆百里以内名震遐迩的猴子。一见之下，我的心里便有了不祥之感，未曾有半点犹豫，我也赶紧跑出门，走进了沉默的队伍，一边走，一边去盯着它看：因为连日的疾病，它早已不复当年之勇，只是安静地坐在一张椅子上，再被前后几人抬起来，慢慢往前走，而它，要费尽力气，才能调转头去，看看这个，再看看那个。借着一点微光，我看见它的手被它女儿紧紧攥在了手里，那忍不住发出低泣之声的，正是它的女儿。

是啊，这只病入膏肓的猴子，却有一个身为人类的女儿。

如果要将这神赐般的机缘道尽，还得从十多年前说起——说起这片黄河岸边的县域，真正是荒瘠贫寒，绝大部分土地都可谓十种九不收，好在是，老祖宗留下了一门绝技，是为耍猴，所以，男子们成年之后，每遇农闲时节，多半都要带着自己的猴子，离家万里去讨一条活路，到了年关将近时，才从各地奔赴回来，因此，每一年，在春节前的几天里，火车站，泥泞的小路，拖拉机上，渡船上，到处都是顶着一身风雪的人和猴子。

不知从哪一天开始，一群无主的猴子，竟然啸聚到了一起，将此地的山河当成了昔日的水泊梁山，打家劫舍虽然还说不上，但是，围攻家禽，一夜之间掰尽田地里的玉米，甚至拦住独行的人索要食物，这些都是常有的事情。这群猴子的首领，因为胆大包天，几乎无人不识，渐渐地，人们不再称它猴子，而是叫它宋江宋公明，在逃过了几次捕杀之后，宋公明的队伍越来越庞大：那些死了主人又或不堪繁重训练的猴子们，全都逃出来，聚到了它的麾下。

就算半世英雄，也终有马失前蹄之时，忽有一夜，宋公明带领手下众兄弟去榨房里偷油，不料中了埋伏，被一支火铳打伤，只好捂住伤口奔逃，没逃多远，它就和众兄弟失散了，独自沿着黄河岸边寻找躲避之地，哪里知道，前几日刚好下过雨，堤岸崩塌，它竟失足掉进了黄河，只好怀抱着一棵和它同时掉入黄河的树，随波逐流，等待着命运向它显露真身。

花开两朵，各表一枝：话说黄河边的村子里，住着一个傻子，说是傻子，却也算不上太傻，娶过亲，还有一个女儿，妻子虽说已经跑了好几年，但他一个人带着女儿长大，却也没有少过女儿一口吃喝。和别的成年男子每年都要出去耍猴不同，大概是因为傻，也是因为太穷了，他既没有钱买一只猴子，也没有训猴的本事，只好靠四处做苦力过活，对此他倒是并无不满意之处，稍有空闲，他便让女儿坐在自己的脖子上四处巡游，见人就骄傲地迎过去，就像顶着一面旗帜。

这一日黎明时分，天刚蒙蒙亮，傻子坐渡船过黄河，他要到黄河对岸的一家采石场里去做工，船行到一半，他便看见了那只被人唤作宋江的猴子，其时，它正在水中奄奄一息，一见之下，傻子便要跳入河水去救它，身边人赶紧阻拦，纷纷说那猴子已经死了。可是没有用，傻子非说那猴子的手还在动，说话间，傻子已经跳入了水中，傻子虽说傻，水性却是极好，没花多大工夫，他便一把抓住了正好被波浪翻卷过来的猴子。

接下来的事，更是让船上的人觉得匪夷所思——事实上，当傻子拽着猴子刚一上船，同行的人便认出了这猴子姓甚名谁，纷纷劝说傻子，赶紧就此罢手，以免养匪为患，哪里料到，傻子全然不管不顾，脱下自己的衣服，绑住了猴子的伤口。渡船到岸，他竟然没有下船，反而掉头回返，将那猴子扛回了家。

不做傻事怎么能叫傻子呢？但是，尽管如此，十里八乡的乡亲们也不会想到，傻子竟然傻到了这个地步：他将那猴子收留在家里，给它治了整整两个月的伤。

一开始，隔三差五的，还会经常有人去傻子家里看看热闹，当他们看见傻子家里只剩下两碗稀饭，傻子却一碗给了女儿一碗给了猴子之时，终不免摇头叹息，渐渐地，因为首领受伤，此前聚众作恶的猴子们全都风流云散，人们也就忘了傻子的家里还住着猴子世界的宋公明这件事了，随后，秋风渐起，青壮男子们早就带着自己的猴子出门挣钱去了，唯有傻子，脖子上坐着女儿，手里牵着猴子，终日顶着大风在黄河岸边来回奔走——他是在教那右腿差点被火铳击断的猴子重新学会走路。

分别的那一天，是个大雪天，因为生计日益艰难，家里已经揭不开锅，傻子便带着女儿和猴子一起去了采石场：采石场烧的是大锅饭，所以，女儿和猴子总归都能吃上一口两口。没料到，那猴子还是给傻子惹了不少麻烦：到了吃饭的时候，人们看见当年的贼寇如今温驯地被傻子的女儿牵着手排队，就忍不住上前来嬉笑挑逗，哪里知道，霎时之间，那猴子勃然变色，故态复萌，恶狠狠地追逐着挑逗它的人一路狂奔，满采石场里都是他们的惊叫声。

好不容易，那些奔逃的人们才小心翼翼地返回来，一回来，就纷纷围住傻子，指责他，说他分明已经养匪为患，傻子也不说话，只是呵呵笑；吵闹了一会，人们突然发现，那猴子没有再回来，傻子的女儿四处寻找，却遍寻不见，直到她急得哭了起来，远处才传来了猴子的叫声，众人举目去看，只见那猴子端坐在远处的山崖上，全身上下都已经被白雪覆盖，傻子的女儿连声呼喊，要它回来，它却没有回来，仍旧沉默端坐，到了这时，又有人开始对着傻子说笑，说他算是白养了猴子一场，所谓江山易改本性难移，它该走就走，绝不会念你半点好，怪只怪你对一只畜生讲了两个月的情义，傻子还是不说话，一边听，一边呵呵笑。

说话间，那猴子突然从山崖上站起来，再转过身，转瞬之间，便消失在了茫茫雪幕里，傻子的女儿哭得更厉害了，傻子慌忙抱起了女儿，一边去给女儿擦掉眼泪，一边张望着那猴子消失的山崖，却还是呵呵笑。

——我猜想，彼时彼地，如果傻子不傻，能够自如说话，大概会告诉说长道短的人们：他笑，是因为就算有救命之恩，他也从未将那猴子视作自己的一己之物。

许多年后，我被一个纪录片导演所蛊惑，打算为他写一部关于耍猴人的纪录片脚本，如此，两个人便结伴前来，在这黄河边的村庄里住下了，住下没多久，我就听说了那位猴子世界的宋江宋公明，于是，马不停蹄地，我和导演便找到了傻子的家，然而那时候，傻子已经去世了，世上只留下了他的女儿一个人过活，好在是，已经长成少女的女儿从上到下都不曾有丝毫寒酸：她不仅活了下来，且并不比别人活得差多少。

这一切，都是因为她有一个义父，她的义父，就是当初被她父亲从黄河里搭救了性命的猴子。

话说从头，说回当年的采石场：那年冬天，越是临近春节，雪就下得越大，因为大雪封山，采石场的石头运不出去，傻子的生计变得比每一年都要更加艰难，但是，除了将女儿顶在脖子上，继续坐船去采石场做工，他也没有第二条路可走。

突有一天，大概就是在那只猴了从山崖上消失了两个月之后，漫天大雪中，它竟然回来找傻子了。那一天，天色临近黄昏，傻子结束了冗长的苦力，正要牵着女儿去黄河岸边坐渡船回家，此时，女儿叫喊了起来，傻子顺着女儿指点的方向远远看去，终于看见，就在当初的山崖上，好几只猴子簇拥在一起，全都安安静静，而居中端坐的，正是宋江宋公明。多时不见，它就像一个出去捞世界的人心愿达成后刚刚返回了故乡，抽着烟，不发一语，却又不怒自威，如果戴上一副墨镜，就几乎可以和众多著名的黑社会大哥媲美了。

一见之下，小女儿就挣脱了傻子的手，朝着山崖的方向奔去，地上的雪太深了，没跑几步，小女儿就趔趄着倒了下去，这可吓得傻子不轻，赶紧朝女儿狂奔过来，和傻子同时一起狂奔的，还有猴子，只见那宋公明，扔掉手里的烟头，左手抄起一个编织袋，右手稍一使力，身体就腾空翻越了下来，端的是，风驰电掣，又丰神俊逸，就在十数个腾跃之间，它便跃下山崖，站上了雪地，再一步不停地朝小女儿跑了过来，在它身后，众兄弟一路跟随，个个都像是走江湖的练家子，此时情境，说它们像是林海雪原里正在出征的队伍，倒也并不过分。

一个傻子，一只猴子，几乎同时将小女儿从雪地里搀了起来。

傻子有点难以置信，但也不知道说什么好，一如既往，他就自顾自盯着猴子呵呵笑，倒是猴子，二话不说，径直打开了手中的编织袋，天可怜见，平常人家的吃穿用戴竟然装了满满一袋子，然后，猴子示意傻子将这一袋子宝贝接过去，没想到，傻子却摇着头，呵呵笑着，步步往后退。

这时候，早先已经上了渡船的人纷纷下船围观了过来，稍一打量，也就大致明白了：为了报答傻子的救命之恩，猴子送来了足以让傻子和他的女儿暂时吃饱喝足的东西。因为此等机缘实在前所未见，人们不禁纷纷叹息起来，直说这世上的多少人还不如一只猴子，又转而劝说傻子，赶紧收下猴子的东西，以免辜负了它的心意。

实际上，面对傻子的步步后退，猴子多少有点不明所以，只是碍于自己在众兄弟面前的脸面，它可能才忍着没有发作，突然之间，它似乎想明白了一件事情，霎时就变得怒不可遏，冲着傻子，连声嘶吼起来，但这嘶吼对傻子全然没有用，除了把女儿抱得更紧一点，他仍然还是呵呵笑着。

谁也没有想到，在无计可施之后，宋江宋公明竟然发出一声长啸，这长啸响彻在弥天大雪里，却令手下的众兄弟个个都静声，齐刷刷站成了一排，紧接着，宋公明亮出一个手势，众兄弟二话不说，竟然面向围观的人群整齐划一地敬了一个军礼，众人还没明白过来，宋公明又亮出一个手势，众兄弟中的头两个迅即狂奔出去，在雪地里接连三个空翻，站立住，再跑回到队伍里，这时候，宋公明才缓缓回过头去，一言不发地看着傻子，如果它能开口说话，那么，它大概会说：送给你的东西，绝非打家劫舍所得，身为一群能够卖艺的猴子，这编织袋里装的每一样东西，全都清清白白。

多多少少，围观的人们都受到了震撼——没有耍猴人的训练和指引，这群猴子却自行学会了卖艺，而且，还将卖艺所得送到了恩人的面前。当然，也有人说，这群猴子当初本就是跟随各自的主人卖艺的，会上三招两式也并没有什么稀罕，只是话未落音就被打断了，更多的人们赶紧去劝说傻子：傻子，傻子，再不要犯糊涂，再不要伤了宋江宋公明的心，赶紧把它送来的东西接在手里吧。

如梦初醒一般，傻子愣怔着被人们推搡着朝猴子走过来，未料到，那猴子却像是被他伤了心，再不看他一眼，手拎着编织袋，跑到黄河岸边，将那编织袋扔在了渡船里，掉头就走，走出去一段路，终于还是折返回来，走到小女儿跟前，对她比比划划，似乎是在叮嘱她：不要忘了将那渡船上的编织袋带回家。

一切交代完毕，那猴子才带领着众兄弟再次消失在了雪幕里，直到它们走远了，人群里的傻子这才似乎明白过来，此前发生的，到底是怎样一桩机缘，但是，猴子已经走远了，他也只好喃喃地说着谁也听不懂的话，然而，眼睛里却涌出了泪水。

——十几年后的今天，此刻的深夜里，当我站在十数人的队伍里走出辽阔的桑田，终于站在了黄河岸边，必须承认，哪怕河滩里深一脚浅一脚，但是，除了紧跟着已然病入膏肓的宋江宋公明步步前行，我也借着月光在不断眺望着黄河的对岸：当初的采石场早已夷为平地了，交错的山崖却仍然依稀可见，值此穷途末路，不知道它是否还想得起来，当初的自己曾在那里上下翻越，如入无人之境？

一念及此，我就赶紧再盯着它去看，它却毫无顾盼当年之念，仍然闭目端坐，呼吸声尽管微弱，堪称均匀，看上去，就像一个正在禅定的老僧。

现在，我已经知道了此行的目的地，我们是要护送它，去到离此地最近的一个小火车站，然后，乘坐短途火车去往县城，将它送到一处要害的所在，让它在那里走上几步，又或端坐一阵子即可——好多年了，每隔几天，不管是赤日炎炎，还是风狂雨骤，它都要如此走上一遭，关于它的这条固定线路，整整一座县，几乎算得上是无人不晓：为了顺利乘车又不花钱，它甚至学会了逃票，学会了给列车员递上一根烟。

话说从头，还是说回当初的采石场：作为一个带头大哥，那只越来越著名的猴子，并未和傻子一般见识，每过一段时日，它就会给傻子送来吃穿用戴，一开始，不管傻子跟它凑得多近，它都横眉冷对，但是，终归是一家人，慢慢地，傻子的女儿将父亲的手递给猴子，再将猴子的手递给父亲，如此反复了几次，两只手也就握到一起去了。

说那猴子越来越著名，绝非是空穴来风，几年下来，不知多少人都看见过它背着一只编织袋赶往采石场或傻子的家里，啧啧称奇之余，遇见的人难免要说给旁人听，旁人再说给旁人，到了后来，只要它出行，就会有人丢下手中的活计前来一睹它的真身，时间长了，就有人对傻子说：傻子啊傻子，它哪里是只猴子，它分明是你的兄弟，如若有心，你就该与它歃血结义。

旁人的话，傻子全都听进去了。一个大雨天，那猴子给傻子的女儿送来了几斤樱桃，还没来得及进家门，眼前景象就吓了它一跳：傻子的房子竟然被大风给吹垮了。但是，尽管如此，垮塌的房子前却站了不少人，人群围绕着一只小方桌，小方桌上还摆着两碗酒水，酒水边上，两支红烛正在燃烧，却原来，择日不如撞日，傻子今日里便要和猴子结为异姓兄弟。

笑呵呵地，傻子告诉猴子，喝了这碗酒，我们就是兄弟了——也是奇怪，平素里，傻子着实是笨嘴拙舌，今日里说话，却是旁边的人教上两遍就学会了。那猴子还在不明所以中，傻子却一把抓住了它的手，劈头跪下，先对天地磕了三个头，再转过身，面对猴子，又磕了三个头，接着端起一碗酒水，仰起头，一饮而尽，这才兴奋地对猴子说：该你了！也不知道那猴子是否知道了此刻的酒水与红烛究竟所为何故，它似乎明白了，又似乎没明白，反正傻子为了给它作个样子，又对它磕了三个头，它便也照着样子给傻子磕了三个头，再端起另一碗酒水，仰起头，分了好几次才喝完。

如此，这一双兄弟，这一桩义结金兰，就在倒塌的房屋前完成了。

改日再来的时候，猴子不仅带了几张零碎钱给傻子，还带了几个兄弟，放下零碎钱，它便径直掏出一张过期火车票，冲傻子比画了半天，傻子却愣怔着全然不知它在比划什么，猴子似乎早有准备，敲响了随身带的锣，几个兄弟立刻做鬼脸的做鬼脸，前空翻的前空翻，可是，傻子还是不知道眼前发生的究竟有何深意，如此一来，猴子就急了，冲傻子嘶吼起来，好在是，小女儿长大了，见得此景，赶紧找来了邻居。

邻居只扫了一眼，就大致明白了猴子的来意：它是在说服傻子，要他像别的男子们一样，离家耍猴，唯有如此，他才能重新盖起一座房子。哪里知道，傻子再傻，也知道他和猴子是结义的弟兄，竟然连连摇头，死活不肯，这样，猴子便又气又急，却也没有走，带领着兄弟们就在门口的树梢上坐着，一直坐到了天黑，双眼恶狠狠地看着傻子哄女儿睡觉，再看他裹着一卷破被子睡在屋檐下，却怎么也睡不着；半夜里，虽说没有下雨，闪电却是一击接连一击落在树前，而猴子却纹丝未动，终于，傻子起身跑到树下，对着树上的猴子喊：你下来，我跟你走！你下来，我跟你走！

如此这般，傻子也终于像别的男子一样走上了耍猴之路，但是，整整一座县的人都可以作证：傻子与猴子，与其说是人在耍猴，不如说是猴在耍人——事实上，因为一路上都带着女儿，傻子并没有走太远，多半时间就在县城里盘桓，最远也无非就是走到了省会，绝大多数时候，猴子们听从的是宋江宋公明的安排，傻子只需要抱着女儿坐在一边呵呵笑即可，看上去，他和围观的看客们并无什么分别，所以，经常是猴子们演到一半，就忍不住去捉弄傻子，要么抢了他的帽子戴在自己头上，要么突然跳到他的身上让他给自己点烟，更有甚者，竟然站在傻子身前，指令他也和自己一样去给看客们敬礼。

日子就这么一天天地过下去了，因为这支队伍不仅能表演人耍猴，还能表演猴耍人，零碎钱也就日益多了起来，在省会，傻子甚至还带着女儿去坐了一回旋转木马。

这一年春节将近的时候，傻子带着猴子们回到了自己的县城，出了火车站，他们就在站前的小广场上拉开了架势，打算最后演上几场再回村庄里过年，一如既往，宋江宋公明在场上当大哥，傻子坐在场下当观众，时近正午，傻子起了身，去给大家买几只锅盔回来当午饭，但是，就在他穿过马路的时候，迎面驶来一辆卡车，眨眼的工夫，他被卡车卷上了半空，再重重落下来，就这么死了，再也醒不过来了。

幸亏了十里八乡的乡亲，傻子再傻，乡亲们还是给他办了一个像模像样的葬礼，只不过，自始至终，宋江宋公明都没去葬礼上磕头，而是远远地端坐在门口的树梢上，既未动弹，也未嘶吼，只顾盯着傻子的遗像发呆。

到了第二天早晨，人们纷纷说，那猴子等到守灵的人散去之后，哭了整整一夜，但是，也有人说他们听到的哭声只不过是风声，毕竟之前从未有人听过猴子的哭声，说它哭了的人也就不再辩驳，于是相约在一起，再去傻子的家一探究竟，远远地，他们就看见猴子还没走，仍然端坐在树梢上，盯着傻子的遗像发呆。

事实上，这么多年，连同傻子的女儿，其实并不知道到了夜晚宋江宋公明到底栖身在哪里，按理说，傻子的家也是猴子的家，但是，可能是碍于男女有别，也可能是猴子自有猴子的规矩，自打傻子死后，猴子再未进过傻子的家门，哪怕是不放心那小女儿一个人过活，给她送吃送喝越来越频繁，也绝不进家门一步，从来都是放下东西就走，如果想多呆一阵子，那也要么是坐在树梢上，要么坐在屋顶上。

有一回，那小女儿实在忍耐不住，想要知道它住在何地，趁着天黑偷偷跟上了它，没走几步就被它发现了，一反常态，它竟然对着她愤怒地嘶吼起来，她也只好乖乖在原地站住，看着她的义父消失在了一片莽丛之中。

它果真就是她的义父——虽说亲生父亲已经作别人世，但是，无论是她长成了一个少女，还是她结了婚，生了孩子，以至于今日，日子越过越好，一幢三层小楼刚刚被她建起，她的义父也从未消失，婚礼的时候，生孩子的时候，它就坐在树梢上抑或屋顶上，纹丝不动，但却双目炯炯，十几年下来，尽管它越来越苍老，手下的兄弟们也日渐凋零，但是所谓每临大事有静气，这个带头大哥，依然时刻准备着痛歼来犯之敌。

一如当初，傻子死了以后，他的妻子回来了，乡亲们连声说这下好了，小女儿也算有人管了，哪里知道，傻子的妻子拿到傻子的赔偿款之后，没过两天就扔下女儿又要跑，乡亲们在黄河渡口上截住了她，替那小女儿抢回了一些钱，再拿这些钱给小女儿盖了两间房子。盖房子的时候，活似一个个的监工，宋江宋公明带领着众兄弟前来，全都端坐在树梢上，要是有人胆敢截留下几块砖头几根木头，它便从斜刺里杀出，凶神恶煞般挡住了对方的去路。

又如几年前，村庄里的一匹马突然发了疯，横冲直撞，一路踩踏，正巧遇见那小女儿从做工的工厂里走出来，躲闪不及，被疯马迎头撞倒，再踩踏上去，左边的胳膊险些就被踩断了。哪里知道，当天晚上，这匹刚刚恢复平静的马就迎来了灭顶之灾：宋江宋公明和它的兄弟们星夜杀到，根本没给它任何反抗的机会，全都扑上去咬它的脖子，一句话，就是要它死，幸亏这马匹的主人赶来，好说歹说，那吓傻了的马匹才终于留下了一条性命。

再如十几天之前，已然长大的小女儿怀抱着自己的女儿，坐绿皮火车从县城里回村子，在距自己的村子十里开外的小站台上，她的女儿调皮，将牛奶洒在了一个喝醉了酒的外地人身上，如此小的一桩事，竟然引得外地人大发雷霆，举手就要去打这母女，可是且慢，就在他举手的一刹那，宋公明从天而降，尖利，乃至是凄厉地嘶喊着冲上前来，瞬时之间，外地人的脸上、身上全都留下了一道道的血印子，可是，除了惊恐，除了难以置信，他也没有别的办法。

是啊，而今，宋江宋公明已经成了从这小站台到县城火车站之间的常客，因为当年的小女儿已经不再需要它去挣来口粮，垂垂老矣的自己也对吃喝一无所求，所以，现在，它日常里最重要的事，就是去往一处要害的所在，去那里也没有什么紧要的事，无非就是走上几步，抑或发一阵子呆。

在漫长的从前，于它而言，能挣到钱的地方就是要害之地，时至今日，它的要害之地就只有这一处了——这一处不是他处，其实就是当初傻子为了买锅盔而送命的地方。

这一天，因为在站台上遇见了，它便陪着小女儿和她的女儿回村子，一路上，小女儿的女儿不断去揪它的尾巴，也是奇怪，从前在它看来大逆不道的事，今日里也并没有令它多么恼怒；快要走出辽阔的桑田之时，在一条小路上，它和她们分别了，这一回，在时隔许多年以后，小女儿终究忍耐不住，偷偷跟上了它，可它毕竟是天纵英才，仅仅走了几步便发现了端倪，就此原地站住，缓缓回过身，正要怒斥之际，头却往前一栽，软绵绵地倒在了地上。

说起来，直到这一天，陷入了昏迷的它才算是第一回被小女儿请人抬回了自己的家门，只是这样的机缘已经注定不会太多了：油尽灯枯之后，一世英雄已经到了和这个世界说再见的时候了。

过了几天，在时隔几年之后，我又来到了这个村子，个中缘由，说起来也不值一提：当年的纪录片导演，在消失了好几年之后，不知道从哪里又找了一笔钱，再来说服我，重新将废弃已久的脚本写完，因为百无聊赖，我竟言听计从，收拾好行李就来了。但是必须承认，这一回的仓促动身，却是注定了不虚此行，只因为，我终于见到了声名响彻了黄河两岸的宋江宋公明。

我见到它的时候，它刚刚从一场昏迷中醒过来，却吵闹着非要出门，所有人都知道，它是要像往日里一样，再去到距村子十里开外的小站台，坐火车，抵达县城里的要害之地，小女儿当然不许，拦在门口，它竟没有力气拿开小女儿的手臂，愣怔了一会，大概是太阳光太晃眼，它的眼睛里流出了眼泪，也只好颓然坐下，大口大口喘着长气。

稍后，它为它的泪水而羞涩，连忙伸手擦拭，反复举起了好几次手，竟然伸不到自己的双眼之前。

就像此刻，在满天的东南风里，在小女儿的低泣声里，我们的队伍，终于来到了宋江宋公明费尽气力想要踏足的小站台，然而，凭它一己之力，再往前走却已寸步难行，也是凑巧，前往县城的绿皮火车刚刚到站，可能是因为火车上通明的灯火看上去就像一场召唤，它终于深吸了几口气，从人群里颤巍巍地走出来，搭着扶手，踏上了车厢的台阶，列车员与它早已算作熟识，赶紧伸出手来搀它一把。

等它在车厢里站定，小女儿冲在最前面，整个队伍正要上去和它靠拢，谁也没有想到的事情发生了：它竟然拦在车厢门口，直朝小女儿摇手，顿时，小女儿就放声痛哭了起来，说什么也要上去，可是，它却心如磐石，将小女儿攥在手里的车票钱活生生塞回了她的口袋，小女儿继续哭喊，叫它不要心疼钱，她现在也不缺这几张车票钱，终究没有用，它仍然挡住车门，径直闭上了眼睛，就在这推让之间，车厢的门快关上了，火车就要开了，整个队伍站在车边，没有一个人知道如何是好，这时候，反倒是它，探出手去，从小女儿的手中拿过了一截桃树枝，意思是让小女儿放心——这是此地独有的风俗：桃木在手，鬼神勿近。

就在小女儿只顾痛哭的时候，车门关上了，火车缓缓地朝着更加广阔的原野和夜晚开去，这时候，小女儿才如梦初醒，一边哭，一边追着火车往前跑，整个队伍都伴随着她往前跑，每个人的眼睛，都紧盯着车厢里那个正在寻找座位的一世英雄，寸步也没有离开，好在是，没走两步，就有人将座位让给了它，它重重地坐下，大口喘息，暂时闭上了眼睛，就像老僧禅定，就像山河入梦，就像世间所有的美德上都栽满了桃花。

紫灯记

离开东京的前一天，连日的重感冒和花粉过敏终于止住了，虽说凉风一吹，我仍然头疼欲裂，但是，为了一桩说不清楚要紧还是不要紧的事，我还是坐上了去府中的电车，一路上，车厢里人迹稀少，沿途所见和十五年前并无什么分别：高楼，小店铺，广告牌，奔涌的人流，选举车的噪音，一张一张漠然的脸，满世界的樱花都开得像心如死灰的人正在自杀。

唯有到了府中车站，往外走时，站台上突然想起了《秋樱》的调子，我的心里还是震颤了片刻。

十五年前，我曾经每日里在这车站进出，一草一木无不烂熟于心，所以，一旦在站前的小广场上站定，那些埋伏在身体里的记忆，霎时之间便就全都复活了：往东是绿町，往西是晴见町，更远的地方，还有天神町和分梅町。

我要去的地方，正是分梅町，也不知道算不算矫情：我去那里，是要找一盏灯。

那盏灯，有半人高，悬挂在一座狭小神社的门口，因为是用紫色的油纸包裹，到了晚上，它便通宵散发着紫色的光芒，每逢下雨的晚上，光影在雨雾里散开，弥散了半条街，看上去，就像一场召唤，如此，哪怕隔得远远的，我也总想快跑两步，好去靠近它。

在神社的门口，紫灯照耀之处，有一间电话亭，几乎每隔两三天，我都要去那里给国内打电话，如果下雨或者落雪的夜晚，神社的屋檐下总会三三两两聚着些躲雨躲雪的过路人，过路人里自然也有中国人，这样，我一边打着电话，一边就能听见屋檐下有人说中文，当然也有心上去攀谈几句，但终于还是没有。

——那应该是在圣诞节前后吧？其时，东京虽然没有像往年那样陷入大雪，雨水却是终日不休，下了整整半个月，那天晚上，我从打工的地方回到府中时，已经都快要到了凌晨时分了，终于没能忍住去神社前的电话亭里打个电话，电话却坏了，拨了半天都没拨通，我只好推门而出，颓然离开，却被一个人扑面拦住了。

对方说的是中文，径直告诉我，天气实在太冷了，如果我有钱的话，他想找我讨一点，好去买酒喝。见我不知所以，他又接着告诉我，他知道我是中国人，因为他听见我一直在电话里愤怒地呼喊着“喂喂喂”。

当时，我在东京已近穷途末路，终于下定了回国的决心，只是一直没有凑齐回国的路费，我早在心里对自己说了好多遍：一旦路费凑齐，一分钟也不要停，立即打道回府。可是，这一晚也不知道怎么了，可能是因为某种莫名的怨怼，可能仅仅只因为同是天涯沦落人，我竟然毫不心疼自己口袋里一点所剩无几的钱，痛快地答应了找我讨钱买酒的人，而且还提议，先去把酒买来，而后，就在此处，两个人一起喝。

他显然没有想到，笑着连声答应，这时候，透过那盏紫灯散出的光晕，我这才看见，他的双眼其实是坏掉的，什么也看不见。我倒是没有多想，只想着赶紧来一场放纵，既然他的眼睛看不见，我就狂奔到了街角还没关门的最后一家小店，掏出所有的钱，全部买了酒。

说起来，还是青春好，手起刀落，不管不顾。

酒买回来，雨也下大了，我们端坐在紫灯之下，一人一瓶，身上也就热烘烘地暖和了起来，有时候，当我抬头望见头顶上的紫灯，竟然生出了今夕何夕之感，甚至怀疑自己不是在异国，而是在故乡的家门口，母亲和方言，都近在咫尺。多少有些伤感的时候，我便问他所为何来，又何以至此，他其实知道，我是在问他的眼睛，也就如实告诉了我。

原来，他是云南人，早我八年就到了东京，一直没能混好，只好四处给人打工，服务员，看门人，在马路上刷油漆，在车站和学校卖电话卡，这些生计，他全都干过。两年前，他在一家垃圾处理公司打工的时候，从吊车上坠进了一处山丘般的玻璃堆，当即，两只眼睛都被玻璃碴刺瞎了，近几年，他一直在忙着和那家垃圾处理公司打官司，但时至今日，他还没有收到一分钱的赔偿款。

听完了他的出处和来历，除了默不作声，我也不知道说些什么好，终了，还是只能跟他继续干杯。又迟疑了一会，我问他，还想不想回国，他却让我去看头顶上的灯，然后告诉我，从前，他眼睛还看得见的时候，这里一共有三盏灯，一大两小，看上去，就像一家人，这么多年下来，两盏小的早就不知所终了，只剩下了最大的一盏还在这里。他的情形跟这盏灯差不了多少：国内的妻子带着孩子早就消失了，不管写了多少信也不回，所以，他也就不回去了。

好吧，往事不要再提，且让你我再干一杯。

突然间，他似乎想起了一件什么事情，将酒瓶放到一边，如梦初醒般，热切地告诉我，他其实还有几瓶从云南带来的酒，地底下埋过十年以上，是他这辈子喝过最好的酒，堪比琼浆玉液，他一直舍不得喝，这两年，因为打官司，居无定所，所以，他把这几瓶酒存在一个朋友处，莫不如，就在最近，找个时间，他和我二人将那两瓶好酒喝掉，也算了却了一桩念想。

我当然说好，他便愈加兴奋，不断搓着手，一半是因为穿得少，一半是因为即将到来的一醉方休。

有酒不觉夜长，但酒总有喝光的时候，虽说雨水更加猛烈，可是为了第二天的生计，我终须和陌路上相识的朋友说再见了，临走前，我留了电话给他，又问他是不是住在附近，我可以送他回去，他却笑着并未回应，说来惭愧，哪怕他没地方住，我也没办法帮上他，因为我自己也寄居在别人的方寸之内。我还记得，当我走到巷子口，回头去看他，在紫灯的照耀下，他静止端坐，就像一个入定的僧人。

而今十五年过去，我又来了，却总是止不住地迷路，越往前走，越发现自己的记忆并不可靠，原来，往西走才是绿町，往东走才是晴见町。每户人家门口的樱花都开得好，所以，每户人家看起来都是一样的，好不容易，越过了几条沟渠与铁路，都已经快要入夜了，我总算到了分梅町的地界，分梅町却也是樱花遍街遍地，那家神社，那盏紫灯，我始终都没找到。

类似的情形，十五年前我曾遇见过一次——那是在我回国的前几天，终日里东奔西走之后，我离凑齐路费已经越来越近了，恰好这时，那个曾经和我一起痛饮的朋友打来了电话，约我再去那盏紫灯之下，将他的琼浆玉液喝完。说来也是怪，那一天，我恰好发了高烧，下了电车就开始跌跌撞撞，站在街上茫然四顾，竟然觉得自己身在九霄云外，怎么也找不到那盏灯，到了后来，实在支撑不住，也就回了自己的寄身之地。

事实上，自从那晚相逢之后，我的朋友，每隔两三天就要约我一回，说是那两瓶酒早就被他从朋友处取回了，现在，只等着我去跟他一饮而尽，可是，我却没有心思，回国的路费已经使我几近癫狂，四处找零工，又在每一个零工里恶狠狠地计算着归期，下了零工，就守在旅行社的外面，盯着电子显示屏上的便宜机票信息，再恶狠狠地渴望着一张可以买得起的便宜机票从天而降。

哪里知道，好运气真的来了，忽有一天，我刚走到旅行社门前，只一眼，便看见了一张便宜机票的信息出现在了电子显示屏上，有那么短暂的一刹那，我心脏狂跳，镇定了再三，才确认自己真的没有看错，随后，几乎是手脚颤抖着走上前去，订下了机票。

也是凑巧，正在买机票的时候，那个紫灯下的朋友又打来了电话，只是这一回，他的邀约都还未再次说出口，我便径直告诉了他，我要走了，归期就在两天之后，其时情境，说是欣喜若狂也毫不过分。这样，我的朋友便不再邀约，转而还劝我说少喝些酒，多省点钱，以备回国路上的不时之需。

而我已经根本无心在东京多停留一天，以至于，在归期的前一天晚上，我就向着成田机场出发了，我打算去机场里过夜，一来是可以少一天再在府中寄居，二来是早一点到机场也更令我不再陷入莫名的恐惧与焦虑。不过，我未曾想到的是，电车已经快要进入东京市区的时候，我朋友的电话又来了，他告诉我，为了不麻烦我，原本他是想带上酒直接去机场找我喝掉的，可是，他的眼睛实在不好，转了一下午也没有转出府中地区，所以，如果时间来得及，他想还是请我去到那盏紫灯之下，再将那两瓶好酒喝完，就当给我送了行。

真的是好酒。他在电话里接连说了好几遍：真的是好酒。

一时之间，某种悲痛竟然在瞬时之间将我席卷了，这悲痛，首先是我对自己的厌倦：我和朋友的相逢，以及其后的邀约，看似只是一桩不足道的小小机缘，但实际上，他们就是从天而降的情义，好像被雨水或河水冲洗过的石头一样清清白白，却被我置若罔闻，全然忘在了脑后；而后，这悲痛也和我的朋友有关：一桩小小机缘，被他看得如此认真和重大，而我却要走了，明朝巴陵道，秋山又几重，接下来，他一个人的异国生涯又当如何度日呢？

所以，电车到了下一站之后，我下了车，再重新上了回府中的JR山手线，是啊，无论如何，也要陪他把酒喝完。

实际上，也不知道为什么，那天晚上，我的醉意都来得特别快，大概是因为临别，也可能是因为地里埋过的酒格外的烈，半瓶还未喝完，我的身体里便生出了酩酊之感，再看头顶那盏紫灯，只见它随风飘摇，忽近忽远，然而，天上却并没有起风。

既然醉了，我便说起了醉话，告诉他，如果我再有来东京的一天，一定带上正在喝的这种酒，到时候，可别忘了不醉不归。他听了只是笑，笑着笑着，又剧烈地咳嗽起来，这才跟我说，上一回时间太短，他没来得及告诉我，他的肺上长了东西，只怕等不到我再来找他喝酒的那一天了。

好像一盆冷水浇淋，我的醉意醒了一半，迟疑了半天，终于还是问他，何不就此回国，哪怕死在家乡，也总比死在这里好。他却还是一笑，像上回一样，他让我去看头顶上的灯，再对我说，从前这里一共有三盏灯，一大两小，看上去，就像一家人，这么多年下来，两盏小的早就不知所终了，只剩下了最大的一盏还在这里。他的情形跟这盏灯差不了多少：国内的妻子带着孩子早就消失了，不管写了多少信也不回，所以，他也就不回去了。

直到这个时候，我才发现，他也醉了。他一边说着话，一边仰起头去，就像是在认真地凝视着头顶上的那盏灯，当然，一如既往，他什么也看不见。

“走了！”突然间，他站起身来，径直朝前走，又对我说：“好好活！”

——十五年了，我当然没有忘记我朋友的叮嘱，他要我好好活。可是，世事就是如此吊诡，在绝大部分时间里，他的叮嘱又每每被我忘在了脑后，就像当初忘记了他的邀约。我得向他承认：十五年里，我未能脱胎换骨，相反，每到一地，我都把它过成了当初的东京，迷路，莫名焦虑，又心猿意马，渐渐地，甚至对这心猿意马的生涯不以为耻，反以为荣。

好在是，今天，此刻，在被樱花们篡改的街巷里兜兜转转了小半个夜晚之后，偶然的一瞥，我竟然如遭电击——是啊，我终于看见了那盏紫灯，它就在离我不到五百米的地方，越往前走，紫色的光芒便离我越近，终于，手脚颤抖着，我来到了光芒的中间，盯着它，看了又看，看了又看，好久不见，它还是原来的样子，只是街对面的樱花被风吹拂过来，落了满身的花瓣。

亲爱的朋友，我来了，你在哪里呢？紫灯作证，我没有失言，不仅带来了你我曾经喝过的酒，而且，这酒也在地底下深埋过十年以上，不多不少，一共两瓶，一瓶给你，一瓶给我，我也不管你是死是活。

张执浩卷

腌鱼在滴水

腌鱼在滴水
在白色的冒着热气的阳光下
一排腌鱼都在滴水
水滴由快到慢
由清到浊
最后一滴从鱼眼深处滑下
经由鱼鳍，到达鱼尾
凝聚了一条鱼
最后一点力气
此时落日已被大地吸纳
晚风拉扯着
一旁跳荡的晾衣绳
绳子上挂着粘满了鱼鳞的棉衣
棉衣开始很重，后来很轻

我们的父亲

父亲年过八旬
越来越像个孩子
几天前，妻子陪我回去看望他
给他买了冬衣，药品
红包是以他孙女的名义送的
祝福是以他儿媳的名义
我坐在父亲的床头与他闲聊
他耳朵有点背了
眼眶里不时沁出泪花
他已经孤单地活了十四年
而比孤单更让他感觉无所适从的
是我们祝他长命百岁

一遍，又一遍
就像我们每次端起酒杯时
父亲都要无奈地端起面前的白开水
“少喝点”，从他喉咙里滚过的呜咽
要过很久才会被我听见

怀抱鲜花的少女

怀抱鲜花的少女走在马路上
昨天我在心里赞美了她
今天这赞美还未消逝，我还在回味
怀抱，鲜花，和少女
这几个越用越稀缺的词
今天雾霾依旧深重
少女依然无名无姓
但怀抱温暖，鲜花灿烂
被赞美过的光阴像一把石镰
在沉沉暗夜里敲打着一块火石

猪圈之歌

一群猪崽围着猪槽争食
总有一头悻悻的，另外
那头一副趾高气扬的样子
一群猪崽抬头望着半堵墙壁
阳光照着它们相似的嘴脸
你趴在墙头努力辨认它们的命运
腊月的气味在屋檐下盘旋
猪崽们挤在一起深情地嗅来嗅去

冬日速写

麦地尽头是一块菜地
菜地过去是一座池塘
池塘上方又是一块麦地
走过麦地是一片橘园
橘子树上有几颗橘子
橘园下面有一片竹林
竹林深处是一户人家
家里的人都出门去了
门前的柳树和槐树在落叶
树杈高高举着鸟巢

雪后三天

雪后三天，还没有化完
太阳涨红着脸出现
在乱蓬蓬的地平线
公路两端，水牛和卡车相向
而行，它们将在桥头碰面
结过冰的河早晚都很平静
小儿摸着桥墩上的狮子头
老汉弯腰拔扯亡妻的坟上草
残雪不多不少
正好映亮了屋顶
东边的炊烟升起来了
西边的炊烟在竹林里袅绕着
一条狗站在路中间
侧耳听辨碗筷的声音

地 窖

野菊花开了
昨天，我在野外看见了三朵
今天在地窖旁又见到一丛
我蹲在黑幽幽的洞口
伸出手，心不在焉地接着
父亲从地窖里递上来的红薯
每年的这个时候
地窖被打开
越过冬天的红薯将在春天里发芽
一些藤蔓慢慢往上爬
爬到高处的时候它们
和我一样感觉头昏眼花

给未来人

张的秋和张见秋
是一对兄妹
如果哪天你见到他们
手牵手穿过人群
那是远方需要他们去安慰
而现在他们存活在我的脑海中
不与人类为伍
我曾无数次想象过他们
从人类尽头回来的样子
站在门口相互拍打后背上的草屑
在摁响门铃的那一刻
我也有过躲藏起来的冲动
我想象过没有我的未来
他们还在我阴暗的书房里来回徘徊

冬天过去了

在我妻子的老家
门前有一棵高大的椿树
我曾爬到树上眺望香溪河
清浅的河水兀自欢跳
冬天过去了
人们挪到岸边讨论生活
我从树上站起来
环顾周围的群山
椿芽在眼前颤抖
对岸的炊烟融入了云朵
冬天过去了
从树下路过的人
总会将目光抬过头顶

宝 贝

宝贝昨晚来到世上
住在省妇幼医院的21楼
我们今天去看她
这个新鲜的人儿
每一处身体都值得称颂
——“荣耀归于父母，
更大的荣耀归她自己。”
摇篮轻晃，宝贝正在长
这世上还没有哪一个名字
能包括她丰富而漫长的人生

春分十三行

我和我的老狗并排走
在正午的风中
像去年的这个时候
像昨天的这个时候
我们一前一后走在风中
像畜生一样走着
像人类一样走着
空洞的头顶上
去年的叶子在风中落下
今年的叶子在风中生长
我和我的老狗一直会走到墙根下
它撒尿的时候
我望着正在爬墙的茑萝

过去见

在公路上弹跳着的彩色玻璃弹珠
在暴雨来临前匆匆读完的
连环书的最后一页，在暴雨中
找到你的牛，然后赶上你的牛
暴雨过后，玻璃珠躺在水坑里
彩色的山坡背后有一道彩虹
你读过的书被风一页页翻读
你的牛继续吃草，你的牛眼
更加清澈，仿佛盛满了
你如今能想象到的全部事物

仲夏夜之歌

禾场上并排着两张竹床
我们面对面各睡一张
高高的谷堆上写着大大的石灰
字：深挖洞，广积粮
萤火虫在脱过粒的稻穗上发光
我们睡不着，索性唱歌
直到再也无歌可唱
银河暗涌，悄无声息
我找到了北斗，我看见你
在一番吱呀作响后背对我
进入了我的梦乡

找信号的人

我的朋友魏天无给我讲过
一个故事，故事的主人公
生活在祁连山深处
那天他要通过QQ视频参加
农村生源自主招生面试
到了约定的时间
却没有出现在视频中
事后考官们才知道他没有电脑
他当时正翻山越岭寻找手机信号
我无数次想象过这样的
镜头：一个青年举着手机
奔跑在山冈上
山顶摇晃，永远不够高
他一边跑一边对着镜头大呼小叫
再也没有更高的山了
再也没有比先前诅咒过

如今还需要再诅咒一遍的生活
我曾无数次陷入这样的生活中
张开嘴巴，却一言不发

一堵树墙

荆条，刺槐，垂柳，扁柏，乌桕
枣树，花椒，苦楝，桑树，冬青
以上十种树木我儿时穿梭其中
现在我常见的是小叶黄杨
樟树，石榴，水杉，松柏，玉兰
女贞，侧柏，石楠，蔷薇，泡桐
我在这边走动的时候看见那边的
树梢在晃，树叶将落未落
我在远离树荫的地方感受着
被荫庇的泥土里一颗石子
在等候生锈的犁铧
现在我手里常常握着的是一把菜刀
我似乎已经忘记了
树干咬紧刀刃，我怎么也拔不出来的
那个烈日当头的正午
楝果从空中落下砸中了一个少年
倾斜而酸涩的肩膀

一点生活

超市总把盐袋放在角落
那地方你一年也光顾不了几次
而在自家的厨房里
盐罐被摆放在显眼的位置
一只青花瓷瓶已经有些年份

瓶盖并非原配
你站在灶台边，往滚烫的油锅内
扔一些冷冰冰的东西
你喜欢听它们的滋滋声
这声音唤醒了很多年前的
某个午时，黄昏
你趴在灶沿看母亲
在烟雾中挥舞锅铲
来回翻炒着寡淡的锅底
从那时起你就相信
津津有味的生活源于这
一丝丝清晰的记忆

昨天晚上到底有没有下过雨

送我春笋的人忘了带走斗笠
我隐约记得他谈起过
昨晚的雷鸣
庭院安静，树枝对称着长
每一个分叉的地方
都给阳光预留了穿梭的间隙
一个人一个晚上
究竟做几个梦合适
我使劲地想啊想
春笋靠着斗笠
我靠回忆活在这里

散步归来

暴走积攒了一些汗水
舍不得擦去

暴走后，云淡风也轻
你回到先前的位置
什么都没有改变
唯一发生变化的是
你体内的盾构机
终于熄灭了
喝水的时候你看见你
正坐在隧道里喝水
探头灯怔怔地照着
沁水的板岩石
它的上方正是你的座椅
它的下面坐着另外一个你

数蝌蚪

我蹲在水潭边数蝌蚪
昨天数过了，今天再数
明天还会数
每一次数目都不同
阳光下浑浊的水潭
黑蝌蚪灵活地摆动
但是明天过后
水潭被蒸发
蝌蚪不见了
我记得回家的路
直到黄昏还没有到家
母亲在叫我
她的声音在蛙鸣声中
如同哀求

亲 戚

我表哥住在漳河
放假了
我拎上红糖和酥饼
翻山越岭
过一道河沟
再过一条公路
然后在一座松林里紧走慢走
傍晚到达的时候
首先见到的是外婆和狗
我表妹在东北
有一年回来带给我一袋核桃
前不久她在微信里问我
姑妈不在了
姑爹身体不好
清明节你在哪里过

春日望乡

犁耙水响的时节
你回了一趟老家
插秧人正把一整块拥挤的绿
均匀地分撒
在荡漾的泥水中
一行一行的绿
从这头看过去是苍翠
从那头看过来是葱郁
田埂上，犁尖闪亮
槐花树下缠绕着长长的牛绳
你沿着田埂走来走去
你走过那么多的路

却没有哪一条路像田埂这样
让你走着走着就感觉到
已经回家了
却怎么也找不到家门

赵家的鹅

赵家的鹅比狗还凶
有一回它们追着我跑了数百米
“嘎嘎嘎”的叫声
回荡在乡村空旷的黄昏
让一个慌不择路的少年
至今还在回忆
那些高昂的弯曲的脖颈
黄色的摇晃的喙
扑打着的翅膀，灰尘
赵家的人我从来没有看清楚过
院门前杂草丛生
有些草已经越过台阶
大摇大摆地走进了静悄悄的屋内

彭刘杨路杂景

花圈店里陈列着成人用品
门前的女孩手持冰激凌
立夏了，银杏树的叶子
昨天是多少片
今天依旧是
马路宽阔，过一次真不容易
你站在路口看
一排排尖叫的楼群

你站在马路消逝的尽头
朝一间间幽暗的民宅张望
麻将声声，人影幢幢
待迁的人兴奋莫名又焦躁万分

无 题

每当雏鸟唧唧喳喳
高举着嫩黄的喙迎接
母亲从远方衔回的蚂蚱和蚯蚓
每当夜幕降临竹园依然动荡不安
每当下雨又起了风
衣服在晾衣绳上跳荡却无人收拾
每当移动的柴垛下面探出一张脸
流着汗水带着歉意
每当我不写诗的时候
我就会想一想这些被我辜负的
又被我从脑海里捞上来的人和事

当花旦年事已高

当花旦年事已高
躲在各种角落里睡觉
不再像一条狗
耳朵聋了
眼睛里长满了白内障
再也啃不动大块骨头
当我说服它来到户外
晚春的风吹拂它散漫的毛
而它怔怔地望着虚空
细眯的眼睛里仿佛有泪水涌动

仿佛有一种生活
终于被看穿了
尽头不过是年幼的它
也像这样站在风中
也像这般眼泪汪汪

天太凉了有点冷

从北方来的云遇到了从南方来的云
它们在天上推推攘攘
它们是我最早见过的大象、老虎和神
已经下过雨了
风把树叶掀开就能看见杏子、桃子和李子
我从一棵树上蹿到另一棵树上
我在变幻的云朵下面模拟过
一切遥远之物的影子
神秘的不是它们，是我自己

和婴儿说话的人

和婴儿说话的人背对我
坐在小花园的条凳上
我以为她在自言自语
走近了才看见她怀抱里的女婴
这是雨后清明的一天
新鲜的树叶在微风中颤栗
我所热爱的世界已经很小了
现在缩成了一个怀抱
我在怀抱外无限眷念地望着
我在怀抱里“呀呀咿咿”

河 堤

我和我的兄长并肩坐在河堤上
四十年前的一幕与四十年后的一幕
重叠在了一起
河水平静，天上飘着零星的雨滴
我和我的兄长共同回忆着
沉睡在河床两岸的人和事
一滴雨落在了他的左脸颊上
我看见了。我也感觉到
有三滴雨落在了我的头顶
当我们起身离开河岸
一前一后走在寂静的公路上
四周的草木传来窃窃私语的声音

石英钟晚了十分钟

石英钟晚了十分钟
我早就注意到了
可我懒得去拨弄
多少天了，多少年了
石英钟一直在固定的位置上
分分秒秒地走着
我也固定地生活
从起床到上床
几乎没有见过朝阳
但我知道晚霞在六点钟方向
从这里看过去可以看见
上帝的表盘上镶满了珠宝
原地散步的人终于回了家
睡眠是一个刻度
死亡是另外一个刻度

而在这两个刻度之间
我不过是晚点了十分钟或
早到了十分钟

树枝不会因为果实而折断

我们在树下谈论生活的意义
头顶上是密密麻麻的桃子
“比树叶还多。”有人说
反对的人绕着树干来回数
老父亲在一旁偶尔插几句嘴
奇怪的是，每当他话音刚落
就会有一枚桃子落在地上
而更多的桃子还在长
而树枝也将越垂越低
没有人在意不说话的时候
老父亲心里在想什么

回 答

布谷又叫了
声音从同一方向传来
每天这个时候
我都会放下手中的活计
抬头看看窗外
那里有一排水杉
不知何时高过了楼顶
那里有一片云
照样无牵无挂
我想起我还没有见过布谷呢
最近的一次也隔着十米枝叶

最近我回了一趟老家
见过另外一些鸟儿
从来不曾鸣叫
也有另外一些鸟鸣我熟悉
却找不到与它们对应的身体
唯有布谷叫的时候
我能清楚地看见你
一只手捂着嘴
一只手按着起伏的胸脯

发 现

在花果山上的三元宫
两株银杏树面对面站着
一千多年了
它们就这样相互影响
越长越像
雄树枝繁叶茂
雌树果实累累
树干上挂满了
善男信女们的许愿条
一根根红布条
缠绕在一起
像不幸的人挽着不幸的人
当他们走出庙门
猛一回头才发现
两株银杏的树冠
在天上重叠着

你是否见过这样一只蝴蝶

无论什么时候
无论什么地方
它都是孤独的
绝无仅有的一只
如果有下一次
你能否想起上一次
在何时何地
如果有来世
你是否愿意
成为这样一只蝴蝶
一边飞一边擦拭
误入人间的影子

放生池

寺庙门前的放生池里
水少，池深
几块废弃的椽木上
甲鱼驮着甲鱼
乌龟驮着乌龟
我曾经用一个下午徘徊
在这坛死水周围
杨树的影子覆盖了樟树的影子
樟树的叶子落在了杨树下
我曾经劝一个轻生的人
像我这样活着
望着燃尽的香灰
默数体内的柴薪

和　声

入秋以后
每个清晨
都有两只布谷
在窗外同时鸣叫
每个清晨我都这样醒来
遥想着昨晚的梦
在布谷的和声中
天光渐次拉开
昨晚在梦里走散的人
又聚到了一起
我也由窃窃私语变成了
沉默寡言的那一个

大便之后

我的老狗又在来回践踏青草
它要拉屎了。通常
这个时候，它脸上会浮现
近乎人类的安详和满足
大便之后它会习惯性地
回头嗅一嗅，并不急于离开
这习惯如此固执，似曾相识
近乎我眼中的另一个我

水边的梨子树

有一棵梨子树
长在堰塘边
所有的枝桠都伸向了水面

堰堤被竹林和荆棘包围
我们只能隔水相望
一年又一年
开花的时候眼花缭乱
结果的时候眼花缭乱
一年又一年
我们离这棵树越来越近
又越来越远
我曾一次次游到树下
在枝椏间穿行
却怎么也无法够到梨子
而等我精疲力竭地踩水归来
身后传来“噗通、噗通”的落水声
有这样一棵梨子树
在我的记忆里
结满了我没有吃过的梨

姐 姐

我二姐曾经给我做过一双鞋垫
纯棉的，手工的，绣花的
上面绣着：一路平安
这是在二十多年前，我的脚
已经停止长大
我穿上它走了很多年
鞋子换了数双
鞋垫也早已磨穿
我记得最后一次见到它
是在去喀纳斯的路上
坐在白哈巴的一座山顶
我一边看晚霞
一边脱下鞋子磕着沙子

鞋垫掉了出来，但只是
几块彩色的布片
这件事我从来没有对人讲过
有时我在路上走
总感觉有人在身后叫我
手里也举着这样一双鞋垫
也像当年二姐那样
站在每一条道路的起点

伤感的街景

我最不忍心看到的是
少女坐在街边的长椅上
满面泪水地面对着电话那头的人
毛毛雨落满了她的发梢
银杏树的叶子紧贴着椅背椅脚
我最不忍心听见的是
少女无望的哀求——
那是对承诺的哀求而不是
对那个在空气中摇摆不定的人
毛毛雨无关痛痒地落下
车流缓慢而紧凑
我过不了大街
湿漉漉地站在马路边
经受着我最不愿意经历的生活

多少片树叶动了树枝才会动

公路两旁的小白杨在记忆中
总是沙沙作响，在记忆中
那些叶片好像永不消停

平原上的风吹过平原
速度一天比一天快了
而我已经能够慢下来
长时间盯着路边的白杨树
它的枝头只剩下了三片叶子
它们孤零零的
一动不动地挂在空中
仿佛已经离开了这棵树
仿佛是这棵树的临终遗言

小鸟在干什么

做一个快活的人只需做到心无旁骛
小鸟从树上下来
在洒满秋阳的场院里走动
不停地对着大地点头
做一个快活的人也要像小鸟那样
偶尔忘记人类的面貌
忘掉我也有翅膀我也有过
无法把翅膀快速收拢的悲伤

自画像

终于等来了命运现身的时候
不过是一个小丑卸了妆
坐在小花园的条凳上
脚边依偎着一条从梦中醒来的老狗
再也没有什么能惊扰你们的生活
落日在西天
落叶有风度
你静静地看着少年滑轮一般

在眼前穿梭，你如此安静
仿佛多年以前那个大病初愈的少年
端着脸，坐在父亲的膝前
他从父亲脸上看见过的
现在已经被你全盘接收
终于可以垂下眼睑，轻松地
表达对自我的称颂，和厌恶

巴东行（组诗）

再过神农溪

江水上涨之后
巴山的发迹线又往后退了许多
从前的山腰现在变成了河谷
从前的野树林现在种上了苞谷
你倚靠船舷眺望
上游和下游，分不清
哪些水来自天上
哪些水来自人间
它们流经盛放过悬棺的洞口
先是清澈的
后来慢慢就习惯了浑浊

山中一日

——给曾冰

有些花在我们来之前已经开过了
有些花会在我们离开后盛开

春风吹着绿叶
有些死去的人仍然栩栩如生
坡道蜿蜒，命运如绳
你曾被它牵引着去了山那边
现在又将被它捆绑着押送回来
这里有你清晰的童年和
显而易见的晚年，这里有一只羔羊
肯定不是当年的那一只了
但它的神情没有丝毫改变
如同你在长久的挣扎之后
即将浮现在脸上的安详和平静
花瓣覆盖了半边
绿叶遮掩了半边

松下石

——给袁鲲

唤醒一块石头的方式有很多
你选择在它们身上刻字
我数过了，林间有66块睡石
还有一些醒来的
不知何时爬到了菜地，坟前
爱生活意味着
你打开一扇门必将关上另外一扇
你从梦里出去后，梦境未必消逝
石头横七竖八卧倒在松林里
拂去松针，又见苔衣
这情形多像春日酒后的我们
爱着，爱无力
爱着这漫无边际的青山绿水

在景阳

——给光辉

我该怎样转述景阳河之美？
师弟，设若你的出生地
不能成为你的葬身地
这一生的美好该如何收场？
江水浩荡，带不走
沉入江心的青山和白云
你指着西山坡上葳蕤的草木
你的故居已经空无一人
落日的方向传来一阵阵叹息
我们都有过高远的恍惚
到头来却难免齑粉的命运
而所谓修复
不过是人到中年坐在路边
脱下鞋子使劲磕着
里面的沙子，直到
从中磕出早年母亲为你纳的鞋垫

最好的诗

——给小话

最好的诗应该在两个人之间发生
譬如我和你，譬如你和另外
一个你；最好的诗
像那只昨晚来到世上的羊羔
今晨以世间所有的活物为母亲
最好是这样：你叼着一根青草
从梨花树下跑到桃花树下
结果浑身落满了李子花
最好不要结果啊

花一直开，一直这样开
像你在夜色中手握方向盘
公路盘旋，探头灯直达黎明

在长长的隧道中

——给小引

从巴东到长阳，一个隧道
接着一个隧道
白天被切割，一截一截
烟灰弹落在返乡的路上
黑暗中紧咬嘴唇的人
要在光明中唱歌：
——“回家的路才是旅途。”
我见过你上下蠕动的喉结
那是美酒穿过陡峭的青春
流淌到了开阔的中年
催情的是落花
泻火的是流水
我们在上游咏叹过的事物
我们在下游还能不能见到

那些花儿

——给东林

日暮到巴东
江流拐弯的地方
落日正无声地下落
这世上还有什么没有被比喻过
梨花在我们身后开放
纸绢花在半山腰上的坟前

生在死的对立面
说不出口的事还有很多
说不清白是命运
说清楚了是偶然
那些花儿在夜色中
如念头一般，一闪而过

内蒙行（组诗）

晨雾与霜花

额尔古纳河哪里去了
睡在河畔的人从大雾中钻出来
首先看见的是一匹白马
在窗外来回甩动的尾巴
玻璃窗上的霜花像玻璃炸过了
额尔古纳河临睡前像一个梦境
一觉醒来像另外一个梦境
太阳已经翻过了白桦林
那片无人居住的屋顶涂满了金粉
而眼前是一只公鸡
站在传出鼾声的木板屋顶上
眺望着若隐若现的俄罗斯

圆满的彩虹

这是我能拉开的弓
在我还能辨认声色犬马的时候
射出去的鸟儿犹如箭镞蹭过树梢
这是我曾向你描绘过的生活

使用了红色、蓝色和黄色
我的指肚上还残留着抚摸过后的惊诧
这是雨后的阿尔山啊
弧形的帐篷里居住着
柱状的动物、植物和人
老旧的火车站内没有火车停靠
两条旧铁轨迎来了新晚霞
这是幸福又迷茫的时刻
天堂的大门悄无声息地打开
又悄无声息地合拢
关在里面的人面红耳赤
仿佛看见了不该看见的一幕

拍星空的人

拍星空的人把体内的灯火都掐灭了
独自来到漆黑的户外
他在高于大地的地方找到了
一颗离自己最近的星星
然后在它附近找到另外一群
拍星空的人有无数种表情
但在黑暗中他只是怔怔的
他一次次凑近取景框
他一遍遍按动快门
杰作是上帝创造的
但上帝并不认领
拍星空的人其实想抓拍
上帝神秘的心思——
那漫天繁星并不是为了照亮彼此
那漫天的星光中有一张脸
渐渐地浮现了出来
那么深邃，孤单而高冷

我们都去海拉尔

一对热恋中的男女
乘绿皮火车前往海拉尔
三天两夜的拥挤
两夜三天的躁动
男的说这列火车没有车头
女的说夜幕像一条没有尽头的隧道
秋天在窗外一闪而过
这对恋人在相互对望中
由满面通红到满脸倦色
沮丧和绝望溢于言表
他们永远猜不出现在的
海拉尔还给他们留下了什么

满洲里

每一只洋葱里都有你期待的味道
嗯，每一只。我的甜蜜中
有你的悲伤；你的爱里包含了
她的恨。每一只洋葱都不一样
星光被逼退，无产者暗无天日
卖蜜蜡的姑娘坐在国境线上
她的店铺下午三点打烊
她的美好被密封
在一颗你不能触碰的琥珀里

在根河湿地

额尔古纳河有多少道弯
只有河水知道。我知道

属于你的这一截
绳子一般捆着白桦林
现在是秋天了，冲天的
火焰烤炙着湛蓝的河水
只有这些是我能描绘的
只有长时间的伫望
逐渐向上蔓延的火势
才能看清楚天空深处
一张脸正朝你俯下来

穿桦皮的人哪里去了

在敖鲁古雅
两只年轻的驯鹿头挨头
啃食着石蕊
雄鹿被锯过的犄角在滴血
它的疼雌鹿感觉到了吗
在敖鲁古雅，一个精壮的男子
摇晃着酒瓶里的最后一滴酒
他从瓶底里看见了一条出路
穿兽皮的女人坐在路口
像一扇半开半合的门
正午的艳阳罩着金黄的敖鲁古雅
金黄的敖鲁古雅在蜕皮

室韦的祷告

神呐，就把我流放到这里吧
抽空我的人性
在我体内灌注更多的蛮力和无知
让我在河谷中替你啃食草屑

让我和那些大鸨一样随心所欲地
在你的天空中翻飞
再也没有国籍，没有
被铁丝网圈起来的该死的爱憎

胡坚—卷

剑谱尚未失传

你不知道一把剑的能耐，只要这把剑经过合适的热处理，并由一个终生学习使用技巧的人挥舞。

——《纽约时报》1896年8月9日

评书有云："要消心头恨，拔剑斩仇人。"——在西方历史中，这种双方矛盾不可调和，约个地方用剑说话，直到一方说不了话为止的行为叫司法决斗。它从公元六世纪日尔曼法引入，直到一战前后最终消失，延绵时间达千年以上。看起来有点野蛮，但比起把当事人绑在柱子上用火烧，以烧不烧得死来判定是非真假（如安条克城的彼得），冷兵器决斗还是更能发挥当事人的主观能动性。

当年的人们认为决斗的结果是"神判"，所以愿赌服输，但决斗将民刑裁判权交与未知的"运气"，显然是对教会和朝廷权力的分割，所以这两者都反对决斗，但因群众基础太好，此事始终无法禁绝。如果说这在蒙昧时代里是因为当事人对"神判"的虔诚占了主导，在近代文明已经普及之后，决斗依然通行，大概更多是人性中的血勇和赌性在发挥作用。

今天的击剑比赛里，花剑和重剑前身都是来源于决斗——不要相信那些"花剑源于决斗，而重剑是战场杀敌"之类说法，区区重剑，长不过一米一，重不到七百七十克，而当年人们决斗常用的rapier（迅捷剑），长能到一米四，重能到一千二百克好吧；至于战场杀敌，就连一千五百克到一千八百克的一手半或双手剑都不够看，一般是骑士用作副武器的，要想用剑和长枪斧锤一较短长，得用上一米六七的Zweihander，使这种剑的都是精锐，得有钱上剑术学校拿上岗证，然后就业双薪，有钱才能买重甲，这样出急难险重任务时存活率会高些，好过寻常炮灰。使这种剑最出名的就是瑞士雇佣兵，直到今天在梵蒂冈给教皇站岗的还是他们。如果没有这么高的训练和经济基础，就会无法驾驭一米七的长剑，以及处理武器制造不精导致剑身容易折断或重量太大等问题，但因使用短的剑上战场也是对自己生命不负责，所以平衡点就是一米四左右的claymore——苏格兰双手阔剑，题外话，美军有个型号的地雷也叫这名字，国内习惯译成“阔刀”，但你要看了双刃完全对称的claymore就知道这玩意是剑不是刀——不能再低了。

其实一米四五也是在不穿甲的情况下，职业武士所用双手刀剑一个比较合理的长度，别看今人论证日本打刀一米多点的形制多么合理，其实是倒因为果了。决定这个长度的主要是江户中期的法令规定了打刀刃长不得超过2尺3寸，超出部分一律截短，后来与之相配的携带习惯和使用技术源流也是基于这个长度而生长依存的——日本刀木鞘不好做侧开，刃太长会不易拔出，所以他们还单练拔刀术，不过欧洲人在武术书里告诉你的是：遇到危险，双手大剑是要早早出鞘拿在手里的，以免敌人近身来不及拔剑——中国在明朝与日本海盗交战后引入的双手刀（当时有叫单刀【双手执一刀】、御林军大刀的，民国时重新挖掘传统武术叫苗刀），长度重量与当时的日刀接近，在开刃形式和结构工艺上有所简化，同时长度不受后来日本法令限制，长度也多在一米三四至一米六七这个区间。

中国古代军用刀剑法，至明代之前，均难以考证复原，民间武术因在民国时候出版了大量带有传说和错讹性质的书籍，至今也很难有共识和公论。而在西方，近三十年来人们对传统武术发掘复原工作较多，已经取得了一些成果。除了古希腊摔跤手册的残篇之外，现存最早的是一部剑谱即瓦尔普吉斯剑典，又名i33，现存英国利兹皇家军械博物馆，内容仅剩残篇，其中记载的就有剑盾术——值得一提的是，i33倡导的打法是剑盾不分离，谨防敌方“偷手”，在后世，这种思想逐渐演化成剑盾一体，长剑被做上了复杂完备的护手。

古典的side sword由此逐渐分为两支——一支变为重量不变，刀刃加上且护手完备的rapier（迅捷剑）；另一只则简化工艺，降低成本和门槛，变为messer（德国砍刀），需要说明的是，双刃的messer(德国砍刀)并不是什么意外的惊喜。按照中世纪法律规定，剑和刀的区分主要在于握柄结构，而非开刃形制，当时有些王权禁止没有骑士及以上头衔的人带剑上街，但农民拿个刀就没问题。那么如何区分刀与剑呢？简单点说，穿心柄在底端铆死配重球为剑，sword；刀身延续龙骨夹片做柄为刀，knife。

这个分法在欧洲语境里一直延续至今，你手头要是有德国双立人、wmf之类菜刀不妨看看，基本是夹片结构的——这绝不是生产工艺的原因，不信你看他们套刀里那个磨刀棒，就是穿心的。而中国常见的十造菜刀，也常做成穿心铆死的结构，穿越回中世纪欧洲，这大概算僭越。

再说回迅捷剑，它是被意大利人发扬光大的，后来西班牙人接了棒。在漫长的决斗历史中，人们发现长剑单挑时戳刺比砍杀更好使，所以逐渐牺牲劈砍换取刺击（单手能使用的重量是有限的，你要加长剑身长度捅人，势必牺牲剑身厚度和重量等砍杀向指标）。

请画重点，单挑时刺比砍好——这笔交易是无数血的教训换来的，今人不必争议。但是一对多时，情况不一样了。就像巴西柔术单挑天下无敌，但再来一个人对着你头踢就会死得很难看一样，持剑对敌时遇上几个敌人就不要戳了，剑谱明言：不断挥砍，动作别间断。另一种需要不断挥砍的情况是夜战，看不清的时候也别刺了，砍吧。

而迅捷剑顺着决斗之路继续发展下去，人们又进一步将其标准化、纯粹化，取消了左手的小盾牌、匕首，手套和披风等零碎（是的，手套和披风，可以往对手脸上挥干扰视线，也可以垫着手直接去抓对手的剑），最后大家干脆用上更小更好携带并且看起来不那么暴力的small sword(即现代击剑运动里花剑的前身)——反正是双方一起换，不怕不公平，而且剑小点受伤会轻些，不论胜负，双方生存概率都会更高。

至于剑术里砍人的那一支，则随着中亚的战争军事交流，逐渐演变成了saber(马刀、军刀、佩剑、佩刀都是指这个)，分轻重两个流派，轻骑兵军刀弯度大，重量轻，重劈砍；重骑兵军刀更长更直更重，常用于密集阵冲锋破甲。

今天的人们说起火器取代冷兵器的兴衰，仿佛是短短的一瞬，其实火器进入军事，从初始到稳定好用，也是个上百年的过程。以英国骑兵军刀为例，从1740、1755、1796到1908，1912，后面就再没出过新型号了，军刀（sabre）几乎是冷兵器进化的最后一段，并非是因为它完美，而是因为它最适合那个时代——就像早期的迅捷剑常搭配匕首和斗篷使用一样，军刀常用的搭配武器是手枪。不光不讲究一对一了，拼刀之前就可能用火枪给你来一下。

后人整理17世纪至20世纪英军四海征战中冷兵器交锋的片段记录，辑录成书《swordsmen of the British Empire》（《大英帝国的剑士》），书中提到英国骑兵的刀并不锋利，和中亚剑士锋利的shamshir（舍施尔）、tulwar（图瓦）比并不占便宜——“欧洲骑兵的剑从没有锋刃，带着一把插在金属剑鞘的剑，骑马颠簸一会儿，剑刃就会撞钝，直到钝得像一把箍桶匠的劈板斧”(英国刀厂威尔金森刀具公司的工程师说，皮木刀鞘更容易保持刀刃锋利，但行军打仗的话，还是钢鞘比较好，耐用且不怕水气)——但有赖于科学系统的剑术(主要是别家武术中缺乏的成体系的距离控制和格挡术)和印度、阿富汗剑士交手尚能大概率胜出，但遇上高水平的日本武士就被分分钟教了做人，最后得出的经验是尽量用枪，距离太近的话，甚至枪也不一定能保证安全。

以1845年Angelo《步兵剑术》和1867年Hutton《骑兵剑术》等一系列英军剑术教材来看，当时的英军剑术主要是以步法控制距离，配合简单手上动作（6个方向的劈砍、5个方向的格挡等）组成，后者的系统性让他们在面对他国原始粗糙的手上技术时占优，但日本古流剑术中的跳跃和跨步（戚继光《纪效新书》“倭喜跃，一迸足则丈余”）等一系列破坏攻守距离的打法则让他们很不习惯。

当然，这里还存在一个日本双手刀打英国单手刀的问题，虽然日本的双手刀是双手里比较短的，但依然占有巨大优势。须知双手刀的威力和单手刀不在一个层面上，戚继光发现这一点后，即造出了双手刀打双手刀，至少不吃亏。另一个历史上的例证是，中国古代常常选择性禁武，单手刀剑在很多时候是让老百姓玩的，但杀伤力巨大的弓弩、双手刀则严格限制，禁止流入民间——也许是考虑到这一点，想到自家还有一米四的苏格兰阔剑，只是嫌麻烦没有带来，英军并未在剑术上和日本古流刀术死磕。倒是日本，在明治维新之后，模仿西式军刀，给自己的军刀做了一段时间的护手，但自在日俄战场上取得军事胜利之后，在心理上建立了对欧洲的优势自信，又去掉了欧洲式护手，恢复了旧形制。

直到二战结束后盟军进驻日本，禁了日本武道，几年之后重新恢复剑道，发展至今，已近一项文化运动，古流中的跳跃和跨步已越来越少见，纵有流传，也几乎不见于对练了。

而以西式军刀术则化身佩剑运动，在另一条路上渐行渐远。1950年代中国曾经出版过一本苏联人写的《击剑初学》，其中除了介绍花剑、重剑、佩剑之外，还介绍了刺刀术，其步法和手法，也均是从西方剑术中化来。

至于解放军刺刀术，则是从这种苏式刺刀术、日本“铳剑术”、国民党军刺刀术（源于形意傅剑秋等武师）多方吸取经验而来，位列“射击、投弹、刺杀、爆破、土工”五大技术之一，1960年代大比武中，也曾英雄辈出，后来在军事体育院校中，亦有教员将棍术融于其中。

中国的击剑运动在1950年代由苏联人引入，但苏联人自己也走了较长一段时间的弯路，直到1960年代开始才进入世界一流水平，但在西方裁判主导的国际比赛中，常常遭遇不公正判罚。申诉无效的情况下，苏联运动员只能打单灯，只有打出单灯才能摆脱裁判因素影响，毫无争议地得分，所以击剑里有句话叫“单灯打俩”，既打对手又打裁判。几十年之后，今天国际剑联里已有不少俄罗斯人身居要职，也算是某种程度上兑现了昔日的拼搏。

今天大众视野里仅存的剑术，恐怕仅剩下运动击剑的三个项目了。而这几个项目，也在为了体育比赛的观赏性而逐步丢失传统剑术的特点，向运动游戏靠拢——以佩剑为例，传统军刀术中的部分防守动作被舍弃，剑道长度被压缩，进攻步伐中的交叉步被禁止，最关键的是引入了优先权。这直接导致高水平佩剑比赛中，几乎都是双灯互中，要靠裁判员裁决是谁先发动进攻，以决定这一分判给谁——所以你看佩剑比赛，都是一招交锋之后，俩运动员同时握拳庆祝，你肯定想不到这是为啥，这并不是他们笃定自己先发起进攻，而是用这种行为从心理上暗示裁判：是我先进攻的！

把命运交给裁判而不是手里的剑，这种感觉对于剑士来说应该不是太美好。

苏联运动员当年的遭遇已经说明这个问题了，此外，一个真正的剑士肯定不喜欢互中，因为实战中互中就意味着双杀。1811年英法骑兵在瓜迪亚那河边有一场遭遇战，英军士兵记录下了如下一幕："在刚才的战斗中那个法国佬飞快地伏在马颈上，向哈里-威尔逊的身体刺去并成功刺中了目标。我当时确信可怜的威尔逊一定会立即阵亡的，但尽管还能感觉到剑正在刺入自己的身体，他却以超人的毅力继续将视线集中在面前的敌人身上，并从马镫中站起来给了那法国佬的头部狠命的一击，把对手的铜盔和头骨都一起砍透了，那法国佬的头一直被砍开到了下巴处。我从未见过力量如此巨大的砍击。随后威尔逊才和他的对手一起落马身亡。战斗过后一个法国军官下令检查那被砍透了的铜盔，结果他和我一样对此感到惊奇，因为那头盔上的切口干净利落，简直就像是军刀砍开一棵大头菜时所造成的切口一样，而不像头盔两边原先留下的旧砍痕那样仅仅是一处凹陷。"

从这个例子里，你能得出一个结论——用剑说话往往未必能得到你想要的结果，得胜概率甚至小于百分之五十，因为可能会出现双输。另外，开头讲司法决斗的时候，有一件事情忘了说：有钱人是可以花钱雇人替他来决斗的，这是当时的规则所允许的。

射天狼

臣闻军器三十有六而弓为称首，武艺一十八而弓居第一，其紧切尚矣。

——《翠微先生北征录》

沉迷武侠小说的少年人常常争论的一个问题是，世间何门何派的武术最厉害?

历史早已给出过答案：骑射。

冷兵器时代，国家垄断暴力的手段并非禁绝民间一切武器（这在实际操作中很难做到，包括在这方面较为敏感的一些朝代），而多是禁绝大威力兵器，对寻常刀兵铁器从宽——具体的操作中，历朝历代略有弹性，但上千年来“大威力兵器”所指范围的基本是共识——跑不出双手长刀、盔甲和弓弩。

其实早期的武侠小说里是承认弓矢的威力的——主角被一群弓箭手围住是要陷入绝境的，从杨再兴到白玉堂，虽然还有其他不利因素加成，但弓箭围困之下，纵有主角光环，不死也要脱层皮。直到后来武侠走上浪漫路线，重开了一套武力体系，才开始模糊这一问题。导致读者们在武力比较时常将其忽略。

在古代现实世界里，相比弓箭，弩的威力更大且精度高，上弦都可能要用脚蹬（用于守城的床弩上弦更需要蓄力和绞盘），李陵曾经靠它抵挡二十倍于己的匈奴，直至弩箭打完。但也因为弩的重量大、上箭慢且须静态发射，并不适合骑兵——这一古代最为高效的机动兵力。

古人在战阵之中首先超越步卒出现的作战单元并不是骑兵，而是战车，在古典模式下两军摆阵对冲时，一个戴有装甲防护的进攻单元面对单兵具有巨大的势能和武力输出优势。战车在历史上第一次出现距今太久已不可考，但与之类似的坦克，一战索姆河战役中首次登场时，带给步兵的震撼和绝望，却是有多方记载的。但战车在历史上没有威风太久，就被机动高效的骑兵取代了，骑兵的刀枪长度和弓箭动能均不如步兵，更遑论战车。但如果把单兵看作一个点，军阵之战看作一条线，那么骑兵则又给战场增加了一个维度，变成一个面（下一次战场增加一个维度又经过了漫长的数千年，是海空军协同地面战争），所以尽管它枪短弓软，单兵武力输出较低，但因为维度的增加，带来的优势不可以里计。

古代战争中机动性最强的骑兵加远程武器弓箭，两相结合，就是冷兵器时代的武功之王——骑射——40公里每小时的冲锋速度，150米以上的集群射，轻易穿透2mm铁甲的动能，一秒一箭的射速——感受一下，这就是骑射的威力。

如果我们回到现实，从基本的逻辑出发——在国家垄断暴力的时代，无法想象民间存在着超过国家军队的武力，那么国家是如何选拔职业武士的呢？以明清武举选拔为例，基本考核都是兵法对策、骑射、步射加技勇。笔试部分不谈，马上马下的射箭各一场，至于技勇，则是开弓舞刀加掇石(就是举重)。

需要说明的是，考技勇用的弓和刀都不是实战用具，前者是力弓，古代没有弹簧，不妨将其看作弓形拉力器，能拉开就算，不用拿它射箭，它也不能射箭，一是因为弓本身太粗大，无法持握发射；二是磅数太大，没有与之匹配的箭，普通箭拿去射会被巨大的力量崩断。至于刀也差不多，可以看作沉重的刀形杠铃，舞刀成花，是挥起来就算的，考的是核心力量，至于刀本身，不论材质还是重量，均不适合阵上杀敌。

不光明清，就连太平天国也是：“考俊士则两文一诗，考毅士则马箭三枝、步箭五枝及弓刀石技勇。”

所以概括来看，官方武士就看三样：军事策略，射箭（马上步下），力量。至于民间，弓箭基本不能玩，老百姓认同的也是技勇，不论石锁、力弓还是杠铃大刀，都是卖艺人的传统项目，拥有广泛的群众基础。

古代民间私藏弓箭除了法律风险，还有一个门槛是成本。古代一副弓箭的造价是可以拿田产衡量的。《考工记》里记录了制弓所需的“干、角、筋、胶、丝、漆”，要在恰当的季节完成恰当的工序，并给予足够的时间等待胶水固化，一副合格的弓箭造下来基本需要两三年时间，而且这些特种行业基本被官方控制，朝廷定点采购。民间想强行上马不是不可以，但工艺和质量就难以保证了。

这样的精制带来的功效是明显的——作为官军装备的大威力制式武器，中国古代弓箭配合使用者高超的技艺，可以达到精度和杀伤力的高度统一。今天的奥运会和世锦赛射箭场上，男子反曲弓一般在50磅左右（为尽量减少自然环境干扰，保持箭道笔直，运动员会在规则范围内尽量选大磅数），而匈牙利骑射大师卡萨推荐弟子用的骑射弓，也不过40磅上下，配合碳箭，已经可以在马上射击90米草靶——那么在古代世纪战争中，这是个什么样的水平呢?

《红楼梦》里贾母问贾珍：“宝兄弟的箭如何?”贾珍回答：“大长进了，不但样式好，弓也长了一个力气。”贾家军功起家，骑射为本，当年的弓以“力”计算单位，一力为九斤十四两(十六两为一斤)，换算成今天的单位，一力约5909克，13磅的样子。

《清宫武备》中记载了清朝几位皇帝的弓，顺治7力，约91磅；康熙11力和7力半各一，143磅和97磅，放在今天也是神力；雍正4力半，58磅；乾隆的跨度则比较大，上至7力下至3力都有，至于再往后的几位皇帝，磅数下降就比较厉害了，所以有人说这是清代武功衰落的一个表征。

后人推算清代军队骑射弓力折合今天约70磅上下，步战弓则自90磅起。如在漫长的历史里上溯至春秋战国，一路审视下来，会发现除少数因铠甲和战法变化而出现的小反复之外，古代弓力基本就是一个缓慢上升过程，太低（低于50磅）则失去战场杀伤意义，过高（高于100磅）则无法被士兵普遍驾驭。

而在精度方面，宋光宗时殿前精锐部队的标准是用一石二斗（约100磅上下）的弓在六十步（约90—100米）“十二箭中垛六箭”为合格。如果说“垛”的概念尚不直观，那么顺治年间，荷兰人记载军官在65步（约100米）射出散布“不出三掌”（约1.5米）。

强调这一成绩的原因在于，弓箭威力和准确度在相当程度上是矛盾的——力量越大越难以控制和瞄准。正如今天美国枪民喜欢争论手枪子弹是大口径好还是小口径好一样：大口径威力大停止作用强，而小口径方便控制容易打快打准，古人也常常“高练低用”。《左传》里记载颜高用六钧（约100磅）强弓，在战场实战中却“夺人弱弓”用，原因很简单，越弱越容易控制，打得越快越准，庄子说“以十钧射者，见天而不见云；以七钧射者，见鹄而不见鸽；以五钧射者，见鸽而不见雀”就是这个意思。

另一个出人意料的史实情况是：中国历史上几个以武功著称的游牧民族骑射武装，弓力是要低于同时期的中原武装的：“弓力雄勇”的宋军在战场上总被“弓力疲软”的金军敲打并不是什么意外。这也说明弓矢运用于战场，弓力、机动性和战术的重要性依次上升。需要澄清的一个问题是，由于历代度量衡未能统一，史书中经常会有一些骇人听闻的记载，如《宋史》说岳飞“未冠，挽弓三百斤，弩八石”——按宋制推算，20岁的年轻人，开弓400磅，这超出了物理上限，结合弓弩的数据，后人推算应是元代史官沿用汉制，三百斤合不到百磅比较合理。

古代战争里弓力的极限是威尔士长弓，也叫英格兰长弓——1982年英国打捞400年前的沉船“玛丽玫瑰”号出水，得到了两箱长弓，经系统修复测量，得出这批弓的拉重集中在100—180磅之间，其中最普遍的拉重是150~160磅。这个结果出来之后，最强烈的反应来自射箭界——此前，现代长弓手们所使用的长弓拉重普遍不超过90磅，这些自以为继承中世纪长弓兵衣钵的现代人很难相信他们的前辈们可以驾驭如此拉重的长弓，他们希望把祖先的水平降到自己一样的档次，于是不断试图找出实验过程中的错误，结果最终还是承认了现实。

和中国古代的角筋复合的工艺制造出来的弓不同，英格兰长弓是“单体弓”——用一根紫杉木做的，能量传递效率低于角弓，要获得足够的动能只能增加长度和拉力，所以历史上的苏格兰长弓是以大力出名的，专干法国骑士老爷的铠甲，据说出土的弓箭手尸骨的脊柱都是常年拉弓拉歪的。

英国没有进化出效率更高的复合弓和气候也有关系，天然动物胶实在无法适应英国潮湿的气候。和中国历史上制作流程严苛的官造角弓相比，英长材料稀有，但制作简单。历史上的英长以紫杉（yew）制成，木制内外分层性能有别，正好是天然的复合材料，也是单体弓的巅峰。这种材料后世已经十分稀少，今天的原教旨主义玩家依地域划分材质，分成地中海紫杉和太平洋紫杉两派，二者不论材料格调还是价格都差不多，均是金字塔顶尖的级别，更多的仿制英长是以杂木制成，囿于今人体力，拉力也比历史实际水平低。有人用实验考证历史上英长穿透铠甲的能力，结果并不如想象中厉害，但阿金库尔战役的结果是彪炳史册的：英军以二百多人伤亡的代价杀伤法军一万余人，其中一半铠甲骑士，大半靠的是长弓密集射。虽身披重甲却依然伤亡惨重的法国骑士老爷会告诉你：没有被弓矢直接命中，不等于战马没被射倒，不等于没有因为重心失衡跌落下马、丧失战斗力继而被俘——在有些战场上丧失战斗力只要交出手套投降，等老家来付赎金就可以走了，但阿金库尔并不是，为了防止人数占优的法军在恢复士气后反扑，英军亨利五世下达了杀俘的命令，大部分英军骑士拒绝执行这一命令，最终用短刀刺进法军骑士头盔的，都是出身底层的英军长弓手。

需要说明的是，大家喜闻乐见的罗宾汉所用的虽然也是英国单体长弓，但从神乎其神的箭法来看，他的磅数并没有这么大——除了150磅左右的战弓之外，英国单体长弓还有数十磅的猎弓，以及磅数更低的靶弓。真正战场杀敌的战弓磅数巨大，准确度则未必那么高。中国古代也有类似的分类，大磅战弓以下，是行走江湖，甚至游走在法律边缘的“贼弓”。

再说回英国对长弓手的选拔编制和训练，在漫长的历史演化中几乎从政策和法案变成一种和中国的科举制度相似的政治文化传统——这养成了英国人对长弓的情感依赖，亨利五世的阿金库尔战役就是光辉记忆之一。但这种路径依赖在军事和国策上是非常危险的，正如法军在一战胜利而在二战开头一败涂地一样，正是昔日胜利的路线继续走下去，被昔日的对手改弦更张后平推导致全面沦陷。英国的精英阶层看到了这一点，所以在火器尚不如长弓作战效率高的1595年，废止了长弓法案，强行推广火绳枪和滑膛枪。

而在此时的中国，人们开始使用进一步进化的高效率角弓，以大弓梢配合弦垫，效率更高，拉感柔和，拉距到位时甚至有一个明显的省力比例以便瞄准——

这已经在相当程度上实现了今天滑轮复合弓的效果，所以清代弓又被称为“传统中的复合”，它发射的箭速度稍慢，但适合发射重箭，更用于户外有风环境及战场破甲。

此时的清朝军队也已装备火器，但因效率不高，它并没有完全夺走弓箭的盘面，甚至在某种程度上，火器并非弓箭的敌人——此时火枪的穿透力能够轻松破甲，让铁甲大面积退出实战舞台，给弓箭的存在创造了很大的空间。中国历史上弓箭和火枪的这次相逢，发展到了极致的弓箭借助了初出茅庐的火枪的辅助，未显疲态，因而没有让出它的位置；但等到二者下一次相逢，弓箭就没有了任何的机会。

清代的骑兵在战场上策马如风箭如雨下的时候，看着身边蠢笨的火器，大概不会想到就在百年之后，这东西就会进化出比自己手中引以为豪的弓箭效率高出千万倍的徒子徒孙来，彻底把自己扫入历史的角落。在他们的世界里，极端的威力甚至准确都不重要，战场上需要一个“弓箭狙击手”精确地射中敌人脖子的情况并不多，特别是对于来去如风的骑兵来说，更常见的情况是指挥官向敌人阵地的重点地区射出一支响箭（鸣镝），众士兵跟风向那一方位发射一阵黑压压的箭雨（往往还不是平射，是抛射），突然性地杀伤特定区域的敌人，击溃特定区域的敌人心理防线。而如何发现并选取这个特定区域，才是指挥官需要考虑的首要问题。

这种射法源自战场，需要依赖人海方能实现战术目的，就个人而言，成就感实在有限。因而今天人射箭，不论手里拿的是民族传统弓、美式猎弓还是机械滑轮复合弓，不管用拇指射法还是三指射法，本质上都是源于体育竞技射箭法：发射轴线尽量贴近身体中线，用稳定而恒定的方式，射出工业生产出的一致度极高的一箭又一箭。这种感觉更接近于操纵一支精确的步枪，只是一部分发射机构变成了你的身体本身。

而传统战争的概略射击虽未令人所不屑，但漫长的历史长河中，却总有天赋过人者在危难关头闪现曜曜光辉，只是他们身上的神乎其技，却再也难以复制了。

北宋年间，宋军与反叛部落作战，战局不利，主将中伏被杀，败军退到一处关隘时，情况危急，叛军一万骑兵追到，宋军眼看就要全军覆没。此时偏将王舜臣站出来了，他把弓挂在胳膊上，看见敌方当先七人，料想是对方的头儿，于是他大声对部下说："我要让他们最先七人眉间插花！"拉弓射箭，当先三人果然中箭而死。剩下四人掉头就走，也被王舜臣射中背部而死。上万的敌军都被王舜臣神乎其技的弓箭所震慑住了，没人再敢上。于是王舜臣赢得了宝贵的时间，开始重整宋军。不久后，敌军又冲了上来，一场恶战就此爆发。激战一直从下午持续到了晚上，在近四个小时的时间里，王舜臣射出了上千支箭，箭无虚发，敌人纷纷倒下。最终，凭借王舜臣的勇猛和担当，宋军脱险。

《宋史·列传九十四》："舜臣自申及酉，抽矢千余发，无虚者。指裂，血流至肘。"

人肉机关枪，当之无愧。

《假面舞会》（节选）

汉阳凤凰山的地下靶场藏在一个深深的人防工事里，去之间要经过长长的一条地道，空旷得吓人。如果不是门口有个铁牌，谁也不知道里边是啥。当年全国挖了大量这样的人防工事预备打仗，改革开放的时候给小青年拿来开舞会了，后来越闹越不像话，出了好几次在地道里乱搞的事，公安抓了一批人，地道又空了下来，有的地方就被人改造成了靶场。我和老秋进汉阳靶场的地道时，只有几个小孩儿在里边溜冰。老秋边走边告诉我，进去先去打几下手枪玩儿，练练手，有机会就趁乱带几个小口径弹出来——“别拿手枪弹，威力太小，拿长弹的。”我说好，偷不出来别怪我。

当天的情况果然不好。春寒料峭，临近中午还有好些人在床上犹豫要不要起来。射击场里冷冷清清，只有两个工作人员坐在一张破桌子后边看报纸聊天，我们进去就发现，自己是唯一的顾客。

射击场里边的空间不大，墙角都长了蘑菇。荧光灯惨白惨白，仿佛能照出空气里的水汽。手枪射击二十五米，长枪五十米，家伙是清一色的建卫－8小口径。子弹都是工作人员替你上好，顾客只管扣扳机。我瞄准的时候磨蹭了一会儿，给我上弹的这个家伙溜出去上厕所了，我趁机“砰砰”地连射了一个弹夹，老秋也在那边“砰砰砰”。急得剩下那个工作人员两头跑，老秋就趁他给我上弹的时候以极快的速度把刚上好的弹夹卸了下来，往兜里揣了两颗子弹，然后又飞快地把弹夹装回去，这时我的子弹才刚刚上好。我看他得手了，不紧不慢地打完这个弹夹，老秋也在我开枪的间隙把枪里剩下的三发子弹全射了出去。

走出地道的时候，老秋摊开手给我看那两颗弹。我第一次见点二二的小口径弹，铜底凸缘，边缘发火，铅弹头外还封了一层蜡，不如一支铅笔粗，和常见的51式手枪弹比还小了一圈，怎么看怎么像玩具。我说能行吗，老秋困难地摇摇头，说过两天再去解放公园的靶场逛逛，那里有熟人，看能不能要两个。先让我陪他去汉正街把枪买了。

汉正街一年四季都涌着川流不息的人群，年关将至，更是塞满了进货的人。在这里进出买卖，主要是体力活。这是武汉最有名的街道，也是全国著名的小商品批发市场，初中学中国地理，我意外得知中国最大的小商品批发市场是浙江义乌而不是汉正街，心里涌起一阵巨大的失落。从20世纪80年代初期开始，汉正街上每天都有数以亿计的针头线脑经手拉肩扛，然后转飞机、火车、牛车、马车，以各种你能想得到的方式发往全国各地——批发的利润薄得吓人，很多商品的单价都不到一分钱，但是在巨大的资金流转间，众多老板却聚沙成塔，积攒下了巨大的财富。当时我们总说，汉正街的每一件破汗衫下面，都隐藏着大把的钞票。

20世纪90年代初，“扁担”们还没有流行穿迷彩，整条街上都是深色的西服和夹克衫，我和老秋在人群中挤来挤去，就像两只耗子。不知道是不是发令枪不好走批量的原因，可供我们选择的样式实在不多。老秋带我连挤了几家卖文体用品的店铺，都是摇着头出来。我之前没留心过这个东西，看着奇怪的造型心里就犯嘀咕，和电视里的枪威武外形完全对不上，继而从信念上对老秋的持枪复仇计划产生了动摇，后来实在不愿意再挤了，问：“刚才好几家都有发令枪，管都冲上，都不成吗？”老秋瞪我一眼：“你知道个啥，破玩意儿松松垮垮，打发令弹没事，打口径肯定炸膛。”

最后他终于在一家拐角的铺子里找到了合适的。看店的是个女将，在给小孩儿喂饭吃。我心里虚，总觉得有警察埋伏在角落里等着抓我，不大敢去看发令枪，假装饶有兴趣地看老板娘喂她的孩子。老秋在后面的柜台里转了转，拎了个人造革的小黑包，挤到前边来问多少钱。趁着他和老板娘说话的当儿，我接过小包一看，环球牌，再看标价，一百，比刚才看的杂牌货贵一倍。老秋说："你这东西太贵，都放出灰来了，便宜点儿卖我算了。"老板娘把小孩儿往凳子上一搁，从我手里抢过包，先倒出一盒发令弹，接着是包好的发令枪，沾满了机油。老板娘指给我们看："北方工业做的，走到哪里都是这个价，你要便宜的也有，那边……"

女的正在介绍，孩子哭了，店里的男主人正好进来，一把从女人手里把枪拿过去了，盯着我们问："你们买这个干什么用的？"我被他看得一阵心虚，赶紧解释说开运动会，我们有学校证明。

老秋从口袋里摸出证明递给他，那男的接过看都不看，摇着头，欲擒故纵说这个玩意儿不随便卖，容易出事怕警察。老秋一看没法了，只好把钱拍在桌子上，一分也没便宜，气哼哼地拿着枪出了门。

1994年年初武汉的物价飙升到极点，出门逛街购物需要极大的勇气，气得我妈成天在家里骂人。屋漏偏逢连阴雨，那两年车床厂的头头们听信谗言去搞扩散经营，结果把资金链玩断了，发不出钱过年。整个春节期间，家属区都一片死寂，几乎所有的职工都缩在家里看电视打发时间。电视里翻过来倒过去的就是工商税务等部门搞"百团大战"，各种制服组成的联军全国扫荡——"物价大检查"。看电视的时候我都没停手折腾飞哥扔给我防身的弹簧刀，天天"啪啪"地弹来弹去，终于有一天，里边的滑轨受不了弹簧的频繁撞击，"啪"的一声，刀片撞破护手飞了出去。出征之前先折了兵刃，晦气得要死，不知道这是暗示物价大检查的阶段性胜利，还是暗示老秋和飞哥有什么不测，于是决定再去碰一次头。

我和老秋约在汉阳碰头，因为飞哥过完年又迅速躲进了船舶学校狄爱国的宿舍。一见面就看到老秋和飞哥精神矍铄。飞哥说，春生夏长，该是好好准备的时候了，我们把事情从长计议一下。老秋这几十天一直没闲着，天天在汉口吹风放话，说要赵二斌和陈万明血债血偿，搞得小青年中间人心惶惶的。

大战前夕，老秋的装备已经改装得差不多了。先找根钢锯吭哧吭哧把原先两个眼朝上的膛体锯掉，然后爱国在汉钢找了个青工帮忙，把两根小钢管焊在了退弹板上边，后边枪机那一套还是沿用发令枪上原装的部分。整支枪的上半部分头角狰狞，像一个简易的小锅炉部件，看上去丑陋得要死，我取笑说："你拿这个玩意儿好意思射人吗？"老秋自己也不好意思，一边拿砂纸擦一边嘿嘿地干笑。我说你射两发试试，老秋说枪不结实，打一枪少一枪，有限的子弹要留着消灭敌人。

渐渐地，天气开始暖和了，省一中后山上的草木开始吐出嫩芽，万物开始复苏，空气里充满了温情的味道。数学老师把我和高一其他班的几个孩子一起"提"到办公室，给我们分了新同桌，让我们带成绩不好的同学，以不耽误自己成绩为准。

我分到的是女同学夏滢，上课不听老在下边看杂志。当时没有那么多杂志，她逮着什么翻什么。那天她在看一本《香港风情》，问我觉得班上哪个女生最漂亮。我心想女生可真虚伪，明知道大家都说你漂亮："哎呀，差点儿忘了，昨天在办公室做题，三班的胖子叫我给你一封信，他叫你要是回信就让我带给他啊。"

三班的胖子知道夏滢和我作同桌以后，每天下午做题的时候都向我打听她的小道消息，开始是打听日常生活情况，后来就委托我送信。当年流行交笔友，写信有良好的群众基础，一个班的一天见面八小时有话都写信说，更别说外地的了。那时没有QQ，没有电话，都是往电台、杂志社写，把自己的地址洒向天南海北，然后守株待兔。

三班的胖子和我接上头了以后，给夏滢写信就没花一分本钱。夏滢每次都认认真真看完信，然后"嚓嚓嚓"撕个粉碎。胖子老等不到回音，嘿嘿干笑，给我买了两次烟叫我美言几句。我收了好处，忍不住问夏滢："你怎么不给人家回信呢？是好还是不好，你得给人家个准信啊。”结果夏滢瞪我一眼，说她愿意。

那段时间我老老实实上课，偶尔和张建安打电话聊聊天，周末和海洋他们打球，偷小卖部的汽水，日子平淡如水，我几乎已经忘了我和老秋他们的复仇计划了——直到后来我遇见孙正楷。

那天孙正楷直接跑到了车床厂找我，带来了一个惊人的消息，赵二斌被老秋打了一枪，老秋中了埋伏，身负重伤。

事情发生在两天前。这件事在汉口那边的小青年中间已经传疯了，老秋很早就放出口风要找赵二斌他们算账，后来有中间人牵线，说先坐下来谈判。老秋最初和我商定的计划就是在谈判的时候突然拿枪出来把赵二斌和陈万明两个人先放翻，然后再逼他们从武胜路那片滚蛋。谁知道具体的谈判日期还没有定下来，老秋就在利济路电子城撞见赵二斌掏人钱包。

公安局就在附近，老秋用衣服盖住刀子，顶着赵二斌往南走。可能是凑巧抓到赵二斌了，老秋被好运气蒙蔽了双眼，忘了赵二斌摸包的时候边上还有个放哨的。放哨的跑去报了信，把陈万明他们叫出来了。

老秋是往江边走的，没有走大路，怕碰到人，一直在钻巷子，结果快到汉江边的时候迎面碰到了陈万明一伙人。陈万明他们出来的时候身上都带着刀，从巷子口蹦出来，拽开前面的赵二斌就扑了上去。老秋当时就被砍翻在地。

然后枪声就响起来了。

“老秋要是当时没带枪，可能就被砍死了。开始赵二斌趁着老秋被埋伏得措手不及，被陈万明拉到一边，后来看人被砍倒了又想凑上去捡便宜，被老秋一枪打翻。我哥说那枪是自己改的，只能打两发，还有一枪没打到人。这几年打架，很少动枪的，一听见枪声，陈万明他们都乱了。等看热闹的人拢过来，一个人都没剩下，全跑了。老秋伤得重，地上不少血，还是让他给跑了。”孙正楷说。

“老秋准备了好久，枪天天带在身上，还是没弄到陈万明。”孙正楷又说，

“我哥叫我来告诉你，听说这个事情是因为你起来的，叫你千万别再往里跳了。谁跳谁倒霉，老秋动了枪，陈万明捅倒两个人，这个事情大了。手上沾了血的如果跑得不快，都要进去喝稀饭。”

“那你哥现在能找到飞哥老秋吗？”

“不能，他怕你不知道深浅还往这个事里跳，叫我和你说一声。”

“行，我要是看到飞哥、老秋，我和他们也说一下事情的严重性。”

“就是这个意思。”孙正楷笑了。

第二天我没去上课，直接去找了狄爱国。狄爱国宿舍里只有飞哥一个人在，叫我中午等爱国回来一起吃饭。他告诉我，爱国把老秋安置在汉钢职工医院，有熟人帮忙，两三天之内不会有什么问题，等伤势稳定下来，马上叫老秋出去避一避。

中午爱国回来了，我们草草吃过饭，拎着打包的饭菜一起去医院看老秋。汉钢职工医院离月湖不远，下了汉江轮渡就到。出事那天老秋捂着伤口拦了一辆车，逼着司机带他回了家。然后马上打电话叫爱国，爱国连夜赶到，老秋身上的伤太显眼，走不了轮渡，爱国弄了车从江汉一桥走的，取道古琴台把他弄过汉江，送进汉钢的职工医院。

我把孙正楷的话原原本本和老秋学了一遍，老秋说等稍微能动就去外地躲一躲。我问他伤势如何，他竟然笑了：“身上的刀伤都是小，枪炸膛了。第一枪打了赵二斌，第二枪顶着陈万明肚子打的，枪一响炸得虎口稀烂。陈万明反手捅了我一刀，这个狗东西反应真是快！”

我问枪呢，他说：“爱国扔汉江了，幸亏当初没给你玩儿，否则炸的是你。”

趁着老秋吃饭的当儿，爱国拉我出来问医院的熟人情况，熟人说，小腿上的刀伤比较恼火，刀子是横着切进去的，把肌腱切断了，恐怕以后会有后遗症。

爱国说，在这里待几天，能动了就走。熟人看了我一眼，爱国说没事，指着我说建明是我兄弟，有话你说。熟人说，人进来的时候，说的是工伤事故，瞒多久都行。但如果一旦公安介入，开始排查医院收治情况，一天都待不下去。我不好再听他们商量细节，回去看老秋，走到病床前，心里一阵难过，脸上掩不住，眼圈就红了。老秋看出来了，冲着我艰难地一笑："建明，过两天我就要走，飞哥也帮不上你了。这个事情陈万明恐怕不会善罢甘休，你要小心，实在不行就报警，把我们这两个案子都撂出来，要警察来收拾他。我和陈万明身上都有案，两个人至少要有一个人被抓，否则，这个事情不算完。"

爱国从门口伸个脑袋进来看了一眼，看我在哭，又缩回去了。老秋笑着说："臭小子，哭什么。我后天走，你来送送我吧。"

我眼眶有点红，用力地点点头。

"别哭了，给你女朋友看见就不要你了。"老秋又笑，"我没有女朋友，走的时候带你女朋友来送送我。"

爱国和我回到他宿舍，和飞哥一起商量转移老秋的事情。我说："老秋叫我后天带张建安一起来送送他。"

飞哥突然打断："是上次我们吃饭的那个丫头吗？她是孙正军弟弟的同学，不能让她来。"

"你不相信孙正军和楷楷？"

"不是不相信他们，"飞哥摇头说，"让他们知道老秋的去向，是给他们添麻烦。不用知道的不必知道，这是保护他们，他们也在保护我们和老秋。孙正军让他弟弟给你带话，就是这个意思。"

"你这么说我就明白了，"我扯扯袖子，"但是老秋叫我带个丫头一起去送，不然走得太凄凉。要不我找个班上的同学陪我去？"

"靠，"飞哥笑了，"臭小子你几个女朋友？"

第二天我一去学校，就被数学老师抓住狠狠K了一顿。放我出来的时候三班的胖子又拦住我叫我带信："你昨天没在，昨天加上今天，一共是两封。"

回到教室夏滢又在翻杂志，我坐下就吓唬她说："你麻烦了，我昨天没来，胖哥的任务积压，有三件事等你审批。”

夏滢接过两封信，说：“还有呢？”

“还有个事是我求你。我有个朋友明天就走，想请你陪我一起送送他。”

“干吗找我？”

“你别问好不好……”

“你不会害我吧？”

“怎么会，要害早害了。”

“好吧，明天你找个人来坐我们这张桌子，不然两个人一起逃学，空张桌子出来，太显眼。”

20世纪60年代中苏关系紧张的时候，双方各自在边境陈兵百万。国内除了必要的军工单位之外，还抓紧时间在中原腹地上马了一大批化肥厂、机械厂之类的二线企业，平时造化肥，做机械搞生产，打起仗来就可以马上转轨做炸药、造坦克。我爸他们的车床厂就是在这个背景下成立的，在原国民党长江沿线的几个军工厂基础上，从军队陆续转下些技术干部，落在地方生根发芽，化剑为犁——当然，造车床之外还保留了火炮的生产线。八几年我上小学，没事就泡在职工活动中心看《解放军画报》，有几本限制级的，教民兵在大铁锅里炒化肥配土炸药。

后来我家搬来一位新的邻居，是空降15军的转业军官。当时南疆还在打仗，大家都说这个干部是从南边下来的，我那时爱看《闪电行动》和《黑豹突击队》，揪住这个邻居不放，叫他给我搞一套电影里的双面迷彩。结果这个干部活动能力不行，搞了很久都没搞到，最后很惭愧地送给了我一把刀做补偿，那刀子全长不过三十厘米，开了双刃，上面刻着制造商的名字——CASE，塑料刀把塑料鞘（其实是玻璃钢，后来看满街都是绿色的玻璃钢瓦我才明白），比海洋手里那把日本兵的刺刀短一截。邻居看我不满意，告诉我说那刀子是当年越南人缴的美国人的，后来又被他们二次缴获。我当时小根本不懂事，回他一句美国人可真够笨的，鬼子的刺刀把他们扎了个透，他们的刀还够不着鬼子。

刀子到我手里就被我爸没收了，藏在柜子顶上，他以为我不知道，其实我随时能偷出来玩儿。老秋出事以后，陈万明他们放出话来要收拾谁谁谁，我估计他不能饶了我，回家就把刀子翻出来了，每天一出家门就插身上。20世纪80年代各地电视台基本没干什么好事，要么就放《江湖恩仇录》教小孩儿多角恋，要么就引进《加里森敢死队》教小孩儿杀人放火。我那时崇拜电视里国外的人把枪藏在胳肢窝下边，学人样拿绳子在背后背了个横八字，把刀鞘一头反穿在皮带上，刀尖冲上倒挂在胳肢窝下边。结果那段时间夏滢上课老拍我左肋——“你这儿藏了个什么玩意儿？”

天气渐渐热了起来，眼看又一个火辣辣的夏天就要来临。渐渐地，外套开始穿不住了。衣服一薄，刀子就不好带。就在那段提心吊胆的日子里，飞哥和爱国也开始了紧张的活动。打探消息，托人递话，尝试一切渠道，牺牲一切面子，只为把这个事情温和地了结。但是我知道，这个事情不可能温和地解决——老秋对此事的定位很准确，他和陈万明两个，至少要有一个进监狱，否则这个事情不算完。

到五月份的时候，陈万明已经递过话来，谈判。受伤的赵二斌、老秋和飞哥不参加。那边是陈万明，这边飞哥递出话，楚建明去谈。

陈万明身手矫健，心狠手辣，飞哥和老秋都吃过他的亏。老秋临走时撂下一句，和陈万明照面的时候，千万别叫他摸到刀。飞哥说起他来直摇头，建明如果这次去谈判，鬼知道他们有没有花招，他们捅个人就跑回老家了。不管这次谈判他们开什么条件，唯一的解决办法就是亲手把陈万明送进公安局。

爱国说，抓陈万明只能打他个措手不及，除了用枪，没有其他办法了。我说那是，拿着枪把陈万明送进公安局，自己也得折进去。飞哥笑笑，说再想想办法吧，这是个好机会，可以让我们埋伏陈万明。他没有牵挂，下手也比我们黑，平时抓他太难。只能趁谈判的机会，想点儿手段了。

谈判的地点是陈万明提出来的，约在江边老租界附近的一处台球中心，说是台球中心，其实只有四张桌子，除了摆桌子的半个篮球场那么大一块地是平地，周围一大片都是荒草。一百米外，几座老房子正在拆除，空出来的间隙被人见缝插针地开上了简陋的卡拉OK厅、洗头房。中间传话的人带爱国和我去看了一下，空旷开阔，附近也不算冷清，双方都不好打埋伏。

谈判的头一天，爱国和我去了武胜路的渔猎门市。老秋在职院上学的时候是这里的常客，经常跑来过眼瘾，干看不花钱。爱国说，他被老秋拉着来看了几次，老秋总是撺掇他买那只齐齐哈尔产的“鹰”牌霰弹枪，搞得他也成熟客了。

渔猎门市在一座背街的二层小楼里，一进门就是一个曲尺形的大柜台，占满了整间房子。以大门为界限左右分开，左手边柜台是卖渔具的，右手边是卖猎枪的。我们去那天卖渔具的柜台边是个女将，猎枪那边是个黑脸膛的中年大汉。爱国穿着浅色衬衣，平头布鞋，他人生得白净，渔具那边的女将也多看他两眼。爱国冲她点头笑笑，完了转头给大汉递了一支烟。大汉笑着说不让抽，把烟架在了耳朵上。爱国指着柜台里摆着的猎枪告诉我哪个好哪个不好。我看着五百一千的价钱直叫贵，突然看到一只标一万的，问大汉是不是写错了，大汉哈哈大笑，说那是美国货，雷鸣顿。

爱国叫我自己先看着，把大汉叫到一个角落嘀咕了几句，大汉听完就上楼去了。趁着他上楼的工夫，爱国又到左边看了看渔具，和看柜台的女的说了几句话。

没一会儿，大汉下来了，递给爱国一个纸盒。爱国点点头，把保卫科的证明和十块钱一起递给大汉，说：“那个‘鹰’你给我留只好的，我存上了钱就来买。”

大汉笑着摇摇头，说：“小伙子听我的劝，猎枪还是别买了，弄不好就出事。”

我出了门就把纸盒拆了，里面是重庆出的六颗12号的嘉陵弹，黄铜底红色塑料弹身，只装了盒子的四分之一。我把弹拿在手里，问爱国知不知道为啥叫12号，爱国说是不是指的口径，我说狗屁。他嘿嘿一笑，岔开了话题，问我还要啥，我说再去汉正街买几个老鼠夹。

下午我和爱国回到他在船舶学校的宿舍前，爱国顺路去汉轧找车间的工人提了两升汽油，等回到房里，飞哥已经在地上放了七八个酒瓶了。我往一个瓶子里塞了一颗12号弹，弹底缘正好卡在瓶口，然后拿老鼠夹比画了一下，重演了一下1970年代《解放军画报》上介绍的土法打坦克，只要轻轻一碰装置，鼠夹就会飞快地翻转，击中12号弹的底火，发射药喷进瓶子，汽油将在瞬间被点燃并发生爆炸。

飞哥和爱国一看就明白了，稍微沉默了一下。

“要不要镁条放进去烧得狠些？”飞哥摸了支烟出来，吓得我一身冷汗——“今晚到明天，最好别抽烟了，小心把自己烧了。镁条可以拿来烧坦克了，没必要，美国人在越南烧人都是用白磷的，磷酸往皮里烧，越烂越深。晚点儿你们可以试试，等我走了。”

在那年夏天，陈万明的故事是作为传奇在武汉三镇的小混混中间流传的，不认识两边的第三方一般都把陈万明当作一身是胆的赵子龙来看，从挺身而出刀捅飞哥，到和老秋的搏斗中以刀对枪，再到后来谈判中伏，身陷一片火海，头发眉毛都了，被几个人生擒，碰到个小混混都能就着啤酒给你说一段。

五月底的时候，爱国说，飞哥和老秋的名气越来越大，估计老秋这半年是不能回来了。我嘿嘿一笑，说老秋是被声名所累，老子是无名英雄，他笑着说未必。暑假里，我回省一中玩儿，夏滢在上补习班，她告诉我，这段时间来学校拍女生的小混混都自称以前是和楚建明玩儿的。

当时，我已经从省一中转学了。案子的影响被尽量压下来，可我们几个还是免不了挨个去公安局问话。事情在学生中间三人成虎，变成了我持械伤人，学生家长人心惶惶，纷纷以转学相要挟，学校只有叫我走人。

我被学校开除那天，灼热的阳光烧灼着学校走道边几棵无精打采的万年青，蔫萎的树叶上盖满了灰尘。门口的一棵老松树还是歪歪斜斜的像在欢迎——平时我都是踩着它爬墙逃学的。回到家里，老爸在客厅摆了一个小方桌，听我絮絮叨叨地把事情讲完，忍住没有揍我。当时家里电视正在放徐洪刚英雄事迹报告会，一个武警战士肚子被划开了仍然追歹徒搏斗，我爸连续换了几个频道，都是报告会，气得他一下把电视关了，然后摸着我的脑袋，长叹了一口气。

1994年夏天，我被省一中扫地出门，我爸一根指头都没动我，当我再次准备两眼一闭两脚一蹬去车床厂技校报到的时候，事情有了转机。

我爸是个善良的老派人，1963年参加省公安部队，第三年编入独立师提了班长，1967年初“三支两军”时带着一个排的支左小组进驻附中。

他没有想到自己会在十多年后的某一天，提着礼物为自己儿子转学的事再来麻烦附中的这些被他保护的先生们——1994年，全国刚开始流行花钱买健康，我爸的礼品是沈阳出的一种以蛾子为原料的口服液，算是国内第一批被保健品厂商忽悠的先驱了。送礼那天他搜出了一件白衬衣，穿上了草绿色的军裤，显然这是在提醒人家别忘了1967年。

正是从我转学的那个夏天起，我爸的日子开始走入低谷。车床厂的老厂长是他在独立师的老上级，1994年承包期届满赶上退休，虽然之前被上边压着收购了几家厂子搞得资金紧张，但是厂子的老底还在，加上手里的土地，那是一笔上亿元的巨款，很多人眼红。

当时厂里盛传上边要派人下来“摘桃子”，基层职工都主张把这笔钱分了散伙，结果老厂长考虑再三没同意，后来续任合同失败，临走前把钱交给了我爸，并且留下个沉甸甸的任务，不管谁上任，这笔钱不能动，存在银行拿利息，为的是就算车床厂不生产了，用这笔钱的利息也能保证职工工资照样发。

上边委派的新厂长上任在即，厂里流言纷飞。我老爸在那个夏天，成了风箱里的耗子，看守着一笔不属于自己的巨款，左右为难之际，我又被学校开除了，虽然这个麻烦很快得到了解决，但怎么也是一件丢脸的恼火事，更何况在很多时候，满载货物的骆驼就是被最后一根稻草给压趴下的。

那是1994年的年末，我爸不到四十岁，却已经两鬓灰白，下半生的忧郁明明白白地摆在眼前，让人绝望。我尚不能考虑到下半生，只是隐隐地想到，我今后的道路会不会是这样的绝望，这样的一眼看到底，没有一丝变化呢？

那年是我迅猛发育、飞快蹿熟的重要阶段，头天晚上睡觉前脱下的鞋，第二天就要穿不上，大人眼里还是个孩子，但乱草似的头发下面，一双眼睛已经显得从容冷静，心底已经开始有了种种小算盘。我爸教育我的话，也不再那么好使了，教育界就是从那时候开始说“代沟”的事，我嗤之以鼻——我从来没指望我爸理解我，在我眼里，我爸就是个啰嗦的小老头儿，儿时高大如山的父亲背影随着儿子的成长，却在逐渐坍缩，家里遇到什么事，我爸甚至开始征询我的意见了。

正是在那年，我被省一中开除，我爸顿时沉默了许多，不再像几年前那样满屋子挥着兵器追赶我了，而是常常拉着我的手叹气。絮絮叨叨地啰嗦厂里的事，像个祥林嫂。我当时还不能理解他在工作生活上的双重压力，低着头数蚂蚁，尽力忍住无聊，听他说个够。

后来回想起来，我爸当时并不仅仅是唠叨我的前途，更应该是在感怀他的一生。从他最辉煌的时代开始，命运就和长江一隅的这个车床厂死死捆在一起。厂子成立之初，独立师的人是最早脱下军装补充进来的力量。从我懂事开始，这个有军人站岗的院子就冷冷清清，工人干部一个个行色匆匆，缺乏生气，平时连玩笑都很少开。因为工作特殊，人员的流动性很大，大家像在部队一样断断续续居住，连连续续搬家，身边相处多年的小朋友说着说着就突然跟着父母去了一个遥远陌生的城市。

1985年前后，我刚刚开始记事就赶上了大裁军，厂子里又补充进了大批退伍转业的军人。我爸和新转下来的那些同事们爱啰嗦的毛病就是那时候落下的。当时大家都说军队要从人海战术改为科技强军，开始由规模型向质量效能型转变。但就是从那时起，我爸把家里给我从小看到大的众多军事书籍一一收拣打包，束之高阁，连1984年大阅兵的宣传画也给我从墙上撕下来了。我问他要，他就告诉我，全都卖了，我说干吗不给我留着，我还参军呢。老头儿边摸我的脑袋，边凄然一笑：“别参军了，边烽寂寂尽收兵，新中国成立以来，该打的仗都打完了，现在都搞经济建设了，你好好考大学，以后找个好工作吧。”

厂子没多久就彻底停产了，空地里随处可见长满锈斑的废机器。厂房挪作他用，宿舍区也显得老旧不堪。回想起当年，虽然是个三线厂，但也曾机器轰鸣，人来如织。对比之下，总觉得物是人非，像个废弃的文明废墟，如同古罗马的斗兽场，断壁残垣还在，但是已经彻底丧失了曾经文明的光泽。三十年前，红墙绿树，满院国防绿，充满了光荣和朝气的岁月，再也回不来了。

国庆节前夕，我最后一次回省一中，也是我那几年里最后一次见夏滢。我原来所在的年级在新学期重新分了文理班，原有的班级建制全部打散了。出于纪念，以前班上的老同学搞了一次聚会，数学老师把我叫了回去。班里同学吃过散伙饭后，开始互赠礼物。刚开始大家都端着，人站成两大块，男送男，女送女。众目睽睽之下，夏滢就越过那条看不见的分界线，送给我了一个盒子。男生们开始起哄，叫我拆开看看，我像拨萝卜似的拨开几个人，再看夏滢，她早不知道跑哪里去了。

后来我拆开盒子，里面放着一件印着省一中标记的T恤衫。当时学校里的学生流行做这个，毕业或者分班的时候互相签名纪念，几十个张牙舞爪的签名挤在一起，画得衣服一塌糊涂、不能见人。夏滢给我的这件，只在T恤衫的一角写上了她秀气的名字，我翻遍了盒子连个字条都没找到，凭我当时的智力，还无法揣测这女孩儿的心思是喜欢我还是普通的同学留念，揣着这个疙瘩，郁闷了好久。

九月份开学的时候，学工处的一个老师领我办完报到手续就把我带到了高二的一个班。我进去的时候老师还没来，自己挑了教室最后的一个空位坐，我的同桌是个胖子。胖子见我坐下，热情地和我握手，告诉我他叫马建立，是花钱来附中借读的。我说我叫楚建明，转学来的。马建立一听就抱住我的手不松了，然后开始激动，你就是楚建明……楚建明……

附中的教学条件比省一中还要好，学校名气一大，难免鱼龙混杂，好几个马建立这样交赞助费进来的。马建立的老爸是生意人，20世纪90年代初叫大款，拿

“9”开头的砖头大哥大，那会儿还没有数字机，都是模拟信号的。大款对儿子的认识很清楚，你不是读书的料，但同时目标也很明确：附中里的学生都是人中龙凤，你进来就是交朋友的。

正是在那年，校园民谣开始渐渐流行。马建立有个walkman，每天上课听破烂打口带，有时候我借过来听听电台的评书。附中的气氛更加压抑，我只有靠墙坐着的时候才能感到一丝踏实。有天下午，正在百无聊赖的时候，电台里播了一支哀婉直白的歌，一个青年男人酸酸地唱道：“谁看了我给你写的信，谁把它丢在风里……”

我的心嗵嗵连跳几下，悄悄问马建立这是什么歌。马建立告诉我，这是刚刚流行的民谣，《同桌的你》。

已是深秋了，日落时映红了西面的天空，附中的老师在讲台上唠唠叨叨地讲课，我靠窗而坐，脑子里一直未曾触及的思绪却在悄悄展开。我很早开始厌学，上课时只喜欢歪歪斜斜地靠墙坐着，附中的窗子外，是一个浅浅的花坛。窗户上的泥子被我上课无聊时抠得稀烂，隔着玻璃看着外边半截天空，仿佛自己过去的影子闪烁在其中，我在省一中的时候，和夏滢坐一块儿，每天中午我都给她讲数学题，上课的时候她看杂志，若有心得也和我说几句话，记忆平凡而又琐碎，心中原本结实平坦的道路却在回忆之中悄悄碎去，化成漫天的烟尘。那天的天气很好，阳光透过玻璃在课桌上折出菱形的光斑，窗外有风吹过，能看到绿叶和小小的花朵舒展；老师在台上讲课的声音，反而细如蚊蚋。日子在这种时候，就显得很宁静。马建立又凑过来和我说了几句话，我没听清，看着他胖乎乎的脑袋，轻轻叹了口气。

附中全省排名第一，集中了全省的精华。因为就在省委附近，干部子弟也特多，女的斯文秀气，男的文质彬彬，估计妈妈们都是美女。马建立这样的黑胖子连普通话都说不顺溜，杵在里边谈恋爱一点儿优势都没有，我刚坐他边上的一段日子里，总能听见他充满哀怨的感慨。

马建立喜欢班上的团支书，团支书性格开朗，练达成熟，个头儿比马建立还稍微高一点儿，大家都叫她双姐。我上学第一天就是双姐带我熟悉环境的，那天她穿着贴身的牛仔裤，上身是一件样式别致的毛衣，几乎自胸部以下就是宽阔的收腰，显得胸脯饱满、小腹平坦、双腿修长，身材火爆，性感无比，我印象极深。正因为这原因，附中的男孩儿们都喜欢和双姐逗着玩的，开些不咸不淡的玩笑。马建立淹没在自卑中，只能通过抗拒团支书的各种工作来引起对方的注意。

我转学过去几天后就发现这个苗头了，我说马建立你这样是干吗呢，老这样人家不烦你啊？

马建立很尴尬地瞅着我，笑得比哭还难看："那我该怎么办呢？建明，我总不能在开团会汇报思想的时候跑上去说双姐我喜欢你吧？"

"那你也不能欺负人啊，有女孩儿要是天天和你吵架你不烦啊？"我拍着马建立的肩膀说，"该表示就表示，借个书啊，送盒磁带啊。你知道自己要干吗，还得知道自己该怎么办。"

没过多久，马建立就幸运地遇上了表现的机会。校外的几个小混混劫双姐，被放学回家的马建立瞅见了。马建立骑着当时还不多见的赛车，一个漂亮的前轮刹车停在边上，挺身相护。

结果那天的小混混们成全了马建立，七手八脚地把他放翻在地。马建立一次次地爬起来又一次次地被打倒在地，反复折腾几次以后终于崩溃，从地上捡起半截砖头狠狠地拍在了自己的脑门儿上，涕泪横流地大叫一声有种打死老子全部抵命。

马建立红了眼睛，小混混也觉得挺没趣的，找台阶走掉了。双姐那天扶着马建立说了许多温柔的话，马建立也趁机对自己之前幼稚的行为表示了道歉，双姐听完，嫣然一笑。

经此事变，马建立挨打就挨出了经验。高三文科班有个吊儿郎当的学生一直缠着双姐，有一段闹得比较僵，人家还没说来硬的，马建立就起了动武的念头，主动约人家放学之后留下来谈谈，结果高三补课补到晚上，人还没下来天就黑了。我和马建立在黑暗中等得跳脚，就看见远处影影绰绰来了两个人，走近一看是双姐和班上的男生潘云飞。双姐看我在，冲我一笑，解释说怕马建立调解不好，双方冲动出什么事，所以叫潘云飞来帮着说说。

结果马建立根本没有给对方冲动的机会。高三那个学生带着他们班高矮不齐的三四个人一下来，马建立就叼着一支烟介绍，说这是刚转过来的楚建明，我同学。趁这机会潘云飞挤上来说了几句软话，双方就说开了，对方带头的连连点头说误会误会了。

不过和平解决未必是好的方式，马建立第二天又恢复了早先的哀怨，啰啰嗦嗦和我说了一通，最后冒出一句："我看出来了，双姐喜欢的是潘云飞。"

但是说来也奇怪，从那天起，潘云飞也没再和双姐多说一句话。有好几次当着很多人的面，潘云飞走在路上看见双姐，都是转身调头就走。看得双姐郁闷至极，问了很多人，最后干脆当面问潘云飞怎么了，躲她像躲瘟神，潘云飞古怪地笑笑，一个字也没说。

年轻人总是轻佻浮躁，双姐给潘云飞晾着，没过多久，就忘记这出了。马建立趁机加紧攻势，一夜之间，说话办事也变得成熟了不少，很快就和双姐走得很近了，班里的人都把他们看成一对儿，当时在附中公开谈恋爱的学生还不多，要被老师狠整。但是他俩没有，估计是老师觉得这个事挺扯淡，不相信。马建立也因为追到了团支书，在集体中的地位顿时提高很多。

那年年底，安的卫校被征作考场，她得了几天空闲，跑到附中来找我。我把她介绍给马建立、潘云飞，当时双姐和马建立粘在一起扯都扯不开，顺便也让她俩照了个面。介绍的时候我开马建立的玩笑，说他为了追双姐几次挨打的事。结果安听了感觉很不好，晚上和我一起从学校出来，在千家街闲逛的时候就告诉我说："你姓马的朋友看样子挺老实，那女朋友可能不大合适他。"我拍了她一下说别扯了，双姐不是胡闹的人。安小嘴一扁，委屈地看着我，不说话了。

那天在千家街的夜市，安非给我买西裤，我不干，说我还没送你东西呢，哪能让女孩儿先送。安得意地笑着说："我要你一辈子欠我的。"我心里听得发虚，又说裤子我有，用不上新的，安狠狠地盯着我身上的校服，说："你平时老穿运动衣，一副长不大的样子。"我半开玩笑地说怎么嫌弃我了，安低着头只管走路，没接我的话茬儿。转盘口的路灯把她的影子拉得老长，走着走着她突然抬起头来，眼睛居然亮晶晶的，我问怎么了，她的眼泪先流出来了："建明，以后别老打架了，你出点儿事情，我怎么办？"

安靠在我肩上轻轻地抽泣，叫我答应她，好好奋斗，对自己负责。"责任"在当时是一个教人害怕的概念，具有太多的引申意义，听得我一阵心寒。20世纪90年代初，大家好像被猛敲了一棒子，集体性地丧失了责任感，各人只扫门前雪。大把的人下海，经商，企业的资金设备被废弃，人心里像长满了荒草，社会仿佛就像个破罐子，人人都往破里摔。我们20世纪70年代生人，从小就被人教育，要有主人公意识，但现实告诉我们错了，规则变了，这样的转折总令人无所适从，儿时树立的为国家为人民的理想一夜之间变得遥不可及，老师不再教我们做四有新人，而是紧迫再紧迫地不断敲打："考考考，老师的法宝；分分分，学生的命根。""学雷锋，学赖宁"的日子一去不复返了，所谓的"责任"，1994年时再次被附中的老师提起，告诉我们，"责任"就是对自己的前途负责，对家长负责。

那天夜里，我在街头紧紧抱住安，感觉她的发丝在夜风中微微扬起，橘红色的灯光洒在上面，映出的光晕叫人目眩。

安给我买的那条裤子，多年来，连裤腿都没动，一直放在箱底。那是一条卡其色的薄西裤。1995年前后，汉派服饰在国内发展到巅峰，几大品牌横扫南北，附近几省做生意的贩子都跑来进货。安给我买的那条裤子虽不是什么名牌，但是用料、做工都不马虎，批发市场上花了安三十八块钱，在当时不算是便宜了。2004年，有一次老板带队的海外路演中转香港，我特意把那条裤子翻出来带上了，可是阴差阳错，终于没能见到在香港的安。那时候我已经在外汇保证金交易上输光了底裤，一边靠信用卡维持着生计，一边借钱找机会翻本，落魄得不得了，不见也就不见了。

在那趟路演最后一站的reception上，我穿这条裤子加一件好年景里买下的GIEVES & HAWKES的Blazer，混迹于珠光宝气的狗男女之间，竟然蒙过了所有人。

陈万明的事拖了半年，一直到了1994年底才有准信传来。那时候公安系统还没开始流行抓破案率，主要还是以抓人头为主。后来海洋告诉我们，参加审讯的警察都说像陈这么顽固的家伙很少。再加上老秋一早跑了个没影，陈万明的几件事落在一起，最终给办成了铁案，一下有了十几年稀饭好喝。

我本以为陈万明一进去，我就该解放了。没想陈万明前脚喝稀饭，我的麻烦跟着就来了。短短的两个星期里，从孙正楷到海洋，好几拨人都互相瞒着悄悄给我捎来小道消息，说是赵二斌那一伙人全撤了出来，要给飞哥和我们几个放血，替监狱里的陈万明报仇。我说我好好学习，不和你们瞎混了，这下给了传话的人斡旋的机会。当时的小混混们都爱看录像，非要学电影里说些很有文化的句子，“人在江湖身不由己，有人的地方就有江湖，你怎么退出”，变着法拐着弯，好像存心不让我听懂，生怕被我听明白了逃跑，耽误了赵二斌他们打伏击。

最后一个来找我报警的居然是安，她不知道从哪里听来的小道消息，顶着北风来附中找我。那天中午，我和潘云飞揣着手从学校晃出来，迎面就看见安穿着大衣站在街角的一个小店雨棚下往这边看。

那天的风干冷干冷的，像一片片小冰刀从麻木的脸上切过，我扔下潘云飞，三两步跑到安眼前。北风吹散了她额前的几缕头发，安一见我，眼泪就出来了，我看得心里的小鼓嗵嗵直敲，嗓子眼发咸，伸手捧住她冻得通红的脸，一时竟不知说些什么好。

下午潘云飞和马建立替我请了假，安要拉我压马路说话，宽我的心。冬意萧然的下午，天色一直是灰蒙蒙的。繁华的商业街也显得懒洋洋，整个下午，安一直紧紧攥住我的手，生怕一个看不见，我跑到哪个角落里给人装了麻袋扔长江里。

那几年武汉发展缓慢，满地挖坑的基本都是埋电线修水管的，很少有大型基建项目上马，民众乐园尚未改建，商业区也都还是老底子，正是老武汉商业中心、六渡人行天桥一带的几家商场最后繁华的日子。安拉着我挨着楼层转，指着各类商品没话找话说，拼命想发掘一个话题把我们的思绪从仇人追杀的阴影下引开。可是走来走去，我脸上的笑容却愈加惨淡，到了最后安送我回附中的时候，脸皮累得连一丝假笑都挂不住了。

十多年来，我一直记得那天下午，武汉老商业中心已经在那时渐渐走向没落，但是出于多年的习惯，很多等客的车主和挑夫聚在这里聊天，他们一定在笑话这两个娃娃毛还没长齐怎么就在路边抱在了一起。女孩子泪水盈盈，男孩儿逼仄不安。

当时的我哪里想到，就是在安拉我出来的这个下午，赵二斌和他的伙计们找到了附中，想把我揪出来报复，七八个贼娃子，个个都是手上见过血的老油条，红着眼睛揣着刀，如果伏击成功，跑不了又是一场血案。

那天傍晚，安怕我在返校路上遭遇不测，坚持要和我一起回附中拿书包，看架势是要一直把我送到家门口才算完。我和她坐着四面透风的破公共汽车往回走的时候，天色已经渐渐变暗，我一路都在考虑我爸妈看见一个女孩儿送我回家大概不会高兴，正在犹豫怎么和安开口，和她商量陪我去附中拿完书包就各自回家。下车以后我低着头，揣着心事，和安手拉手刚走出两步，就听见双姐尖锐的一嗓子："楚建明！"抬眼一看，她正站在站牌下拼命地朝我们挥手，我拽着安跑了两步到她跟前，只见她满脸通红，急得都快哭出来了："有人要打你，潘云飞叫我和你说快走，别回去拿东西了。"

多年以后，夏滢告诉我，我转学后不久，就有几个面目凶恶的混混天天往省一中里窜，四处打听楚建明的去向。班上几个知情的同学和我关系不错，猜出了不是什么好事，都互相叮嘱不要乱说。混混们找不到人，就三天两头来骚扰，每次来都打个人，砸个玻璃、抢点儿东西。就这样，知道我转学的同学里都没有出一个叛徒。

后来在省一中的一次同学会上，三班的胖子喝多了，悄悄告诉我，有一天中午外面的混混来学校找麻烦，揪了班上几个同学到教学楼后面打骂，几个星期下来，混混们已经了解了我的一些情况，被找麻烦的人都是当初和我比较熟悉的同学，几乎每次就有他和夏滢。

二十五岁以前，我最怕婚姻。后来我发现20世纪70年代出生的人大多晚婚，以实际行动支持我的观点。马峰曾经说过，一想起来要挣钱养两个人，乃至三个人，肚子就会痛，床都不想起。

那时候的我们普遍对婚姻有种恐惧感，大概是源于对单身生活终结，社会身份变化的恐惧。好多人结了婚，开车回家走到楼下，要在车里坐几分钟抽根烟也是这种心理。就群体而言，真正打破这种恐惧的是2007年和2016年的重点城市住房限购导致的离婚潮，此前通过离婚净身出户上满房贷杠杆只是少数职业选手的玩法，但大潮一来，群体焦虑被激发就成了群众运动，结婚离婚，离婚结婚，也就变得没那么严重了。

马峰直到2016年才下决心这么玩，比我第一次向他提出买房建议整整晚了一轮。他自己说，离婚复婚是看着人多跟着大部队裹挟冲锋，一个人是万万不敢的。我说是啊，我们都很怂，只有海洋是真勇敢，敢打敢拼的武汉人。

算上2002年他和杨蓉蓉的复婚，海洋一共办过两次登记。二十二岁刚满，一够了法定年纪就直奔居委会，赶在万恶的20世纪告别了单身生涯——我那时尚没有稳定的经济来源，在家里拿五百给他随份子。那时也正是我和张建安最艰难的时候——人人都在迎千禧、相约过千年的时候，我们之间的交流出现了巨大的障碍，任何一个字都显得生硬。很多次约对方出来，都是面面相觑，不知道说什么好，有关前途的一切，成了我当时最害怕的问题。

那天婚礼现场，新郎穿着借来的金利来，在台上背手傻笑，杨蓉蓉假装害羞，扭扭捏捏。张建安到得早，边上站着一个不认识的傻包帅哥在和她搭话。我觉得不舒服，正要上前去，就觉得右手被人一把抓住了——低头一看，瘸腿的老秋正死死地拉住我的手，领围把脖子套得死死，也不怕勒死，不知道是从哪里偷的衬衣。我拍拍他的手，示意我很好，然后摸了个凳子，坐在他边上。老秋和我许久未见，听别人说，他后来一直在汉阳一带做小生意讨生活，若不是海洋的婚礼，恐怕我还想不起他来。老秋握着我的手，嘴里絮絮叨叨说个不停，我的脑子有点儿木，一时不知道说点儿什么，想了想，从裤子口袋里摸出信封，塞在他手里，指指海洋，示意代我转交，完了头也不回地离开。

海洋离婚那年的夏天，安离开武汉，我的工作已入轨道，请了一周的假，陪她在武汉转转。有一次去汉阳，在汉阳商场旁边的夜市里找到了摆摊的老秋，红布小摊上摆满了收音机、小刀和电筒。他看见安和我亲热地拉着手，也就不再忌惮，兴致勃勃地和她回忆了海洋第一次结婚时的情景——“我正在吃东西，就看见旁边一只手在发抖，抬头一看，楚建明看着你和那个苕货帅哥伴郎站一起，眼睛里的火冒出来是要死人的，我赶快把他拉下来坐着了……嘿嘿……”

我听到这里哈哈大笑，探手揽住了安的腰。老秋看了得意，又重重拍了拍我的肩膀。我看着他写满沧桑的脸，突然想起那次婚礼上，老秋一直和我念叨的一句话：“兄弟看开点儿，别怄气，感情这个东西啊，其实是最不当数的……”

晚上回去的路上，我和安并排坐在空旷的大客车最后一排的位子上。车窗外灯光闪烁，晚风吹散了她的发丝，我搂着安的肩头，心里有点儿难过——她问我：“当时如果不是老秋拉住，你会怎么样呢？”我想起老秋那句话，涩涩地笑了，我捋过她的一缕头发，突然扯下两根，她一声惊叫，打了我两拳。

安曾经逗过我，说我的嘴巴比脑子快。后来想起这句话，我总觉得挺难受：其实语言是最无力的，况且很多时候，总有些话因为种种原因说不出口。2001年的那个夏夜，我避开了安的问题。1999年的时候，我以为我们之间的感情已经不在了，可我们还是在一起。而2001年，我们的距离从没有这么近，却马上要分开。

安离开的那段日子前后，我的情绪变得十分糟糕。我妈开始着急，给我介绍一些奇形怪状对象，对象的奇怪程度和我妈的焦急程度绝对成正比，所谓病急乱投医。

每次回去，都能看到我妈在楼上阳台眼巴巴地等我。我看着难受，每次都骗她说工作上近期可能会有提拔，老太太笑得跟什么似的，如果我每次说的提拔都能实现的话，我早就去美国总部当VP了。

送安走的那天晚上，我回家吃饭。不知道是不是我的难过没有掩饰住，被我妈看出端倪，第二天出门的时候老太太眼泪汪汪地拉着我的手说这么多年了，你也大了，什么事自己拿主意，妈只希望你快快乐乐。听得我心里酸酸的，强作欢笑说放心，你儿子没那么差，一出门眼泪就忍不住往外掉。

我的运气从来不好，可是也从来不算太差。高二的时候，赵二斌他们来附中找我，就被我碰巧躲开了，倒是马建立倒霉，替我顶了雷。

马建立靠两次打架赢得了双姐芳心后，变得迷信暴力，成天不看女孩儿，反倒是见了凶狠的男人就想上前结交。那天下午赵二斌带着几个横眉立目的凶神来附中捅我，迎面碰上了马建立。

赵二斌看见操场边坐了个闲人在抽烟，就挑头上去拍拍他，给他递了个火。马建立不好意思地点上了烟，很江湖地问各位大哥有什么事。赵二斌问你认识楚建明不，马胖子立刻得意地笑了起来，炫耀说建明是我铁哥们儿。

赵二斌他们也笑了，胳膊往胖子脖颈上一搭，就把人给架到操场边的厕所里。马建立觉出不对时已经来不及了，刚一嘴硬就给人拽住头发一脑袋撞到厕所的小便池上，嘴巴磕在水管子上，马上开始冒血。混混们看马建立身高体胖，拳打脚踢的刑讯逼供还是一时难以见效，于是威胁他说再不带他们去找楚建明，就把他的脑袋塞粪坑里。马建立知道我不在学校，又估计这伙人真能说到做到，如果真把脑袋塞了粪坑，后果无疑会很严重，就硬着头皮把混混们往回带。

教室门口走廊上的学生一看马建立黑着脸，身后跟着三五个凶神就知道不妙，纷纷往教室里边躲。潘云飞就是潘云飞，看这架势就猜出了七八分，他随着人流进了教室，趁着大家不注意，飞快地把我的书包从课桌里抽出来塞进他自己的课桌里，之后一把拉上不知所措的双姐和马建立擦身，出了门。

马建立看见潘云飞和双姐手拉手，紧急时刻也忘了吃醋，在教室门口磨蹭了两下，指着里边稀稀拉拉的学生扭头和赵二斌说："楚建明不在。"

赵二斌叫马建立走在前边，他跟着进教室溜了一圈，走到我的课桌前看了空荡荡的抽屉一眼，变得说不出的丧气，伸手一拍马建立的后脑瓜："滚！"

全教室的学生都在假装伏案疾书，一边"看书"一边悄悄抬起头看马建立被修理，没人敢多废话一句。赵二斌把马建立再次押出教室，在走廊上和几个伙计轮流拍打马建立。这次他们下手都很轻，但是动作充满了猥亵的意味。马建立看着趴在教室窗户上一张张脸，急得脸红脖子粗，眼泪直打转。

幸好还有潘云飞。潘云飞一早看出不对，拽上双姐就跑出去了，一下楼他就叫双姐去附中门口等我，千万别回来碰个正着；另一头，他自己飞快地跑到操场，召集了一群正在踢球的体育生，浩浩荡荡地就上了楼。

后来马建立告诉我，他还在走廊上挨打的时候，就真切感到了大部队增援时波澜壮阔的脚步声，等看见潘云飞领着十几个精壮的体育生冲上楼来，脑子里居然飞快滑过一句伟人诗词："正西风落叶下长安，飞鸣镝。"

附中有足球传统，运动员都是半专业，全穿着牛皮鞋面、硬塑料底的足球鞋，硬底鞋踏在水泥面走廊上，哗啦啦响成一片，他们很快就在潘云飞身后排开阵势。附中的体育生都是精挑细选的，各方面素质都很好，大冬天里我们穿着棉袄，他们踢球就穿个裤衩衬衣，几个主力后卫的小腿上还绑着竹片护腿，专供和人拼脚之用。平时都是军事化管理，纪律好得令人惊讶，站在走廊上虽不成队形，但是个个身姿挺拔。北风阵阵，头上蒸气腾腾，一个个虎视眈眈看着对方，连一个交头接耳的都没有。

这时候，附中学生自小打下的营养优势显示出来了，良好的家庭环境使他们一个个身高体壮，面色红润。潘云飞穿着件明黄色的短袄，挥羽扇，整纶巾，少年鞍马尘。赵二斌他们和这边一比，衣服破旧，队伍的正义性令人怀疑，气势上也差了一大截。

马建立看见援军到达，觉得气都粗了几分，狠狠扫了周围的敌人一眼，然后旁若无人地走到了潘云飞身旁。潘云飞还是冷冷地盯着对方，等待对方先开口。

双姐差点儿就没能把我拦住。那天她来报信，说有人要找我麻烦，潘云飞正在里边顶着，话没说完我就要往附中里冲，被两个女人拼命拽住。我考虑了一下，冷静下来，叫双姐替我回去看看仇人走了没，给附中造成了多大损失，潘云飞他们是否还健在。危难时刻双姐显示出了她一名共青团员的优秀品质，临走前，我再三叮嘱她，告诉云飞，情况不对就赶紧叫老师，叫警察，这伙人都是敢杀人的土匪。

双姐走了以后，我找了附中门口一个僻静的早餐铺藏了进去。傍晚时分，店堂里一片昏暗，我搬了个条凳坐下，拽住安的手，告诉她现在情况不明，留下也帮不上什么忙，还是先回家吧，等事情解决了，我再去找她。安说什么也不同意。我说着说着就急了，声音提高了几分。安头一低，就是不肯动，委屈得快哭出来了。我不好再继续说下去，叹了口气，自己搬了个凳子坐在墙角，摸遍全身上下，找不到一件趁手的兵器，顿感毛脚火辣，恨不能上蹿下跳，一时不知道怎么办才好。

看我抓耳挠腮的样子，安站起身来，默默走到我身边，递给我一双竹筷子。接过竹筷的同时，我也握住了她冰凉的手指，刹那间，浑身的燥热都飞到了九霄云外，怦怦乱跳的心也顿时冷静下来。百十米外揣着刀的仇家突然变得不再可怕，眼前这个近在咫尺的姑娘给了我无限的希望。这种希望未必是压倒一切的力量和决心，却是一种暖意——我突然想，纵使赵二斌一伙凶神现在就在门口，我拎着半截筷子冲出去，九死一生，这又如何?

最先摸进早点铺的是马建立，然后是双姐，潘云飞走在最后面。马建立嘴唇肿得老高，一脸骄傲地看着我，我抱歉地冲他笑笑。潘云飞和我隔着四五步，脸上挂着微笑："今天除了建立轻伤，还没出什么大事，不幸中的万幸！"我看着潘云飞年轻而骄傲的脸，突然问道："潘云飞，你说这个世上干什么最难？"

"保命。"

"那你说干什么最容易？"

“杀人。”

两人同时大笑。

我知潘云飞会有所打算，但没想到的是台子还没来得及搭，就给人收拾了。赵二斌根本没有给我们喘息的机会，在他们扑空后的第二天晚上，就有两个人悄悄摸到了附中，藏在了厕所里。晚自习的时候，潘云飞下楼上厕所被他们揪住。好在这次没有来陈万明那样的狠角色，两个人拿刀子在潘云飞的腰腹之间轻轻划了几刀就匆匆撤退了。潘云飞扶着楼梯爬上楼，把我喊出教室，第一句话就是，我被人捅了。

潘云飞受伤的事不敢和家里说，连夜找了个急诊，匆匆包上了伤口，编了个借口赖在学校住宿楼混了一个星期养伤。那是我第一次见潘云飞这么倒霉，我说这些贼娃子在武汉无牵无挂，心狠手辣，不顾后果，不像市里的学生，学校家里的关系跑不掉。你按以前的办法费心费力搭起一张蜘蛛网来，别人可未必按规矩来撞。

后来潘云飞去外地上大学，毕业分进了国家机关。工作落实下来的时候，他在首都衣鲜马怒，少年得意；我在武汉懵懵懂懂，前途茫茫。电话里聊天，我说土国城漕，我独南行，南下去当廉价劳动力，问他工作的情况，他说国之利刃，六月天兵惩腐恶。结果仅仅工作了一个月，该“天兵”南下广东公干，就被一团妖火烧了下榻的宾馆，原本英俊的面目给烧得惨不忍睹，差点儿成了烈士。

我当时落魄到福建，刚刚在一家小小的外贸公司找到工作，负责报关避税等业务。那会儿大环境紧张，猪头老板寄情床笫，把一个舞蹈演员的肚子折腾大了，加上看了两本国外拜金主义的破书，开始为个人的小金库打算，成天幻想当个富爸爸，看着手下员工鼻子不是鼻子眼睛不是眼睛。我听到潘云飞出事的噩耗，飞机票买了就拍在老板桌子上辞职了。猪头老板正要刁难，看见票是去汕头的，脸色当时就变了，两颊肥肉止不住哆嗦。

2000年7月，我百里加急，星夜奔袭潮汕，推开病房的门一眼看见偌大的病房里只躺着潘云飞一个人，包得跟木乃伊似的。我还没来得及张口，他抢先苦笑道：“建明，折戟沉沙，这次是以横破直啊。”

岁月蹉跎，尘世嚣嚣，流光容易把人抛，红了樱桃，绿了芭蕉，仅仅过了五年，我们才刚刚踏上社会，却突然发现，曾经恣意一时的朝气都在昨天烟消云散。那天夜里，送走了来探望的领导，我坐在潘云飞病床前，搜肠刮肚寻找话题，把高中毕业没说的话都说完了，我问他记不记得带体育生帮我挡住赵二斌，他只是苦笑；我问他记不记得我们下围棋，他继续苦笑。他突然问起我安，我心中一紧，像给小锤敲中的蜗牛，紧紧缩成一团，脸上神色不变，嘴上却一时语塞，不知道说些什么才好。

“云横秦岭家何在，雪拥蓝关马不前。”潘云飞看我不说话了，惨然一笑道，“六年间，我们各自寻找前途，似乎干得都不赖，但是现在却撞在一起，又都没了方向。”

午夜时分，我搀起他站在七楼病房的窗边俯瞰窗外潮汕夜景。眼底城区，街灯闪耀，见证着潮汕十几年积累下的一派繁华，而近在咫尺的医院楼下，已被武警连夜设上了层层关卡，警灯闪烁，便衣穿梭。潘云飞浑身上下被纱布裹得严严实实，只有眼睛露在外面，黑色的眸子已经没有了当初的锐利和神采，只是隐隐映出窗外远近闪耀的灯火，缓缓地，眼角渐湿，一滴疲惫的泪水慢慢流下。刹那间，年光过尽，书生老去。

潘云飞腰腹上的刀伤很快就好了，留下几道浅浅的疤。养伤的日子，他和学校请假说割阑尾，每天就来上两三节课，剩下的时间就在住宿楼和教学区闲晃，轻松得要死，羡慕得马建立直舔嘴唇，恨不得自己在肚皮上切上两刀。

赵二斌他们刺伤潘云飞以后就没了声息，一连好几个星期，连个泡泡都没冒。爱国和飞哥听到风声，沉不住气了，抽了个中午跑到附中找我，互相对了对情况，结果令人丧气，敌暗我明，连话都搭不上，实在想不出什么破敌良策。只能叫我把刀子揣着，防备万一。

爱国当时已经在汉轧的厂保卫部上班了。飞哥开玩笑说他技术学得稀烂，什么都不会，只有去当经警。爱国也不恼，笑眯眯地递给我一把硕大的伸缩警用匕首防身。匕首有个塑料帽，拴在皮带上，要用的时候按住屁股上的钮，用力一抽就能把刃带出来。我觉得好玩儿，每天得意扬扬地挂在腰上，有一次被安看见了，她噘着嘴巴说，君子佩玉，小人带刀。为了挽救我的人品，她送给我一个红线拴着的玉璧平衡冲突。高中的后两年，每次做数学题的时候，我都习惯性地把小玉璧从脖子里掏出来塞在嘴里，用舌头把玉璧烘热，把红线上浸润的汗水一丝一丝吸干。

安那时已经开始在医院实习，每天晚归，和我见面的时间越来越少了。马建立和双姐却是形影不离，反衬得我凄凉无比。临近年末，北风萧条孤雁起，更显得形单影只。海洋和我同病相怜，总想约杨蓉蓉出来玩儿，结果屡屡失败，无奈之下拉上马峰四处闲逛，到处找人喝酒吃饭。有一天给我带话说，和孙正楷他们认识整一年了，找机会聚一聚。我说不去，马峰说那不行，还要商量怎么对付赵二斌呢。

马峰和海洋对付赵二斌的手段就是破口大骂，坐在公共汽车上一路骂过江。在馆子里找到孙正楷的时候，正好碰上孙正军匆匆出门。他的头发已经长得挺长了，梳成了一个漂亮的中分，临出门的时候把我拽到外面，告诉我这几天多小心，别往人少的地方去，赵二斌快要抓住了。

晚上吃饭的时候我就问孙正楷，我说："你哥知道赵二斌藏哪里去了吗？"

孙正楷说："不知道，但他肯定不敢出来了。"

我说为什么，楷楷嘿嘿一笑，说："你还不知道吗，宝林回来了。"

孙正楷那天穿着一件浅色的高领毛衣，脸上挂着高深莫测的微笑，给我满上一杯酒："建明，前一段你出那么大的事情没帮上，不好意思。这次宝林回来要整治赵二斌，你就能松口气了。"

我们想再追问下去，孙正楷就不再多说一个字了，只告诉我们他是偷听他哥和朋友的谈话，知道宝林回来，而且要清理赵二斌一伙的。

长久以来，压在我心头的负担，终于在那天晚上被宝林回来的好消息稍稍减轻了一些。虽然这个消息来得突然，我一时也想不明白，宝林为什么会替我出头，但是看孙家兄弟的意思，多半不会是瞎扯。心里觉得说不出的轻松，连连敬酒碰杯，最后歪歪倒倒地被海洋和马峰扶着回了家，挨了我妈一顿臭骂。

宝林的事情我一直在陆陆续续地听说，但都是些一鳞半爪的片断传闻。这次回来大家都说他发了财，孙正楷传达得尤其邪乎，说是宝林这几年一直在云南那边跑买卖，据说附近几个镇子民风剽悍，军车都不敢停，只有宝林进出自由，如履平地。曾经有不怕死的几十号当地土著歹人拿着大刀短枪追着宝林拉货的卡车想黑吃黑。宝林操起一支56冲，站在卡车后连打了七八个短点射，每次枪声响起都有人倒下，最后是死的人太多，多到这群亡命徒毛了胆子，最终不敢再追一步，宝林得以顺利脱身，因此，他在西南黑道一战成名。

宝林回来的消息我到底没忍住，第二天到学校就告诉潘云飞了。一天里只在中午稍微有点儿暖和，我们吃过了午饭，坐在教学楼的天台上闲扯。潘云飞听我说完宝林的事，半天没言语。良久，突然抬头问我："你知道宝林姓什么不？"

"不知道呢，我就见过他一回，他还不认识我。"

"他姓潘。"云飞勉强地冲我笑笑，"潘宝林，他是我哥。"

潘云飞的哥哥潘宝林找到赵二斌和他手下落脚的地方，仅仅用了三天。他挨个收拾了对方五个人，每个都是被霰弹枪近距离打碎膝盖，终身残疾。烜赫一时的赵二斌团伙就此灰飞烟灭。

1995年的年尾，我匆匆见了宝林第二面。他用五连发打伤赵二斌和他几个手下以后，开始他人生中最后一次逃亡。和我小时候第一次看见他的时候比，他已经变样很多了。当年白衣布鞋的少年已经变成了精瘦的青年，穿着半新的棉袄，头发稍微有点儿长，眼中精光慑人。那是一种怎样的杀气呢？成年以后，我曾见过不少面目凶恶之徒，其中不乏血债累累之徒，但是像宝林那样充满了精神力量和死亡威胁的眼神，我却再也没看到。我想，这大概就是一个时代送给他的礼物吧。这些时代之子未必总能走在潮流的最前面，甚至可能被时代的洪流所淹没，但是谁也不能夺去当年他最辉煌时期，时代刻在他眼里的光芒。

送别那天夜里，我和潘云飞在武昌造船厂附近的一间老民房里见到了宝林。当时送他来的是孙正军和另一个年轻人，送的人只对我们点了一下头就走了。宝林和我打了个招呼，说了一会儿话。我告诉他，一九八几年他最风光的时候，我和其他小孩儿在路边见过他，目送着他的背影消失在下班的人流中。宝林听我说起那个场面，涩涩地笑了，像个诗人似的说："现在可没机会看见当初的场面了，下岗分流，减员增效，让夕阳下回家的滚滚人流早已定格成为逝去的历史的画面。"

宝林只待了二十分钟，就匆匆奔着107国道方向去了。临走的时候，他塞给我一把木头柄的芬兰小刀，两寸的刀刃还没有刀柄长，也没有护手。宝林说，这个刀子不能拿去打架，送给我切萝卜吃，"多吃萝卜少斗气，老老实实做好人。"潘云飞不说话，眼圈红红的，宝林摸着他的脑袋，留下一句话："好好照顾爸妈。"

潘宝林终于没能跑掉。他的运气不好，逃跑后几个月就赶上了公安部的"96严打"。宝林在云南落网，都没来得及押解回汉，就在云南判决枪毙了。他被枪毙的时候，正是高考前夕，消息传来那天是在中午。下午的好几个小时，潘云飞都没有说一句话。晚自习的时候，大家都在大声背书准备第二天的考试，潘云飞终于没忍住，借着鼎沸的人声，伏在桌子上哭了一节课。

潘宝林当初送我的芬兰小刀成了唯一的念想。后来这个小刀被狄爱国看见了，问我要，我说这是一朋友送的，不能给你。爱国也不恼，又把刀子拿过去看了半天，说你这个朋友也是个高手。我说这是切水果的，爱国哈哈大笑，说："这个刀子给你真是糟蹋了，芬兰刀从来就不是切水果的，因为它短小轻巧，没有护手，却让出刀更方便，你看过《这里的黎明静悄悄》没？苏联的侦察兵都用它杀人，用劲儿大的话，连刀柄都得刺进去。"

那时候，大家都已经不敢随便带刀了，在那次波及全国的严打中，每个人都感受到了国家机器开动时带来的巨大震撼。长途公共汽车上普遍装备了太平斧，问题严重的路段每辆车都有配枪便衣押车，车匪路霸当场击毙；每天电视里都有抓获犯罪分子的新闻，随时都有公审大会；海洋的老爸日日枕戈待旦，马不解鞍，十天半月的不回家；大量二线人员、保卫干部被紧急征召，协助抓捕人犯；狄爱国在一次协助公安机关围捕犯罪团伙的行动中和歹徒交火，歹徒抱着必死之心负隅顽抗，爱国匆匆打完五四手枪里的八颗子弹，被对方火力压制，一头扎进水田的烂泥里装死，直到大部队赶来增援才全歼歹徒。就从那次开始，爱国的脖子上多了根红绳子，用铜丝拴着两颗51式手枪子弹，睡觉洗澡，片刻不离身。

那年严打中，武汉市无数黑老大落网，社会上顿时宁静了许多，大家纷纷传说某某抢了几块钱被枪毙的例子，连学校周围的小混混都少了。十月初，《枪支管理法》正式实施，全国最后一次大范围禁枪风暴开始，民间无数合法登记的枪支，一夜之间成了非法，列入公安机关的收缴之列。年底，爱国拉着我去渔猎门市看东西，却发现，渔猎门市里的猎枪早已收了个干净，只剩下渔具买卖。爱国冲我苦笑，说老秋的猎枪可能一辈子也买不成了，我说，人没事就好。

当时老秋仍然跑路在外，整整两年，音信全无。也幸亏如此，方才逃过“96严打”一劫。直到1998年，风平浪静，老秋才悄悄跑回武汉。拖着瘸腿，在汉阳一带做起了小买卖。

> 张华考上了北京大学；李萍进了中等技术学校；我在百货公司当售货员；我们都有光明的前途。
>
> ——《新华字典》1998年修订本

我在附中的时候，一直霸占一个靠窗的座儿。到了高二的时候，老师已经没空每周换座位了，后来一着急，干脆连课间眼保健操的时间也省下来讲题目。当时附中已经按成绩分好了快慢班，同级五百多人，划成三六九等。我刚转学来没多久，就碰到一次女生跳楼事件，抗议分班问题。

跳楼事件发生在上午最后一节课时，那会儿我正靠着窗户想午饭怎么吃，就听见窗外一声闷响，两层楼顿时炸了锅。我好奇心重，也忘了正在上课，从窗口探出脑袋一看，就见一女孩儿穿着白色的裙子，趴在一楼楼梯的水泥台阶上，上气不接下气地小声哭泣，也不知道是在倒气还是在哭疼，看得我心惊肉跳。二楼跳下，虽无性命之虞，也需要颇大的勇气。不高不矮，几分尴尬，却也不是说开就开的玩笑。

我原以为这个丫头是在分班时被人使手段陷害了，才如此贞烈地搏浪一击。潘云飞却告诉我不是，此女成绩原来就不行。对于弱者来说，有梦是最好的；一旦迷梦被打碎，看到眼前漫长而又无望的前途，无路可去，才是最大的痛苦。

高中的时间是宝贵的，连住院都耽搁不得，跳楼以后没多久，我们就惊奇地发现女主角三贞九烈地打着石膏来上学了，找到校长强烈要求调到快班去。

我当时正处于被赵二斌一伙追杀的阴影之中，等到后来宝林提着一杆五连发出来替我把仇家一一灭掉，高二已经过去一半了。那时候整个班一派沉闷肃杀，马建立是借读的，没人管，我还挂着学籍，影响班级升学率，因此三天两头地被数学老师敲打："建明，你不会打算一直这么混下去吧？"

当时的我被打架的事情耗得筋疲力尽，对一切都不再有兴趣。拿起书就犯困，我估摸着这样下去，高考实在没法向我爸交代。正在焦急不知所措的时候，数学老师留心了我的问题，问我是不是愿意直接放弃高考，破釜沉舟，干脆一条心冲击IMO（全国数学奥林匹克）算了。

我被他说得动心，又怕背水一战的风险太大，我爸不会答应。万一没有拿着奖，高考又黄了，进了社会大学，老头子肯定接受不了。想到这里，一时间犹豫不决。他又说："没事，我给你爸做工作，叫他知道你其他成绩这么差，高考考不考都一样。"

数学老师做通我思想工作的当天，就把我领进数学教研组，组长老太太给我摸底，在小黑板上写了三道题考我，问我几小时能做完。我看了眼黑板就说："第一题是1992年莫斯科IMO的题，比赛以前就在《中学数学月刊》上登过，结果那届代表队不看陈题，丢分最多。后边两题都是上个月《数学研究》上的，除了中间的那个证明题，剩下两个的结果我都还记得，用不用写过程？”

老太太的眼睛当时就瞪圆了，数学老师兴奋得直搓手。老太太为难说奥数班进度难以安排，两边正在僵持着，门口进来一个小老头儿，摸着我的脑袋说：“想办法让他上吧，我问了其他老师，这孩子语文外语成绩都是稀烂，除了搞竞赛，也没有其他办法了。”

替我说话的老头儿是附中的校长。他叫具体负责培训的老师一口气写了七八张字条，让我选择几个交钱上课，有针对性地参加附中的奥数培训。我当时正满心惦记着赵二斌来堵我找谁助拳，顺手就把一把字条塞进了裤子口袋没再搭理。临出办公室前，数学老师还送给我一本蓝面硬壳的华罗庚《数论导引》，我满心欢喜地接下了，塞进书包时还在盘算，大本16开，六百多页，三斤重，半道上遇见赵二斌打起来，抡圆了能抵一块砖头使。

当年我对打架的兴趣远远大于数学。虽说杀敌一千自伤八百，打架就有损失，但是这不妨碍我纸上谈兵，躲在屋里研究拳术。和打架的技术相比，数学虽然统治着宇宙（毕达哥拉斯），但是使用价值却很有限。著名的菲尔兹大奖也只有不到二千美元的赏钱，而且比诺贝尔奖还难弄，投资数学的回报实在让人很难看好。我曾经希望附中能学柏拉图的样子，在门口挂一块牌子说“不懂几何的不准进”，那赵二斌一伙准是零分，搞不好海洋和马峰都不能来找我，尽管有这样的牺牲，但我肯定还是会以极大的热情学习这套安身保命、提升身价的功夫。

数学王子高斯说：“数学是科学的皇后，而数论是数学之皇后。”塞给我华罗庚那本蓝皮巨著的同时，数学老师满脸坚毅地拿这个话忽悠我，妄图勾引贪图荣誉和美色的小青年冲动献身，结果当天我没做一道数学题，单独就这个问题考虑了二十分钟。不可否认，对荣誉的向往在当时于一事无成的我来说，是充满诱惑的，但权衡再三，我最后还是决定放弃数学培优，每天按时放学，抽空和安说话聊天。“数学皇后”我不一定能搞到，即使搞到了，她也未必愿意和我说话，和我说话了还可能是我听不懂的外语，风险巨大。

很多年以后，我和夏滢在一起了，她告诉我，其实数学也不是一点儿用场都派不上。我们上中学的那一段日子，女学生都很土鳖，没见过什么世面，见了搞IMO的男生，就觉得厉害得不得了。我一听后悔死了，想了想又贼心不死地问她："你们当时没有觉得会打架的男生很牛吗？"结果夏滢回了我一个白眼。

现在想来，我中学的那几年里，正是升学和竞赛最猖狂的年月，只是我们身处其中，没有意识到罢了。20世纪80年代末的一批师兄，在IMO替中国人打开了局面，拿了金牌衣锦还乡，纷纷被北大清华招安，短期培训后又成建制地打入美帝心脏，进行大纵深作战。据说为了防止空降纽约的势头发展成"左倾"冒进主义狂潮，当时还有好多被扣在国内，限制出境。

在我刚刚记事的时候，上面就开始号召向科学进军，有天赋有理想的孩子都拿陈景润用麻袋装草稿纸的故事激励自己。当时叫"科学的春天"，最聪明的学生选专业都选基础数学、理论物理，我工作后的头头就是那个时候的青年才俊，在国内读大学的时候提出了多维宇宙理论，每天和人说道。后来空降北美，年纪大了点儿脑子不大灵光，全奖没拿着，吃饭都成了问题。这时再看，北美学生读经济、法律、医科，打球、泡妞、派对都没自己的份儿，只能成天和一群东欧穷鬼们挤着做试验。终于觉悟了，早年心中向"科学进军"的目标轰然崩塌，十年的青春白白放逐，羞愤之下，转而去UBC学了商，好在之前的数理本钱没丢，拿去华尔街建模，最后竟然也修成正果。

我和头头隔着好几茬儿，但同属当年被人坑进基础科学，而后察觉世事险恶，被迫改行的。一天看电视的时候，猛然地发现一位儿时的科学偶像回国开始了新的生活，沧海桑田，白发红颜，不得不让人感慨。办公室一个女孩儿说这个老头儿有过啥大业绩，我说我大学里选修"Two-dimensional Ising Model"，课上讲这个老先生推演的内容，整整一个学期，至今为止我都不明白。没等女孩儿们表示钦佩，就听见身边的头头一声苦笑，说他在北美转行前夕，最后一个放不下的物理问题就是这个老先生提出的Yang-Baxter方程，当时他给自己定下了dead-line，一年内，如果能在这个四十年前提出的方程之上有哪怕一丁点儿推进，再苦再穷，哪怕啃一辈子面包，也要死守北美，干一辈子理论物理。

结果一年时间过去了，他终于发现自己很难在老先生四十年前的想法上有任何超越，失望、难过、委屈，种种情绪交织在心头，在宿舍里痛哭一夜，黎明前收拾好了行装，天亮后，带着十余年的疲惫，彻底告别了理论物理，远走温哥华。

十年后的今天，最早渡海深造的科学偶像已落叶还乡，在报纸各个版面频频露脸；而当年风华正茂的青年学子，也已经经历了无数沧桑，从立志向科学进军，到最终向世俗妥协。看到老先生续弦新闻的那个晚上，我和头头正在出差，在酒店行政酒廊阴暗的一角，祭奠我们过往最光辉。最朝气蓬勃的岁月、酒到深处，双双潸然泪下。

我至今仍不能忘记我最终选择IMO的那段日子。赵二斌事件了结后，生活仿佛再次陷入真空。但是日日逼近的高考却如缓缓落下的巨锤，逼我做出决断。数学老师天天敲打："建明，你到底准备怎么办？"白发校长每次看见我，总是笑眯眯一脸慈祥："小伙子，好好干呦！"回到家里，又不忍面对老爸眼神里二十年的疲惫、四十年的期望。

我是被环境一步步逼到绝境上的。我决定瞒着家里，彻底放弃高考，把所有的希望压在奥数上，打进IMO冬令营，哪怕把本钱赔个干净，也在所不惜。

纵观我的短暂的前半生，每每在小事上犹豫不决，打架都不愿意先出手，只能在事到临头之际被逼上绝路豪赌一把，按照概率，迟早要输个精光，而且这场精光来得越晚我就越没有翻本的机会，越惨。

很长一段时间里，我一直这样催眠自己：你们的游戏很好玩，回报也喜人，但不是我喜欢的，所以我不在场。可你要问我，喜欢的游戏是什么样?我又回答不出来。直到2008年次贷危机里出了个Michael Burry，直到后来刘易斯写出了《大空头》，2016年又拍成了电影，我才知道这种游戏叫一生一次，叫一赔一万，叫破釜沉舟下重注赌身家。可悖论在于：我怎么知道它什么时候来?

我后来梳理过我这种“一把梭”的思想来历，感觉这和小时候接受的革命浪漫主义教育密不可分。中学时我搞清了经济建设是中心问题，可路径上却拜入康德拉捷夫门下，认定一个人出生在康德拉捷夫周期的那个时点，就注定了人一生的经济轨迹，我一直在潜意识中认定生命里一定会经历准确的时间和空间，让我遇到正确的人做出正确的事情，为了能在这一刻出手下注，我可以拿出十年甚至二十年的时间准备。

康德拉捷夫周期多长？书上写得清清楚楚：六十年。1986年看哈雷彗星的时候，时间和命运的观念第一次种入我的脑子：哈雷也好，康波也好，79年也好，60年也好，反正一生一次，我的人生已然捆绑于此，不可改变，发财还是落魄，幸福还是潦倒，全看康波待我如何了——如果说目标就是赚点钱，那么显然人生发财靠康波，至于输了怎么办？我从没去想。

海洋牺牲的2003夏天，我陪客户在武汉参观，从黄鹤楼出来就是阅马厂附近的辛亥革命纪念馆。我已经将近二十年没有来过这里了，纪念馆早已修葺一新，门前空地上的一大片茵茵绿草，变得让我有些不敢认。从里边出来的时候，我看到马路对面的财经大学，想起当初在这里等安的时候海洋说的话。

海洋和他的老爸，都是我们敬佩的剽悍人物。马峰后来常和我说起，海洋虽然有点儿爱吹牛，但还是我们几个里，最敢想敢做的，标准的武汉人。

2003年的年中，就在他和杨蓉蓉复婚后不久，他就出了事。当初被我送进监狱的陈万明表现良好，减了几次刑，十五年刚一过半就给放出来了。海洋给我捎来消息，说陈万明这小子记仇，叫我小心，我嘿嘿一笑，说我后天出差，把夏滢带着，叫他找不着。

海洋冲我笑笑，我不知道这就是永别。

等我回来的时候，看到的就是他的黑白照片。据陈万明后来交代，他刚刚放出来的时候就满城踅摸当初的仇家，结果当年的兄弟早就散了，打听了一圈，盘缠散尽，很快就做了乞丐。结果就遇见了巡警海洋。本来他和海洋只见过一两次，而且没有正面的冲突，照面也未必认得出来，但是海洋身上的警服提醒了他——当初正是我和马峰、海洋仨人亲手把他送到海洋他老爸的派出所的。

陈万明蹲了几年监狱，不知道现在警察一般都不带枪了，以为海洋身上还带着武器，跟了好几天，不敢下手。最后想了个缺德的点子，在海洋回家的必经之路上设了陷阱，往自己脑门儿上涂了鸡血，趴在路中间守株待兔。海洋晚上回家看见路中间趴着个人头上冒血，就上前去看，结果把人一翻过来，肚子上就挨了一刀。第一刀就扎穿隔膜，第二刀刺中心脏。海洋往他身上扑，又被在下腹连刺几刀，刀刀不离肝肾要害。

“你以为陈万明当初和我们打架的时候真的是不会捅人吗？”马峰和我讲这个事的时候，掏出两根烟，扔了一支给我，另外一支他自己点上了。透过袅袅的烟雾，就看到他拼命地在忍眼里的泪水，“他当初也是不想出人命啊。他交代说，刀下死人容易，刀下活人难。当初捅老秋他们，是没想杀啊。这次动了杀心，海洋也拼了命，他用手死死地抓住刀刃，陈万明几次都没能抽走。第二天去现场的警察，看到他手里的刀子都被他掰弯了，都知道他尽了最大的力，没有一个不掉眼泪的。”

马峰讲到最后，还是没忍住眼里的泪水。他刚才点燃的那支香烟，也一直没有抽，而是平放在桌边，等它静静地烧掉。

“海洋爱抽烟，我就把烟戒了，每次想抽烟的时候，就给他点上一根。”

六月末，海洋的追悼大会在市殡仪馆举行，他从警的第一张标准像边挂着他爸爸为他写的挽联——“男儿欲报国恩重，死到沙场是善终。”

上百人排成整齐的队伍，一起向战友敬礼告别。门外，红蓝警灯无声地闪耀，杨蓉蓉搀着海洋的爸爸站在最前面。等所有的领导讲话完毕，她表情凝重地走近海洋，抱着他的头，轻轻一吻。那一刻，在场的人都禁不住失声痛哭。

海洋和她复婚的时候，我和马峰私下取笑他，说好马不吃回头草。海洋只是傻笑，最后被我们逼急了，才一本正经地说，杨蓉蓉和他在一起的几年，是他一生最暗淡的时光，要钱没钱，要势没势，想找个地方搂搂抱抱都难。杨蓉蓉回来找他的第一天，他就原谅她了——甚至从没怪过她。“二十岁的时候，是我人生的低谷，一无所有，没有事业，没有钱，而她二十岁的时候却是青春，活力，一生的顶峰。她用一生最美好的日子，陪我度过最黯淡的时光。”海洋一边说，一边正了正帽子，很严肃地告诉我们，“所以尽管她做错过，但我还是会好好珍惜她。”

2002年的秋天，菲尔兹奖在北京颁发，法国的Laurent Lafforgue捧走了奖牌。在公司看报纸的时候，我说Lafforgue怎么这么熟，头头嘿嘿说：“你记得不记得1990年北京IMO有个满分的法国人是谁？”我说：“就是他吗？”头头继续嘿嘿笑，说不是，1990年那个满分，是他弟弟，人家是数学世家。我听完就吐舌头，命运啊，都是数学少年，我1995年在天津参加IMO预选赛，同学里有人家里穷，是在学校凑路费来参赛的。

2002年那年夏天，我在天津见到了久别的安，她选在一处花园洋房请我吃饭。我吃得忘乎所以，到了后来，干脆拆下碍事的袖扣。她一直会聊天，夸我的袖扣好看。那年是马年，我身上大件差点意思，零碎却基本都是马牌，我有些得意地把事业吹嘘了一通，尽量显出一副春风得意的样子，然后掏出新的名片递给她——她接过去，仔细看了看，高兴地笑了，哈，又进步了啊。

那天我坐在花园小餐厅的二楼，看着阳光普照的草坪，突然想起了1996年元月在南开的那个早上。那天寒意萧然，一百多个国内最聪明的中学生坐在南开的礼堂里，听一个老师极富有号召力的演讲，叫我们冲击IMO，为国家、为集体争得荣誉。大家当时的情绪都很高，激昂而又豪迈，充满了乐观，只有我，看着窗外明媚的阳光，心里说不出的沮丧，感觉生命中重要的一块被永远地抠走了，再也追寻不到。

1996年的冬令营，还有之前参加集训的众多兄弟们，都给我留下了很深的印象。他们的聪明，特别是当这样一群人聚集在一起的时候，这种聪明就像一把锋利的刀子，在当时的社会中，十分突出，甚至可以说是震撼。这么多年里，如果要我因为一件事情骄傲，那么就是曾经和这样的一个群体在一起。现在，当年学校里这个最聪明的群体早已各奔前程，未必各个都衣锦还乡，偶有几个行业弄潮，也无非是谋生的手段——和当年IMO的竞赛比起来，这些是多么简单啊。可他们作为时代骄子的岁月，和宝林、老秋他们一样，彻底一去不回。

1996年我靠IMO逃脱高考。几年后，安有了赴港深造的机会，我不愿意她走，就说读书没意思透了，安却黯然地告诉我，说不去她会遗憾的。完了就是长久的沉默。我不知道该如何面对这样的离别，只是默默地想，自己是不是因为恐惧和懒惰，而留下了太多的遗憾。

我们的记忆里，在需要回忆的时候，总像是出了问题的电脑，出现大片大片的空白，剩下的只是种种碎片。安没有抱怨过我记性不好，我却分明感到，1996年的高考，是我心中永远的隐痛。我虽然幸运地躲开，但其残酷，却让我永远不愿再提起。它似乎是一道残酷的分水岭，把我的生活，我的伙伴，我的记忆，永远地分成了两段。正是从那个夏天开始，我们的青春，我们的梦，转眼成空，如飞而去。

那段时间里，我常常在深夜的梦中惊醒。寂静的夜晚，仿佛又能听到1993年冬天安第一次告诉我她的名字；仿佛又看到当初打架时，飞哥、老秋他们精瘦的身影；仿佛感觉到第一次和海洋在车床厂的厕所里抽烟的滋味。我不知道如何挽留他们，甚至没看到他们怎么流走。

我曾经仔细回忆起自己进入大学前最后的时间，所得却极其有限。

那一年冬天，海洋冬季招兵走了，寒假里，附中的复读班悄悄地开班了。我抽空回去转了一圈，在复读班里碰到马建立。这个胖子看见我来了，特别兴奋，一点儿也看不出高考失败的颓丧。他告诉我，潘云飞考去北京了，又说自己今年坐的位置风水好，来年一定考状元。拉着我去教室，我一看说：“我靠，这不是我以前的座位吗？桌子都没变啊。”

马建立就嘿嘿地笑，说：“兄弟觉得自豪啊，全国数学竞赛得奖，保送。今年坐你的板凳，沾点儿仙气，来年一定考上好大学。”

我去看马建立那天，是复读班开班的第一天，正好碰上双姐回来，双姐学习不好，也落榜了。我开始以为她也是回来复读的，还准备开她和马建立的玩笑，却突然发现她脸上有眼泪。

双姐告诉我，她今年没考上，家里叫她去外地亲戚手边做事，说完递给马建立一块德芙巧克力，哭着走了。

马建立那天没上课，拉着我在教学楼顶坐了一下午。他说，本来他和双姐商量好了，只要两个人有任何一个考上大学，他都和家里说，家里一定能支持的。边说边把巧克力掰开，分给我吃，自己手捧着一半，迟迟下不去嘴。看着远处空旷的施工工地，哼着歌。

愿再可轻抚你那可爱面容
挽手说梦话像昨天你共我
满带理想的我曾经多冲动
屡怨与她相爱难有自由
……

唱着唱着，泪流满面，泣不成声。

2008年的春节，股票从最高点开始崩塌，我和马峰在江边聊天，走到大桥附近的时候，他突然说："下来转转吧，这是我们当初游泳的地方嘛。"

然后就进了防波堤。江上北风凛冽，我点了好几次才点上一支烟。当年我们看着雾气弥漫的长江上下游，只觉得是一个祖辈的传说，自己胸中的宏图伟业，便是街头称雄，怎能看到今后这许多年的岁月流转，尘世嚣嚣？

小学毕业的时候，马峰在我的纪念册上留言，写的是伟人诗句："会当击水三千里，自信人生二百年。"而今江畔回首，当年的活泼小子，已成拖妻带子的中年人，心中感叹江山不改，人间白发，话到嘴边，却只剩一句戏词："这也不是江水，二十年流不尽，英雄血。”

我沉默，马峰也沉默。

良久，马峰开口：“建明，我筹了点儿钱，股票，现在还能不能买?”

我看着他热切的表情，一时间说不出话来。

多年来，我一直生长在长江边的这个华中重镇，历经了它最繁忙的转折年代。这个城市和我的青春期几乎同步，现在又似乎一起陷入停滞。我几乎是用了十年的时间才知道，1993年前后，武汉的天空为什么总是灰黄一片，那不是长江的缘故，而是那几年里，武汉无数工程建设扬起的粉尘。

我喜欢这种蓬勃的发展，却害怕对于青春的遗忘。

从大学离开后的那两年里，命运百态，扑面而来。父母的老去，婚姻的窘迫，事业的平淡，安的远走，海洋的牺牲，伙伴的疏离，漫长的分离逐渐开始显现出结果。青春舞曲的下半段开场了，童年时的美好回忆，从此刻起，丝丝缕缕地被抽去。青春不再和我有关，就连城市本身，似乎也在和我割断关联。我在excel上写下一笔一笔资金的IRR（内部收益率）函数，看看窗外，除了去吃一份快餐，买一杯咖啡，再无更多的渠道可以接触到社会。

我突然想起了大学散伙饭上那场尴尬的假面舞会，毫无仪式感，毫无兴趣，但碍于某个不相关的人的面子，却依然敷衍下去。

我在脑子里仔细挖掘，像一个盗挖古墓的盗贼，在苦苦搜寻自己三十多年里可怜的记忆。为什么？为什么总有一种陌生感，好像大家都在认真地玩一个游戏，而我始终缺乏兴趣?

想了很久，我认定这和当初张建安敷在我脸上的那块手帕有关。

那张手帕就是第四堵墙，单向透明，把我和台上的演员们隔绝开。

我在舞台上笨拙地配合大家演出，但目的却和场上场下的每个人都不一样——我在等待我命运的康波。

离开武汉前的几天，我叫上马峰和我一起去北湖附近的酒吧玩儿。有一次他说，叫杨蓉蓉也来吧。结果杨蓉蓉带了个我们都不认识的男朋友来，互相介绍认识以后，大家都说不出话来，只能喝酒听歌。

那间音乐酒吧里有个女歌手，歌唱得教人沉沦，忧伤得触及灵魂。每当午夜来临的时候，看着对面安静的湖面，听着吧台断断续续的嘶哑的、哀伤的情歌，会掀起心头所有关于武汉的故事。

有些人，有些事，真的如同过眼云烟，尤其是青春及与青春有关的情事。

沉思往事立残阳，

当时只道是寻常。

钱鹏喜卷

大别山写意（之三）

一

杜鹃花开得如痴如醉的季节，我三度深入大别山采风。由罗田的卧龙谷攀登而上，翻越卧龙岗，溯巴河而上，徒步进入麻城，迷路于漫山遍野的杜鹃林。或许是心里有事，眼前殷红的杜鹃，恍惚间不是在绽放而是在流淌，仿佛是汩汩的英雄碧血……

几年间行走在大别山山山水水之中，我写过造化神秀、鬼斧神工的自然风光，写过美丽的传说和历史故事。而此行我要写人。寻访一位军功显赫而声名湮没在历史中的战将，看看他在大别山的故乡，回顾他走出大别山的征程。

我来到号称“将军县”的红安。瞻仰过红军烈士纪念馆后，一头扎进档案馆，从庞杂的史志资料中寻找一位大别山人。

罗应怀，1915年2月9日出生于红安县罗家湾村。1927年参加黄麻起义。随红军长征到延安后进入抗大学习，毕业后奉命南下抗日……

我奋笔疾书，笔下人物情节跌宕起伏却并非小说。罗应怀的名字与新四军军长陈毅、师长彭雪枫、旅长韦国清同在一本英雄谱上，这是史实。我不过梳理了文字，通过合理想象补充了疏漏和遗失的细节。

大别山，又一支响遏行云的山歌。

二

大别山之高，可以远眺黄土高原。时空穿越到1940年冬天的延安。从远处宝塔山方向驰来一群战马，20余骑士清一色簇新的新四军军服。他们是从抗大毕业南下抗日的干部，奉命去新四军各部队赴任。奔在最前面的枣红马上骑着26岁的罗应怀，他被任命为新四军第4师26团团长。

进入国民党军队防区，马队变成车队，新四军官兵化装成国民党官兵。坐在吉普车上的罗应怀，装扮成国军某部少校副营长。

车队抵达洛阳八路军办事处，编入南下干部大队，号称国军某部二营，罗应怀任“上校营长”。

车队在黄土公路上风驰电掣，呼啸着卷起漫天尘土，挟裹着震撼耳膜的风声，渐渐与黄河的喧嚣浑然一片。

官兵弃车登舟，十几艘木筏从北岸横渡黄河。

黄河水浑浊而湍急，扑面而来的土腥味中带着血腥味，像一锅煮沸的羊骨头汤。而中流击水的扁舟则似沸汤中若隐若现的骨头……

罗应怀像一根桅杆挺立在船头，凝视着黄河水发呆。

战友的惊呼声打断了罗应怀的沉思，他抬眼望去，对岸泅渡过来一群少年，如一群蚂蚁推拉着一个羊皮筏子，一个浪头打过，鼓鼓囊囊的羊皮筏子沉下去又翻滚着浮上来，球似的滚走了，撇下那群孩子惊慌失措如学游的雏鸭，被激流向下游冲去。

“水性好的下河救人！一个救一个，先确定目标。冲得最远的那一个交给我！”罗应怀话音未落，人已一个猛子扎进河里不见了。待他从河里探出头来时，一个浪头乘机狠狠砸在他的脸上，他呛了一口水，骂了一句粗话，瞅瞅约摸两丈远的孩子，又一个猛子鱼跃式潜入水中，借着流速潜到孩子身边，轻舒猿臂，拽着孩子胳膊，奋力游到南岸，试试脚尖够着河床了，便搂着孩子跌跌撞撞上岸，一个趔趄，双双瘫倒在河滩上。

怀中的男孩突然推开罗应怀，双手护胸惊慌警惕地敌视他。他不解地望着胸襟半敞的男孩，发现男孩湿衣紧裹的形体显出细腰丰臀。

罗应怀狐疑地问：“你究竟是男孩还是女孩？”

孩子满脸绯红不语。

李光明等过来：“报告营长，连您救起的这一个，总共11个孩子全部获救。”

罗应怀说：“这个可能是假小子。”

李光明说：“我们也捞起了两个丫头片子，哇哇哭着像是吵着要奶吃。这个倒是不哭，算断了奶吧。”

假小子突然开口：“我看你也才换牙呢，就在我面前充大？告诉你们，我们是少年剧团的，隶属武汉八路军办事处政治部宣传部。”

一个被救男孩气喘吁吁赶来：“她是我们的团长唐亚南，我是副团长张京汉，你们说话放尊重点！”

他边说边搀扶起唐亚南嘀咕道：“国民党官兵打鬼子都是孬种！神气什么？”

李光明正欲训斥他们，罗应怀仰天大笑。他笑着脱去泥泞的上衣，光着脊梁涉进河中清洗。

唐亚南发现他脱下的夹衣是新四军军服，又看见他的宽厚脊背和粗壮双臂伤疤累累，惊讶而敬佩。

救人耽误了行程，天色已晚，罗应怀下令露宿黄河边。

少年剧团11个孩子脱下湿透的衣服，临时换上官兵的宽大军服御寒。官兵们烧起篝火，帮孩子们烤衣服。

少年剧团为官兵表演歌舞《我的家在东北松花江上》。张京汉指挥7个男孩儿和两个女孩儿分男女二声部合唱，唐亚南在稚嫩而悲怆的歌声中激愤起舞，用柔软而刚强的肢体语言配合歌声淋漓尽致地演绎出了歌词深意。

罗应怀和官兵们都被孩子们的歌舞所感动进而陶醉了。

大别山可曾听见，歌声飘向黄河，淹没在黄河的呜咽声中。

三

罗应怀带南下部队日夜兼程，翻越王屋山、太行山，到达辽县时，沿路都可以嗅到日军的气息。按照上级的指示，这支南下干部大队的每一兵一卒，实际上都是即将上任的新四军战将，到达目的地之前要绝对避免与日军遭遇，以保证不损我军一员大将。罗应怀命令部队全部化装成当地农民模样，以班为单位拉开行军距离，前后互相呼应，互相掩护。一路上每每化险为夷。

经过鲁西郓城时，突然遭遇日军对鲁西根据地拉网式扫荡。罗应怀被迫下令部队分散到农村隐蔽待令。他自己准备率第一中队到郓城西边军里庄一带分散隐蔽到农家。

罗应怀、李光明、张京汉、唐亚南等隐蔽在王姓老乡家。王大爷率官兵在屋后棉田挖了两个互通的大地窖，洞口盖上木板覆土，再堆上棉花秸秆伪装成棉秸垛。罗应怀等在地窖里隐蔽二十多天。他在抗大只学会了些有关地图的常识，他拜上过高小，学过地理、比例尺的唐亚南、张京汉为师，每天在地窖里认真学习识图、绘图知识。

这天，两个小老师想考考学生罗应怀的学习成绩，将五万分之一军用地图铺开，张京汉伸出双手，逐一蒙住地图的不同部位，让罗应怀说说该地区的地名、地貌和地理概况，罗应怀对答如流，得意地笑了。唐亚南不甘心，找出几张纸来，要求罗应怀按她报出的地名，绘出该地的山川、河流和交通线路。罗应怀沉思了一会儿，将五万分之一军用地图翻过来，在地图背面边绘边想，口中念念有词，只一袋烟工夫，他竟大致不差地手绘出一幅完整地图。

张京汉啧啧赞叹："罗营长，我真佩服您！说实话，别看我以老师自居教您，您若是反过来考我，我可绘不出这幅地图来。唐亚南，你呢？你绘得出来么？"

唐亚南不语，她根本没听清张京汉问什么，她只顾愣愣地瞪着罗应怀那双粗大而灵巧的手，目光里充满了钦佩。

这时，地窖外突然响起枪声、哭喊声和奔跑践踏声。声响越来越近，紧接着响起打砸声、王大娘特别高亢的惊叫声和日本鬼子的吆喝训斥声。显然，日寇进村了并闯进了王大爷家里！王大娘在向地窖里报警！

李光明迅速爬向地窖洞口，拔出手枪打开保险。

罗应怀匍匐着跟过去，伸手关了李光明枪上的保险，警惕地辨听着地窖外的动静。

听得出鬼子闯进了后院，咚咚的脚步声踏进了棉田，踏进了棉秆覆盖的地窖口！

王大爷突然声嘶力竭地喊起来："你们不能烧我的棉秸秆呀！到了冬季我怎么过呀？"

鬼子凶狠的怪叫声、跌倒声和王大爷痛苦的呻吟声。

地窖口外闪亮起火光，呛鼻的烟雾涌进地窖，接着响起"噼啪"的燃烧声！

罗应怀也拔出手枪，一把将李光明拽到身后，示意李光明掏出两个手榴弹递给张京汉和唐亚南，教他们使用方法，然后他打开手枪保险准备冲出地窖口。

正在这时，传来王大娘尖利的叫骂声："你们这群畜生，烧了我的棉秸秆还抓我的鸡，我跟你们拼了！"

一声揪心的枪响，罗应怀浑身猛一震。

"扑嗤"一声，一桶水从地窖口浇下来。火熄了。

罗应怀冲到地窖口，扒开冒烟的棉秸秆爬出来，只见王大娘倒在血泊里，王大爷徒劳地一手捂着王大娘冒血的胸口，一手竭力搂着她的肩膀想让她坐起来。但王大娘已无力坐起来，她奄奄一息，嘴唇翕动着不能言语，只能勉强抬抬手臂指向后院门口，指向从那里撤走的天杀的日本鬼子。她的手旁，是一把菜刀。

罗应怀狂奔过去，"扑通"跪在王大娘跟前，搂抱起她："大娘！娘！我的亲娘！您一个妇道人家，救了我这个七尺男儿！我心如刀绞，愧难做人，恨比天高，仇比海深啊！"

罗应怀按照王大爷的意愿，就在后院里埋葬了王大娘。他先跪在王大娘坟头磕了三个响头，又转身朝王大爷磕了三个响头："爹！从今往后，我就是您的亲儿子！但我这个亲儿子不能尽孝在您身边，我要去杀鬼子！把日本鬼子一个一个都杀光，再回来伺候您，再回来告诉娘我给娘报仇了！”

四

红安县档案馆的史料准确记录了新四军这次重大战略布置。1941年春，南下大队抵达目的地，官兵们分赴各部队上任。罗应怀赶到战火纷飞的淮北26团团部驻地报到。

上任第一天，罗应怀就把部队集合在团部附近的一个麦场上检阅。

这是由三支游击队组成的2000多人的队伍，编成三个营、一个团直警卫连、一个重机枪排。兵力充足，官兵们有实战经验。但缺乏装备，三分之一战士没配枪械，还扛着长矛大刀。全团唯一机枪排只有5挺老掉牙的机枪。

罗应怀逐一询问各营长、连长、排长、班长的姓名，端详他们的模样，查看他们下属的武器装备。然后他登上临时搭建的检阅台，注视着台下黑压压的人头久久不语。

官兵们都以为他在打腹稿，酝酿着一篇慷慨激昂的作战动员报告，都齐刷刷站立着引颈等待他的精彩发言。

谁知罗应怀一开口却出人意料：“我猜自打你们听说有个新团长要来上任，就满怀希望地期待着我，期待我有三头六臂，期待我有锦囊妙计，期待我给你们带来粮饷装备。今天我终于来上任了，可是我令你们失望，除了随身携带的这把驳壳枪（他掏出手枪举起来亮了亮），我光棍一条来了，好在我——你们的新团长不怕死！我是好汉不是孬种！而我对你们也很失望，不是对你们的人失望而是对你们的装备失望。我们26团仅凭手中这些老掉牙的破枪和长矛大刀，与凶狠残暴、装备精良的日本鬼子拼，是拼不过他们的……好在我终于回家了，我像一个赶路的孩子，眼巴巴盼着早日赶回家见爹娘和兄弟姊妹，一路上千辛万苦，还险些被鬼子闷在地窖里烧死、熏死、憋死！是王大娘牺牲自己救了我一条命，好让我活着继续赶路，回家，上前线杀鬼子……”

听到这里，少年剧团的孩子们忍不住抽泣起来。

罗应怀皱着眉头瞟了孩子们一眼，“王大娘把她的命给了我，让我得以回家见爹娘和兄弟姊妹。26团就是我的家、我的爹娘！你们就是我的兄弟姊妹！”

检阅台下战士们躁动起来。

罗应怀突然发问：“我这个团长没有武器发给你们怎么办？”

台下怒吼起来：

“从日本鬼子手中夺！”

“先拿伪军下手！端伪军的老巢，装备我们自己！”

“……”

罗应怀敞开胸襟挽起袖子：“好！我这个团长听你们的！就这么干！”

检阅过后，罗应怀将少年剧团的男孩分到各营、连任通讯员，张京汉任团部通讯员。唐亚南等三个女孩分配到团卫生所任卫生员。

罗应怀任团长的第一仗土山镇之战，他把旅长韦国清请到团部来密商，又秘密派侦察员去侦察。待侦察员回来报告了情报并确认没有惊动敌人，这才叫参谋长通知各营长来团部召集战前会研究战术，确定了夜袭作战方案。

1941年6月6日午夜，罗应怀令一营、三营同时对驻守土山镇的伪军发起攻击，二营担任外围警戒。担任主攻的一连迅速进入土山镇内，九连紧随其后。经过一夜激战，全歼伪军一个营。

第二天，罗应怀决定晚上亲率二营去攻打陈庙伪军团部。

参谋长担心地说：“昨夜土山之战长我威风，灭敌气焰，但也警醒了周边的敌人，他们必有戒备……”

罗应怀嘴角泛起一丝难以察觉的诡秘笑意：“我同意你的判断。我估计陈庙守敌不但会有戒备，还会有增援。不然我不会亲自出马，我的胃口有点大。”

见参谋长不解，罗应怀接着说：“兵不厌诈。陈庙守敌估计我们近期会对他们下手，必将调兵遣将做准备，但他们很难估算出我们会在哪一天下手。他们料想不到我罗应怀嘴里嚼着的还没有咽下肚子，就会紧接着在今天晚上下手！说是今天晚上，实际上我要不慌不忙耐着性子等到明天凌晨再动手，等敌人惶惶不安干熬一夜，以为天快亮了平安无事了，恰恰这时老子就动手了！哈哈哈……”

陈庙之战，罗应怀料事如神。他率二营半夜出发，在陈庙外围潜伏到天将亮时，乘着黎明前的黑暗冲进陈庙镇，先攻克了敌伪团部，再一口一口吃掉了敌人一个营。而参谋长按他的伏兵计率一营、三营利用有利地形事先进入阵地埋伏，果然联手歼灭伪军增援的一个营。

罗应怀两晚歼敌一个团，击毙伪团长刘尚志，俘虏600余人，缴机抢12挺，长短枪300支。领到新枪的战士们欣喜若狂，新来的团长罗应怀迅速赢得威望和爱戴。

不几天，彭雪枫师长令韦国清旅长率部策应，令罗应怀率26团接连作战，一鼓作气拿下伪军白塔集、巴圩、赵湖、吕集、高集、陈楼五个据点。只许胜不许败，巩固和扩大淮北根据地。

出战前，彭雪枫听说罗应怀能左右开弓，特地让韦国清把罗应怀叫到师部大院试枪法。他让警卫员把靶子安放在百米开外处，掏出自己的驳壳枪让罗应怀打靶。罗应怀右手持枪一梭子弹命中率都是九环、十环，左手持枪一梭子弹命中率也在八环、九环之间。

韦国清满意地笑了，连夸罗应怀好枪法。

彭雪枫却不苟言笑，严肃地说：“我这把驳壳枪就归你了。从今天起，你是我们新四军第四师的双枪团长。”

罗应怀不负师长厚望，五战五捷。26团兵力扩充到3000余人。装备精良，每个营都配备了机枪排，每个连都配备了机枪班，有的机枪还是崭新的。

彭雪枫这才同意旅部、师部分别表彰26团。

这天，彭雪枫师长召见罗应怀，问其文化程度。

罗应怀答：“报告师长，我放牛时偷听私塾，能背《三字经》，长征路上识字写字，抗大读了马列书，地窖里学会了识图绘图，总算能文能武了。师长只管把硬仗、大仗交给我去打，保证完成任务！”

彭雪枫勃然大怒："什么叫总算能文能武了？哦，文武双全？那好，我命令你把收拾了几个虾兵虾将的所谓七战七捷，写份战斗总结交给我，要求对比敌我兵力、讲解敌我战术、分析胜败原因。"

罗应怀犯难了："师长，我不会写文章，从未写过。"

"连文章都不会写，还敢称能文能武？简直是大言不惭！"

"师长，我错了……"

"你读过几本文学作品？"

"一本未读。"

"这本《水浒》借给你去看，看完写一篇读《三打祝家庄》的感想交作业。以后每月写一封信给我，你写一封我就回一封。"

罗应怀从此养成了酷爱阅读的习惯。读一本书他就给师长写一封信，谈读书体会，请教读不懂的问题。彭雪枫把他写的信一一退还，每一封退回的信笺上都像批改作文似的用红笔逐字逐句作了修改。

五

史料有关大战前夕的记载语焉不详。而在大别山麓，罗家湾人口口相传，记得激战前夜种种揪心的紧迫环节。1942年11月中旬的一天半夜，罗应怀在睡梦中被叫醒，韦国清旅长令他立即赶到师部去接受战斗任务。罗应怀骑马赶到师部已是午夜，全师各旅、团长都赶到了。

师部会议室。师长彭雪枫面壁而立，久久注视着墙壁上一幅巨大的军用地图思考着。与会者都感觉到非同寻常的紧张气氛，鸦雀无声地静待师长转过身来。

师长一直没有转过身来，师政委在会议桌上铺开另一张军用地图，说："同志们，考验我四师战斗力的时候终于到了！日寇突然发动了淮北大扫荡。日军平林师团，集结万余兵力，战马600匹，炮100门，汽车300辆，汽船30艘，坦克10辆，飞机8架，从徐州、固镇、泗县、宿迁、淮阳、盱眙、五河出动，以半城、青阳为目标，兵分五路扫荡，合击淮北抗日根据地，企图一举歼灭我新四军四师主力……”

师长终于转过身来：“这一场恶仗，我们等待已久。但我们不能与敌人硬拼。我命令：我师主力立即突围，掩护数万人民群众转移，到外线作战，迂回到敌侧后猛击敌尾部，迫使日军掉头，再斩头截尾，重创日军！韦国清旅长！罗应怀团长！现在我命令你们：26团掩护旅部机关和群众安全转移后，留在内线作战，在敌包围圈内吸引敌人，牵住敌人的鼻子与之周旋，与敌苦战后配合外线主力追击逃敌！”

韦国清和罗应怀异口同声回答：“是！保证完成任务。”

罗应怀连夜赶回团部，黎明时分召开全团誓师大会。会后他突然想起少年剧团的孩子，急令分配到各营各连当通讯员和分配到团卫生队的少年剧团人员到团部报到，组建小鬼班，发给枪支弹药，任命唐亚南、张京汉为正副班长，仍由李光明带队，马上出发追赶突围的主力部队，向韦国清旅长报到。

送走小鬼班后，罗应怀赤膊上阵，带领26团全体官兵在驻地朱家岗一带抢挖“抗日沟”。“抗日沟”是新四军、游击队与日军周旋中在苏北平原的一个战略战术创造。沟宽3米，深及2米，挖在村与村之间的交通要道处，沟与沟之间互相贯通，既可作战壕，又可作交通沟，还可以作为阻挡坦克的屏障。26团官兵们夜以继日抢挖了三天三夜，在朱家岗方圆十几公里田野村庄之间挖成纵横十几条“抗日沟”并与周边原有的老“抗日沟”连接起来。

第三天晚上，罗应怀和参谋长沿着“抗日沟”察看了一遍，满意地对参谋长说：“平林这个狗杂种以为平原作战易攻难守，他料想不到老子已经摆好了地网阵！这些抗日沟，至少相当于一个营的兵力。我估计，明天日军就会合围过来。”

参谋长说：“我已经传令各营今夜就严阵以待，听令行动。”

正说着，李光明跌跌撞撞跑过来：“报告团长，你枪毙我吧！我……荷花她……”

原来，小鬼班未能追上转移的主力部队，却撞上了合围过来的日军先头部队，幸亏钻进了一条“抗日沟”才甩开敌人。荷花钻错了沟，她慌张中爬到沟外呼喊，被鬼子冷枪射中身亡，草草掩埋在“抗日沟”中……

李光明说完事情经过，蹲在地上嚎啕大哭。

罗应怀这回没发火，他一声不响，沉默良久才自言自语：“幸亏主力部队转移得快……荷花用她的性命提醒我，日军摆下了铁桶阵，一场恶战就在眼前……”

罗应怀令小鬼班作为团预备队待令，由他亲自指挥。

11月15日，日军平林师团完成对淮北根据地合围。但我主力部队大部已突围成功。罗应怀率领26团利用纵横的“抗日沟”与敌人周旋，打了二十多天游击战。日军如陷迷魂阵，晕头转向，不敢轻举妄动。

12月7日，韦国清旅长急电：我部分主力被日军追击，令26团就近重创日军，转移敌人追击目标。罗应怀下令在青阳镇强袭敌人，敌死伤逾百人，炮楼炸毁。在敌增援部队赶来之前，罗应怀下令迅速钻进“抗日沟”撤退，消失得无影无踪。

日军平林师团长恼羞成怒，急寻我26团决战。

12月8日，兵分三路互相呼应的日军，中路与我26团遭遇，敌左路、右路迅速靠拢。遭遇战中，我26团一营、二营伤亡惨重。

12月9日，罗应怀率26团撤回朱家岗休整。他把部队集合在麦场上重整战斗序列，缩小编制，三个营各辖两个连，每个连编制80余人。

蓬头垢面的罗应怀仍然威风凛然，他的怀里别着两把枪，背后还插着一把大刀。他立在队列前面，不慌不忙一一点数着他的人马。加上团部机关人员，总兵力只有500余人。

当他点数到小鬼班时，他走到一个个孩子们跟前，逐一抚摸他们的头脸。摸到唐亚南面前时，他伸出的手犹豫了一下。唐亚南主动抓起他的手，贴在她的脸上，又伸手揩去他嘴角的血污。

六

在大别山薄刀峰悬崖下有一块巨岩赤褐如血。山民出于对先烈的怀念附会说，当年李先念率新四军五师挺进大别山包围武汉，在此与日寇血战，战士鲜血染红了岩石。照此说法，还应有淮北新四军四师的鲜血，从地下河沁透到大别山来，这是魂归故里。

12月10日凌晨3时，孙岗方向我哨兵鸣枪报警。一连一战士突围到团部报告：日军包围了一连孙岗阵地。继而接连两人报告，西南、西边日军已接近我前沿阵地。

凌晨5时40分，东西南北四面枪响，日军平林师团金子联队三个大队1500人，兵分三路，趁夜色包围了朱家岗。

参谋长问："突围还是坚守？"

罗应怀果断命令："坚守阵地，战到天黑，等待援军！"

这时，报务员惊慌失措地进来报告："三营……三营……三营，失去联系！"

罗应怀异常冷静："继续呼唤三营，直到联系上为止。"待报务员出去后，他才对参谋长说："姑且把三营当作预备队撇在一边再说。立即调整各阵地兵力，准备战斗！"

黎明时分，惨烈的攻防战打响了。

曹圩北面"抗日沟"东西两端，展开了残酷的阵地争夺战。一营二连抢占了西端，击退敌军两次冲锋。战至晨8时，罗应怀考虑到二连在前天的遭遇战中伤亡惨重，只剩下40余人，便令五连一排接替二连。二连撤至西小庄待命。

五连一排进入阵地前，罗应怀把排长王康有召到团部面授"短枪计"，然后他卸下自己身上佩带的两把枪，又让参谋长和李光明交出各自的短枪，将四把枪都交给王排长拿走。

王排长带领一排接替二连后，发动佯攻又佯败，把敌人诱到"抗日沟"内短兵相接。当十几个鬼子挺着枪怪叫着要拼刺刀时，四支驳壳枪同时打响，就近撂倒了全部送上门来的鬼子，再解下死鬼子身上的手雷和三八大盖，发动了一次真正的冲锋，重创日军，巩固了西端阵地。

攻防战打到上午10时，距曹圩仅十几米的“抗日沟”东端阵地枪炮声异常激烈。参谋长从前线赶回来报告说，日军发现曹圩是26团指挥部，便集中兵力攻打。如果阵地失守，团部将面临东、西、北三面夹击。

罗应怀听了不顾参谋长劝阻，扛起一杆长枪，亲赴东端阵地督战。二营副营长赵威正报告敌情时，日军发起新一轮冲锋。罗应怀一边举着望远镜观察，一边口述命令。

突然，一小队日兵穿着我军军服，从“抗日沟”钻出来，从侧后扑向罗应怀。罗应怀凭直觉举枪撂倒一个。这时第二个鬼子已扑到他跟前，他一脚踢开鬼子的枪，顺势将手中的枪刺进鬼子的胸膛。李光明赶来击毙一个敌兵，冲上来掩护罗应怀，罗应怀却从他背后抽出大刀接连劈倒两个敌兵。最后一个敌兵仓皇逃跑中扔出一颗手榴弹，罗应怀倒在血泊中，右腿被炸成重伤。

罗应怀被抬回曹圩团部，唐亚南和秋娥配合卫生队长给他包扎伤口，但想尽办法也止不住血。殷红的血水将床单染透，又把床垫沁透，滴在地上，啪嗒，啪嗒……

唐亚南和秋娥吓得大哭。被罗应怀厉声喝住。

报务员进来报告：“东端阵地失守，赵威重新夺回阵地后只剩5名战士。参谋长也坚守在阵地上，他请求团长支援。”

罗应怀忍痛发布命令：“令一营二连连长率一个加强班支援！令参谋长迅速返回团部！”

张庄告急。五连副连长戴春涛率三排击退敌人四次冲锋后只剩下8名战士。弹药打光了，大刀砍豁了，刺刀捅弯了。戴春涛头上缠着绷带，跌跌撞撞跑回团部求援。

张京汉率小鬼班冲进来，围在罗应怀病床前请战，参谋长欲同意，望着罗应怀等他发话。罗应怀坚决地摇头，又看看自己止不住血的伤腿，这才盯着戴春涛说：“我手上就这8个小预备队员了，但现在还没到上预备队的时候。我只能给你8颗手榴弹，看你怎么用。”他命令小鬼班8人每人都交出配发给他们的一颗手榴弹，全部交给戴春涛。

戴春涛走后，参谋长急切地问报务员：“三营还没联系上？旅部呢？”

报务员摇头。

罗应怀答道：“敌人吞不下三营，我相信三营还在！但我现在不能对戴连长这样说，不能让他有指望，我就是要叫他绝望，置于死地而后生！”

戴春涛到农户院子里收集镢头、钉耙、铁铲，扛了一捆回阵地发给8名战士。敌第五次冲锋，冲进阵地西面的一个小院子。8枚手榴弹分两捆从院墙洞口塞进爆炸，十几个鬼子被炸死或被坍塌的院墙砸死砸伤。受伤的日军撤退，戴春涛和战士们抡起镢头、钉耙追杀。

曹圩东南门阵地，指战员伤亡过半。日军轮番发起冲锋，随时可能冲进圩门。罗应怀命令卫生队长带轻伤员顶到东南门阵地。

这时，张京汉率小鬼班全体再次冲进来请战。见罗应怀的伤腿勉强止住了血。唐亚南和秋娥也加入请战行列，在罗应怀的病榻前站成一排。

罗应怀挣扎着坐起来，用手指蘸着伤腿沁出的血水，在白床单上画出曹圩东南门阵地示意图，授意张京汉从侧面偷袭敌人，得手后迅速回撤，抢回打麦场上两辆笨重的大车，堵住已被枪炮炸垮的圩门。说着他令李光明摘下身上最后两枚手榴弹，命唐亚南和秋娥各领一枚手榴弹潜伏在圩门内左右两侧接应回撤的小鬼班。命李光明爬上团部屋顶抢占制高点预防不测。团部只留参谋长和报务员继续联系三营、联系旅部，负责通讯指挥。

张京汉率小鬼班从曹圩院墙隐蔽的墙洞爬出院墙，匍匐到日军侧面极近距离，如神兵天降，一起投出8枚裹着爆竹的假手榴弹，分别是彩纸屑弹、生石灰弹、辣椒粉弹、玻璃碴弹和牛粪弹，伤敌效果极佳，日兵措手不及，丑态百出。小鬼班紧接着排列一行，以跪式排枪齐射，敌人成群死伤扑地，后面的敌人以为八路援军到了，掉头溃逃。小鬼班分成两队，一队吹冲锋号佯追，一队直奔打麦场，两人一组推拉两辆大车，但笨重的大车推也推不动，拉也拉不动。幸亏佯攻小组撤回来协助，四人一组推拉两辆大车，骨骨碌碌推拉到曹圩院门口，慌慌张张堵圩门。

但日军早已发现八路增援的只是一群娃娃兵，马上反扑过来。情急之下，张京汉勇敢地爬上大车，一面叫骂着吸引日军的注意，一面开枪阻击，掩护小鬼班的战友。日军一窝蜂逼到他跟前，从极近的距离开枪下毒手，他身中数弹仰倒在大车上。

蹲伏在圩门内两侧的唐亚南和秋娥对这惨烈的一幕看得十分真切，她俩受到强烈刺激，一起尖叫着同时投出手榴弹。硝烟弥漫中小鬼班用大车严严堵死了圩门。

日军疯狂扫射圩门，大车上千孔百疮，碎木屑溅满一地。

圩门内，罗应怀拄着一支长枪艰难站起来，命小鬼班全部上屋顶隐蔽在屋脊后面。

参谋长搀扶着重伤员出来，与罗应怀并肩守卫在两辆大车后面，预备敌人攻破圩门后与之肉搏。

在这节骨眼上，报务员惊喜奔出："报告团长，三营联系上了！三营早上被敌人分割出去后伤亡不大，现请求战斗命令！"

参谋长和重伤员们喜出望外，欢声一片。

罗应怀脸上没有一丝表情："令三营兵分四路，火速增援张庄、曹圩北'抗日沟'东西两端和团部！继续联系旅部！"

七

下午3时，我外线主力突杀回马枪，以绝对优势兵力迅速拔除了敌金锁镇据点。彭雪枫师长电命韦国清火速增援朱家岗26团。

韦国清看过电报，自言自语说："除非派骑兵，否则来不及了。"

下午4时，韦国清旅长亲率骑兵赶到朱家岗张庄村南，向驻扎在一片松林里的日军金子联队指挥部发起进攻。张庄村南密集的枪炮声传到曹圩。

罗应怀警觉地辨听着，告诉参谋长："援兵到了！"

参谋长将信将疑，正想说什么，屋顶上传来李光明兴奋的报告声："团长——张庄方向升起滚滚浓烟！"

罗应怀扔掉当拐杖的长枪，倚墙而立："命令各阵地，所有弹药全部打光！组织火力追击逃敌！"

张庄、曹圩抗日沟东西两端阵地前面，日军纷纷溃逃。我军战士冲出战壕追击。团部小鬼班在李光明率领下跳下屋顶追击。敌弃械遗尸。

晚10时，朱家岗守卫战结束。歼日兵280人，伪军20人，缴获枪炮无数。26团有73人阵亡。重伤100余人。轻伤者无法统计，几乎没有一个不挂彩的。

八

26团转移至吕集待令。罗应怀伤势严重已不能坐立，被送到旅卫生所救治。师长彭雪枫和淮北行政公署主要领导来医院慰问罗应怀，并带来了新四军军长陈毅的慰问电。

彭雪枫关切地询问罗应怀的伤势，罗应怀却答非所问："师长，我26团阵亡兄弟的后事怎么安排？我问过旅长，他说事关重大，要请示师长。师长，虽说大敌当前，保家卫国战死沙场，马革裹尸足矣，但是我带领兄弟们去赴死的，而我却苟活下来，我这个团长不能让还活着的兄弟们寒心啊！"

彭雪枫听了为之动容："你放心，厚葬26团阵亡战士不仅是你这个团长的事，也是你们旅长和我这个师长的责任。淮北行政公署也要抚慰烈士亲属。你躺在医院里不知道，淮北人民已在朱家岗日夜为我军牺牲烈士抢修公墓。"

几天后的一个清晨，罗应怀令一直守候在他身边的李光明找来一个战士当帮手，悄悄用担架把他抬出医院，抄小路到朱家岗去看公墓，凭吊战友。

唐亚南不知何时出现了，远远地跟在担架后面。

到了烈士公墓，罗应怀仰望着高高的烈士纪念碑沉思半晌，不解地问李光明："纪念碑上为什么没有刻碑文？"

李光明不知如何回答。

唐亚南回答："彭雪枫师长正在写碑文，烈士们虽然已经安葬了，但还没有公祭，公祭那天要在纪念碑上铭刻碑文。"

罗应怀默默点头，他艰难地从躺着的担架上坐起来，叫李光明慢慢移动担架，好让他逐一向73个烈士坟茔鞠躬。当担架移到挨在一起的荷花、张京汉墓前，罗应怀突然粗暴地搡开李光明等人，强行拖着一只伤腿，单膝跪伏于地，口中喃喃地念着什么。

这时，小鬼班全体从坟墓后冒出，与罗应怀抱成一团嚎啕大哭。

旅部军医匆匆追赶来了。团参谋长闻讯赶来。韦国清和彭雪枫也赶来。众皆默然。

在红安县烈士纪念馆，罗应怀的形象是一尊威武的战神。而此刻，他哭得像个妇人。

九

旅卫生所长向韦国清、彭雪枫汇报说："罗团长右腿粉碎性骨折且感染严重，大动脉裸露在外，非常危险。由于缺乏麻醉药，动手术没有把握，他的腿可能保不住。"

彭雪枫一听脸色骤变："不行！一定要千方百计保住他的腿！我四师还要与日本鬼子恶战！我还指望着他继续带26团！"遂令将罗应怀转院至师卫生院，并电告军部求援。

陈毅军长特别委派全军最好的一名外科医生赶来救治，但军部医院的麻醉药也早已用完。由于日军的严密封锁，新四军多条秘密药品交通线被切断，派出的几批秘密药品采购员先后被日军抓捕。军部来的外科医生仔细诊察罗应怀的伤腿后认为，如果马上动手术，还有希望保住罗应怀的腿，但不知罗应怀能否坚持四个小时手术时间。

韦国清、彭雪枫果断批准手术。

第二天早上，开始手术之前，外科医生让护士将罗应怀的双臂、上身和左腿用绳子捆住，但罗应怀拒绝捆绑，他说："我要学一回关羽刮骨疗伤。"

外科医生说，"传说中的关羽刮骨疗伤，也只是手臂外侧皮肉箭伤。而你是腿部炸伤粉碎性骨折。"

罗应怀仍不同意。外科医生只好下令医生护士强行捆绑。罗应怀勃然大怒，挣扎着骂退医护人员。

彭雪枫及时赶到，令带来的几个警卫员："给我绑！"

几个警卫员毫不客气地摁住了罗应怀，他仍不甘心地挣扎叫骂，但无济于事。

彭雪枫见状哈哈大笑，但笑着笑着眼中却黯然落泪。

手术开始了。罗应怀额头汗珠如注，面部痉挛。手术台旁放了两个白色瓷盆，取出的弹片、碎骨分别叮当落进盆中。手术长达五个多小时，共取出碎骨60多块。

唐亚南一直守在手术台旁，紧张得将手指衔在嘴里死死咬住，咬出血浑然不察，她昏厥过去……

十

11月12日，新四军司令部、淮北行政公署在朱家岗烈士陵园召开万人公祭大会。邓子恢主持大会，彭雪枫宣读悼词碑文。

当罗应怀被抬上主席台时，会场掌声雷动，全场万人自动起立致敬。

第二天，《新四军战报》《新华日报》《中央日报》和国共两党电台纷纷报道英雄团长罗应怀和淮北朱家岗血战大捷。

1944年初秋，罗应怀与唐亚南举行战地婚礼。

1949年，身经百战、九死一生的罗应怀迎来了中华人民共和国的诞生。

1955年，罗应怀被授予少将军衔。

回首戎马一生，这位大别山人先后荣获三级八一勋章、二级独立自由勋章、一级解放勋章、一级红星功勋勋章。

我走访红安县罗家湾村时，村民绘声绘色向我描述罗将军回故乡看望父老乡亲时的情景说：老将军威风不减当年，一身戎装，胸前挂满炫目的勋章，叮当作响。

我想当然地问：老将军必也满脸慈祥，拉着同辈人的手回忆大别山的少年时光？

村民摇头：将军不苟言笑，他邀请村里长辈们和他一起登上村后山头，遥指大别山那边说：他还要去谒灵。他每年都要去鲁西郓城农村给王大娘上坟，再去淮北宋家岗为战友扫墓。

我默默点头，仰望村后大山，山势层峦叠嶂，乱云飞渡。山巅依稀看见将军和一群大别山人的伟岸身姿。

天上的草原

一到乌兰巴托，我明显感觉天格外蓝，云特别低。先前在祖国的青藏高原、天山南北，尤其在呼伦贝尔，也曾欣慰地发现非常鲜亮的蓝天白云，心想，虽然山川异域，毕竟云彩同天，希冀哪天这般纯洁的白云也飘到我的家乡。而今我得承认乌兰巴托的蓝天白云更胜一筹。固然月是故乡明，奈何云是他乡好。

乌兰巴托的蓝天更近，白云就挂在树梢上，覆在不高的草山坡上，似乎伸手可及。

不料走出乌兰巴托那云更低了，几乎唾手俯拾。

我们准驴友一行的路线是借道乌兰巴托，深入草原腹地的哈拉和林。当旅行车驰入瀚海般起伏的草原，马上发现蓝天与绿原的地平线近在咫尺，或者说，地平线在北纬47度消失了，天与地浑然一体。

是的，白云混淆在羊群中，牛马撒蹄在蓝天上。

平生第一次与高贵的白云如此接近，感觉它仿佛环绕在我们胸前身后悠然飘逸。定睛捕捉时，它却又躲藏到小山那边半坡上。你若想把满天云彩看得真切，就得奔向山头，不是仰视是俯视，鸟瞰足下雪花、棉絮、绫缎般的白云。

再仰首回顾，湛蓝天空与碧绿草原像一个巨大的琥珀，完美地镶嵌、凝固、晶莹剔透。飘动的白云缓慢地旋转着浑圆的琥珀，天地之间不分上下。

于是草原在天上。草原是漂浮的，白云是激荡的波涛；草原是飞翔的，蓝天是重叠的映象。

原来天上的草原是彩色的。绿色只是草原的背景、基调。停车小憩时，同行们忙着抓拍风景抢镜头。我只身走进草原深处，立定、坐下来，仰躺下去，再翻身俯卧。无限贴近、亲近草原，就会发现草原五彩缤纷。那么多不知名的野花，集合了世间所有花容花色，乍看不起眼，细瞧密密麻麻点缀在一棵棵青草丛中，矜持而羞涩地微笑着。青草成了护花使者，在娇小的花骨朵映衬下，青草挺拔而伟岸。

看似浅浅的草原，其实茂密葳蕤，深不可测，并不逊色于神秘的原始森林。仅用眼观察是不够的，还得用心去辨认、想象。成群结队的蚂蚁像骏马奔驰，而牛羊马群像庞大的恐龙；五颜十色的蘑菇像蒙古包，而蒙古包像巍峨的宫殿；蚱蜢蜻蜓像苍鹰秃鹫，而鹰鹫像雷鸣电闪乌云滚滚……此情此景引人遐想深思，人类若能放低妄自尊大的身段，从谦卑的视角看待世界，才能认识自然的伟大，才能理解动植物界一切生命的尊严。

在天上的草原，牛、羊、马和骆驼这些食草动物，是草原的索取者也是奉献者。比如羊群，我以前认为它们从早到晚只知低头啃草，真是一群十足的吃货，活该任人宰割。其实羊群收割草原也耕耘草原，它们啃扯津甜的草根的同时拱松了沙土，它们排泄的黑豆般的粪球均匀地撒在草地上，只待风雨来催化滋养草原。

生生不息的草原，浅绿而深绿，嫩绿而老绿，绿得发蓝，绿得令人肃然起敬，正是牛羊马群这些草原的精灵，与草原共同演绎着生命的轮回。

往返哈拉和林的两天行程，途经七八百公里草原，旅途不时发现牛羊的尸体。鹰鹫是草原的天葬师，及时吞噬了尸体的血肉，遗下骨架躯干和皮毛，风干成一具标本，陈列在草原上，默默地诠释着一种意象。随处可见的垒石堆上挂着彩色经幡，证明在土著牧民心目中，草原是神灵所赐，草原上的一切，包括石头、草芥乃至死亡的牛羊，莫不寄寓了灵性。

天上的草原是神秘的，也是童话般单纯的，单纯到即便是牛马便溺的一摊尿水，也如同一泓泉水般清澈，明镜似的映照出蓝天白云。而草原的河流细柔，绵长，在铺天盖地的茵茵绿毯衬托下，乳白色的河水像汩汩的牛奶，像醉人的马奶酒。

草原之夜的月出仿佛日出，金黄的一轮骨碌碌滚出，硕大、明媚似太阳。夜风酷肖剽悍的蒙古汉子，铁炉劈柴宛若温柔的蒙古姑娘。蒙古包好比轻盈的折叠伞，随意支撑在苍穹之下莽原之上……

先前总觉得天堂虚无飘渺，遥不可及。在草原之夜我忽然明白了一个道理，如果信仰自然，回归纯朴，崇尚天籁，膜拜天地，则草原就是天堂。

天葬台思绪

去年春天的川藏笔会，是我在《芳草》任上主持的最后一次文学之旅。来自五省市的作家、编辑在成都会合，向藏南出发，目的地是色达的天葬台。

最初耳闻天葬传说还是青少年时期，只听了东鳞西爪的只言片语，听得毛骨悚然，觉得稀奇古怪。青壮年时期虽尚未去过藏区，而当记者走南闯北开眼界，也算阅世多了，加之阅读庞杂，再听天葬之说就无恐惧感，也不觉得不可思议，大致明白天葬原委。

当我能想象天葬情景时，自然是年纪不轻了，难免思考生命终点。我想，在那高高的山冈上，悬崖突兀，苍鹰盘旋，背景风啸云涌。庄严肃穆的天葬师口中念念有词，以柄嵌宝石的刀剑将逝者遗体解剖、分割。再以石斧斫碎骨骼，蘸着酥油，拌着糌粑，奋力抛向空中。那一块块血肉像挣脱皮囊桎梏的精灵，化作扑棱的小鸟，又像随意溅到天幕上的音符。盘旋已久的鹰鹫俯冲下来，炫耀利爪，展示尖喙，上演舞蹈和捕猎的盛宴……

这是何等壮烈的场面。遗体无畏无私，粉身碎骨，雄鹰欣然赴约，大快朵颐，背负逝者的魂灵飞奔天堂。

是的，我的想象添加了意象。我虽然老成了，但壮心不已，青年的浪漫尚有剩余。我已然读过修行者舍身饲虎的故事，也涉猎了佛教典籍的一点皮毛。古人嘲笑“少年不知愁滋味，为赋新词强说愁”。古人所谓少年应指的是想入非非的青年。于我而言，且不说愁不愁，确实从青少年时期就不知天高地厚，先是胸怀大志，后来明明晓得自己平庸，仍不甘湮没于平庸生活中，丢不掉悲壮的幻想念头，就像无数中青年男人痴迷金庸、古龙的武侠小说一样。

终于等到去藏区的机会已是知天命之年。从拉萨到灵芝，虽仍无缘一睹天葬，毕竟翻过雪山踏过草原，鸟瞰了那木错湖，遥望了珠穆朗玛峰，身临布达拉宫，目击朝圣者五体投地匍匐。始知天葬并没有那么浪漫，它就是死亡的一种安葬方式而已。

其实世上任何奇异风俗，乍听乍看古怪神秘，深入了解后便觉稀松平常。即便是陋俗，比如历史上中国妇女裹足和当今非洲局部还流行的少女割礼，在当时当地，也不能一概否定其合乎情理的一面。古人云，生死亦大矣。接生洗礼各有不同，安葬方式五花八门，看似匪夷所思，实则皆缘自其自然、经济状况和价值观念。

关于天葬，佛教典籍有记载。不独藏区，在蒙古草原也有天葬，它起源于古印度乃至中亚。最早可能是遭遇天灾人祸的难民弃尸于野，普度苍生的法门长老出面超度并遣飞禽消化无名遗骸。有典籍记载，天葬是从收敛苦行僧坐化后的肉身开始并普及众生的。

拂去天葬的神秘面纱，我感觉，天葬与水葬有相似之处。记得小学高年级时读外国小说，读到战舰水手将牺牲的战友仰躺在炮膛上，缓缓推炮车至船舷，低垂炮管，将战友遗体徐徐推入舷外大海，鸣枪鸣笛，行礼致敬。小说描述的水葬场面读得我热泪盈眶。试想，浩瀚的大海有如广袤的蓝天，葬身遨游的鱼腹与寄身翱翔的鹰喙何其相似乃尔。

推而论之，火葬亦是于轰轰烈烈中锻炼，一缕魂魄化作青烟袅袅而上。而道行高深的和尚还将舍利子遗赠人间。土葬也安逸美好，大地相对于蓝天，土壤原本是生命的依托和归宿。所以，我推崇豫北麦农将逝者埋入自家麦田，尊重鄂东山民将长者的墓建在自家门前屋后。

旅途思如潮涌……冥冥中，似乎有一个向导隐约在前，我忽然有一种莫名的使命感。相信同伴也有迫切而紧张的复杂心情。

笔会一行来到甘孜州首府康定，与《贡嘎山》编辑同仁共同召开了藏汉作家编辑组稿座谈会。授受哈达和放歌之后，举杯把盏将笔会气氛推向高潮。康巴汉子的豪爽名不虚传，大块吃肉，大碗喝酒。受好客主人的感染，我们不胜酒力也贪杯。酒兴之高，还有一层原因是笔会的目标任务已完成，我们更可一门心思向往色达。

《贡嘎山》主编列美木措猜到客人的心思，绘声绘色描述了藏人天葬风俗的独特壮美。他痛快地说：当我的生命终结，当然要选择天葬，将这具凡胎肉身馈赠鹰鹫，把灵魂系在自由自在的白云上。

他诗意的期许更触动了我们对天葬台的好奇之心、敬畏之心。

第二天翻越雪山，崎岖泥泞的道路、风雪雨雾和愈加稀薄的空气，更渲染了朝圣之旅的严肃气氛。

黄昏时分抵达色达县城。县城之小之空旷，几乎不见人影。安静、清静得让人心里发虚。好几个人身体出现了严重的高原反应，似乎预兆已经临近的天葬台仍遥不可及。

翌晨出发，旅行车行至山坳的天葬台附近，司机借故停车山路拐弯处，远远地指路让我们徒步过去。我注意到天葬台实际上是新建的旅游景点，台下辟有宽阔的停车场。显然这位司机是有所忌讳的。

时辰大约在上午十点多，这才得知天葬仪式要等到正午过后才开始，今天天葬的遗体还在十多公里外的色达寺等待喇嘛超度。早到的几十名游客观众被指引到天葬台后面的山坡上席地等待。

我逗留在天葬台上仔细观察。大理石花岗岩构筑的天葬台像一个壮观的台阶祭坛，下层正面排列着威武的石兽雕塑，两侧是碑刻铭文和石鼎石鼓。上层中央的石床上，一尊石雕裸男赫然入目，虽然是仰躺姿式，仍一眼可看出这是个伟岸挺拔的汉子，在生命的最后时刻仰望苍天，期待神鹰来收敛他的遗骸，带走他的灵魂。栏杆一侧，石塔上的壁画更是生动地描绘了天葬故事：病榻上弥留的男人感应到上天的呼唤，一边毅然决然飘舞升空，一边恋恋不舍垂首回顾仰头哭唤的妻儿亲友。

然而艺术终究只是艺术，现实天葬场面毕竟是血腥的。

时辰到了，陆续有四具装遗体的木箱搬运到天葬台后面坡底墙脚，距离限定观看区域的观众至少有两百米之远。限制线外有数个喇嘛和工作人员严加看管，不得越雷池半步。还有一个集装箱大小的铁皮屋遮挡了山坡观众的直接视线。从间接角度看到的情形是，天葬师吩咐遗体的亲属打开尸箱，搬出遗体，解开捆绑的绳索，抖扯着拽开长长的裹尸布，任裸尸趴伏在泥草坡地上。天葬师执一柄长刀割断尸首的长发辫，划开斫断尸背肉皮。这一过程观众很难看清楚，只能从天葬师的动作和长刀的指向半看半猜。隐约可见似乎天葬师剜开头颅天灵盖，取一小块头盖骨交给遗体的亲属保存。

方才还在天葬台石兽间嬉戏的上十个小喇嘛，此刻围坐在山坡另一侧诵经。他们显然是来参加天葬仪式的，事后我判断他们是色达佛学院的学生。但从他们席地而坐的位置、朝向和诵经语速声调看，似乎与天葬师的行动并不协调一致。

一个喇嘛举着扩音喇叭，不断提醒观众尊重藏人天葬习俗，一再警告不得拍照。

而成群结队的秃鹫不顾警告，一步步逼近遗体。

先是，比早到观众到得更早的三五只秃鹫，飞落在观众头顶更高的山坡上，耐心等待一场丰盛大餐。接着一只又一只赴宴，黑压压一片挤占满了山头，蠢蠢欲动。我目测至少有上百只。发现目标后，它们在三五只头鹫的带领下，摆开锥形阵势，从观众右侧向坡下猎物缓慢移动，直至距天葬现场一步之遥，可谓虎视眈眈。工作人员几乎排成人墙阻挡它们。

当天葬师舞完最后一刀，转身主动撤离的人墙更像是被势不可挡的秃鹫大军冲垮的，一瞬间，只见无数扑闪振动的鹰翅湮没在爆炸般腾起的黄色沙土烟雾中。接着只能想象鹰爪和鹰喙的撕杀拼夺，观众眼前茫然一片。

这时，沉寂了一会儿的扩音喇叭突兀地冒出一句：天葬仪式结束。

观众顿时议论纷纷，失望情绪溢于言表，感觉目睹的情形与想象中的天葬大相径庭。很多人认为野蛮，至少不文明不礼貌，偏激的甚至认为这是辱尸。

我沉默不语。老实说我也怅然若失，内心像打翻了五味瓶……一年过去了，我一直在打腹稿，想写篇文章纪念藏南之旅，倾诉天葬台观感。犹豫着迟迟没动笔，一个担心是犯了民族宗教敏感问题的忌讳。今天决心动笔，觉得本文意思明白，字里行间表明对天葬的尊重、理解甚至向往。但我要向包括汉族干部在内的地方政府进言：你们既然耗资兴建天葬台，开放天下游客来参观天葬仪式，就应该检讨殡葬管理工作，不要以客观条件限制为借口，推诿人民公仆的责任。不能因为你们公务粗疏，糟污了原本纯朴的天葬本色。

当时我曾想逗留天葬台，等待实际上刚刚开始的天葬结局，看秃鹫们返回蓝天。但是导游询问后告诉我，我所谓的结局一直要捱到黄昏时分。秃鹫噬尽遗体血肉后，骨架要送到铁皮屋内用搅拌机粉碎，再从管道输出，供竞争中落败的弱小秃鹫进餐。这一过程并不让观众观看。再说，行程下一站是色拉寺，我是领队，不能带头影响行程安排。

下山返回旅行车途中，我回头仰望天葬台，看见两三只已经饱餐的秃鹫升空了，展开的两翼长得惊人。秃鹫因其秃顶，加之羽色灰暗，给人印象其貌不扬。而此刻我发现，盘旋在空中的秃鹫，其英姿也够炫够酷。是因为人类遗体刚刚奉献的血肉，赐予了它们精气神吗?

忽然联想到以航天科技领先洋洋得意的美国宇航局，听任科学家或媒体发表惊人之语，继宣布开发太空旅游项目后，又预言将研究太空葬礼，可将逝者骨骸运载到太空，投放到适当轨道，使之加入群星璀璨的天体运行，成为一颗永恒、耀眼的星星。

我想这是迄今为止最令人憧憬的安葬方式。扼腕叹息的是，太空旅游的票价得几亿美元，据说已有富豪预订了。估计太空葬礼的要价恐怕更昂贵，能如此极尽哀荣的有钱人少之又少。不过我等穷人也大可不必灰心丧气。试想，当富豪变成一颗星星在太空遨游时，他会遇到太阳系另一颗叫地球的星星，地球上便有以土葬、火葬方式埋葬形骸的我等穷人。那么，我等穷人的魂魄不也是寄托在一颗星星之上吗?

病树

南方的树真是婀娜多姿。

仅一棵榕树就令人怦然心动，浮想联翩。挺拔丰腴的树腰，浓密葱茏的树冠，千丝万缕气根静垂轻飘，姿色足以倾城倾国。谁说独木不成林？一株伟大的榕树，一旦气根接地通天，便生出无数株儿女般新秀，蓬勃葳蕤，蔚然成林，华盖遮天蔽日。

椰皇的伟岸也不由得人不瞻仰。明明是长相一模一样的椰树却高傲得不结椰子。据说这是公椰树，长得更高挑，母椰树得到它的青睐才开花结果。

凤凰树之美堪称惊鸿一瞥。令人猜疑古人所谓玉树临风、树影婆娑、金枝玉叶之类褒奖词都是为它生造的。轻风荡漾中，一羽凤凰枝叶宛若一尾孔雀开屏，而一株凤凰树仿佛传说中的神鸟翩然而至。而且它艳而不俗，清一色绿得发蓝，纯粹，清爽，那种高雅气质，让衣冠楚楚的人类自惭形秽。

……

我在南宁街头公园徜徉，观赏仪态万方的南方树木。赏心悦目之际，一株病树赫然入目！我几乎不相信自己的眼睛，这是一株吊瓶的树。是的，就是我们这些人在医院输液打点滴的吊瓶。树干上吊了三个塑料药瓶，缠着纵横的塑胶管，一如重症病人身上插满导管。

我看得讶然发呆。显然这株树病得不轻，枝叶萎靡，靠瘦骨嶙峋的躯干强撑着。这一定是棵名贵树木，园丁在努力救治。但我疑窦顿生，疑虑多多，关于病灶、病因、预后、代价等等，正如面对一个重症病人立刻想到的问题。

车水马龙的街头，巴掌大一块地方，集中了这么多珍稀树木，固然满足了我等人类一饱眼福，然而它们是土著吗？如果是乔迁者，迁徙尊重过它们的意愿吗？背井离乡，流落人间是否水土不服？

不是我爱发牢骚，这些年来，关于大树进城，行道景观树背后隐藏的景象，呼吁刀下留树……的故事太多。

树木原本有顽强的生命力。我两次去新疆，游历了南疆北疆，两次都顶礼膜拜胡杨。我面对胡杨发呆，戈壁滩上，天地之间，胡杨一千年不死，死了一千年不倒，倒了一千年不腐。当地人告诉我说。

即使倒下了，一棵横列的胡杨，或者哪怕是一截斜插的胡杨枝，都是一尊天然木雕。苍穹下，大漠上，马鸣风萧，孤烟夕阳，倒下的胡杨铁骨铮铮，它生命凝固的造型，从任何角度看都是一种象征，一种寓意。

难道能把活着的或者死去的胡杨迁移到城市来提升城市形象吗？

如果说胡杨的例子太极端，那就谈谈普通平凡的树木吧。在我的乡愁里，汉水之滨城乡遍植杨柳，寻常百姓门前屋后，阡陌闾巷街头巷尾，随处可见。杨柳亲民且耐受力极强，除了遮阳挡雨，还任由大人攀折小孩攀爬。编柳条筐，编柳帽，拽晒衣绳，荡秋千。哪怕折腰断桠甚至电灼雷劈，杨柳不屈不挠，春来鸣条万千，夏至遮荫一片。蚁穴蝉蜕或者讨厌的毛毛虫，都是孩童鲜活的玩具。

如今杨柳都在城里消失了。试问园林主政者，难道将土著杨柳赶尽杀绝，是为了给南橘北枳圈地皮吗？

为一棵病树吊瓶精神可嘉，但其实死一棵树也没什么大不了的，哪怕是名贵珍稀树木。抢救黄山迎宾松无须大惊小怪，炒作之下，过去朴质好客的黄山主人而今变成笑容可掬的迎宾小姐。

植物自然死亡天经地义，病树前头万木春。媒体总是片面报道世界各地森林火灾，夸张为浩劫。其实一场适度的天然大火是森林世界的生命轮回。毋宁说森林之火是赐予生命的血与火的洗礼。淘汰，平衡，看似惨烈的灰烬是未来森林的沃土。

又联想到近年愈演愈烈的乌木之争。乌木原本是埋藏于地下的植物化石，因其质地功能又有人文价值，进行考古发掘是可取的。但如今官民争利，诉讼纷纷，粗暴地打扰了安息于地下的植物先辈。我推测地下未发现的乌木很多，那么人们是否打算挖祖坟、拆房子发乌木财呢?

从南宁到北海再到河内，沿途看到一棵又一棵红木仆倒。它们不是病倒的，是被伐倒的。最大的一棵长三十几米，直径超过两米，据说是亚洲迄今发现的最大红木。它们被肢解，制成精美贵重的红木家具。人类真是心灵手巧，将红木家具雕龙刻凤，栩栩如生。

但人类虽以万物之灵自诩，未必就是天地间至尊无尚的精灵。我看人不如树，人不过活几十上百年，树活几百上千年，谁见的世面多？更遑论形象、大小。若比感知能力，树浑身上下遍布感官，上天几十米，入地几十米，纵横交错构造缜密的生命网络。树也必定有自己的语言和思想，只是它的生命密码人类尚无解。

树有病，人或知；人有病，天知否?

怀念黑暗

一

中年以后，我莫名地开始怀念黑暗。

这或许令人疑惑。而我却疑惑世人的看法，质疑“黑暗”这个贬义词的属性。

古人云，“世无仲尼，万世如长夜。”虽武断却也精辟。然而，按照逻辑反推，长夜的黑暗是造就仲尼的前提。正是在漫如长夜的乱世中思考，才诞生了伟大的思想家、哲学家孔子。同理，那句广为流传的诗“黑夜给了我黑色的眼睛，我却用它寻找光明”，不也承认眼睛是黑暗赐予的么?

黑暗与光明，原本是一对兄弟，或是一个如蜗牛般雌雄同体的循环构造。没有黑夜，何来黎明? 没有黑暗的衬托，何来光明的炫耀?

如果说白色是原色，那么黑色就是本色，甚至是母色。

往生物起源上说，黑暗是土壤，人类生命孕育过程便是在母腹的黑暗中。神秘的大海深处有无数已知、未知的生命，而深处暗无天日。人的三分之一时光刻在休眠的黑暗中。某些动物冬眠的黑暗过程更漫长。

穷究下去，死与睡是一对兄弟，睡是假死，死是长睡，黑暗是他们庄重的大氅。无视黑暗，漠视黑暗便是搅扰睡、亵渎死，显然愚蠢而无知。休养生息以黑暗为依托，在黑暗的庇护下生死相依，才能生死循环，生生不息。

二

本能地畏惧黑暗只是人性的一面，另一面其实是依赖黑暗的。

记忆中少年时代的黑暗是一种神秘意象，浓稠如外婆的很酽的一碗红糖茶，黏滑如父亲在书案上耐心研磨的一砚香墨，厚实如绚丽的舞台上开幕闭幕的黑色金丝绒幕帷。那是一种静谧的黑暗，营造万籁俱寂的氛围，听得见一根绣花针落地的声音。

当然，当黑暗还只似一层薄纱飘来时，免不了有些担忧、恐惧。狼外婆的故事已经唬不住已经一天天长大的我们了，接着听的故事是女鬼把头颅搬下来搁在膝盖上，用一把骷髅牙床梳子梳理她的满头青丝。而惊悚过后便是月桂和玉兔的童话，是大海和摇篮的梵音，是蛙鼓虫鸣，是天籁神曲。这一切是在伸手不见五指的漆黑的夜色中进行的。当白炽灯拉线开关咔嚓关闭，如潮水漫灌的黑暗是温馨的。尤其冬夜的黑暗是多么温柔宁静。我们从耳际和眼皮子底下坠入梦乡了，白日所见所闻、所吃所喝都成了养分，少年在黑暗的滋润下悄悄成长，一如拔节分蘖的芦苇。

那种黑暗是多么安全，多么值得信赖呵。

如果当年的黑暗是天机云锦织成的黑绢，如今只能痛惜它那绫罗绸缎般的纯质是再也找不到了。

不知从什么时候开始的，人世间已然失却一种纯粹的黑暗。即便是深夜，即便在私密的卧室，灯光已无孔不入地侵袭了静如处子的黑暗。哪怕关闭了室内所有光源，仍有多种电器光刺在闪。你可以气恼地拔掉所有电源插头，可插座上还有磷火般的荧光，直射的、反射的，无处不在的像鬼眼在眨。

还有几层厚窗帘也遮挡不住的室外灯光，尤其天上地上机车的轰鸣声挟裹的似有似无的潜光，令人无可奈何。

于是我有一种被剥夺的感觉，享受黑暗原本是天赋人权。便有一种绝望的愤慨，愤慨之余是哀叹，光亮怎么反而使花朵黯然失色？光亮怎么反而泯灭了人性的光芒？

强光、泛滥光成了世间主宰，谁也无可逃遁。那种一根火柴划破黑暗，一灯如豆点缀黑暗的情景，成了美好回忆。

三

黑暗也有味道。如果说阳光的味道如麦香，则黑夜的味道如幽兰。

乡愁如今成了时尚热词，其实它是个浸透了体味和土腥味的词语。怀念故乡的人，并不仅仅是进城打工者和莘莘学子之类漂泊一族。回不去故乡的，在生于斯长于斯、世代栖居于斯的城市土著中，大有人在。因为故乡在本质上是精神栖所，是自然自在自由的乐园，它只可能存在于遥远的天真少年之乡。

于是所谓乡愁就是一种怀想思念，千丝万缕，化作无尽的回忆和向往，灵魂出窍，企盼挣脱躯壳、梦游心中的故乡。

人生旅途上，所有人都是流浪者。只是乡愁不同，缘于际遇、心路不同，各怀心事，有的想探望恩师、诤友、发小，有的想看一眼青梅竹马的初恋情人，向故人倾诉，感恩成忏悔……

而回得去故乡的唯一途径就是记忆。所谓记得住乡愁，就是静思、怀念、冥想、反省。说白了，就是穿越，穿越传说的时光黑洞。这个黑洞是科学描述的，也是虚幻的。凡夫俗子不可能进入时光黑洞，只能借助黑暗，慢下脚步，静下心，指望黑暗躲避纷扰，思考一番。这不是故作深沉，是聆听内心深处的呼唤。

可是当代人希望寻找一片黑暗已是奢侈念头。

生态恶化，污染肆虐的现象之一是城市的喧嚣。很多人都抱怨噪音污染已接近生理忍耐的极限。在我看来，噪音污染是从光污染开始的。那些噪音与乱光如影随形，恰似狼狈。科技发明灯光照明的初衷，原本是设想像北斗、灯塔一样方便人们的生活，如今却适得其反，混乱的光照成了破坏黑暗，迷乱眼睛，昏眩神态的讨厌光怪。

不懂黑暗，也就糟蹋了光明。那些奢靡无度的人造光亮恃着奇技淫巧，却亵渎了自然界的色谱。比如，缺德地给树木花卉通电扎灯，无异于粗暴地绑架和强奸。

即便在农村，恐怕也难得觅一弯明月，七星拱斗的朴质的黑暗了。

难怪现代人回不去故乡了。怀念故乡首先得怀念黑暗。我日益觉得这是一种刻骨铭心的怀念。

虎皮鹦鹉

虎皮鹦鹉个头只有麻雀大小，名字叫得威武是因为它的羽毛纹路色泽很像壮美傲人的老虎皮毛。这种以高贵的蓝颜、生动的绿彩为本色的飞禽确是鸟中尤物。个中还有羽翼花纹似云朵的谓云斑鹦鹉，又有白化或黄化的称珍珠鹦鹉、蛋白鹦鹉……虎皮鹦鹉又名娇凤，溢美之名多矣，皆因小精怪长相太抢眼夺目，美得令衣冠楚楚的人类自惭形秽。那小东西不施粉黛，素面朝天，却害得多少精心打扮的美女自叹弗如而黯然神伤。

我这么夸奖虎皮鹦鹉，不仅是貌相，还赞许它们的性情习性。它们的心灵之美，简直可以与忠贞不渝的恩爱情侣、担当责任的大丈夫和无私哺育的母亲相提并论。

我养虎皮鹦鹉成功养活到第三代，见证了一对鹦鹉生儿育女，雏鸟展翅恋爱结婚，鸟孙子问世与祖父母比翼嬉戏的全过程。

鹦鹉用情专一，纵使身边多有俊男靓女，一对情侣也心无旁骛，只对原配忠心耿耿。小两口也够黏糊的，大庭广众众目睽睽之下，兀自耳鬓厮磨，缠绵悱恻。即便食罐近在雌鸟喙下，雄鸟也要大献殷勤，自告奋勇帮雌鸟去啄食。鹦鹉食粟谷，像嗑瓜子一样一粒粒啄着吐谷壳。我曾试着直接供给粟米，它们反而不领情。只见那雄鸟努力点头啄了十几粒，便去嘴对嘴给雌鸟喂食。雌鸟受用了便奖赏雄鸟，主动为雄鸟啄洗羽毛。雄鸟很享受地听任雌鸟耐心地啄点绒毛，衔着羽根仔细梳理，表情陶醉，并得寸进尺地将自己的喙难以够到的颈脖、后背凑到雌鸟喙下，憨态可掬。

最有趣的是它们做爱。暮春初夏时节，虎皮鹦鹉发情了，蜜月期长达半年，足以任它们爱得忘乎时光，缠缠绵绵到天涯。那哥们示爱时，那姐们便乖巧地蹲下去俯低了身体，方便它跃上它的背，它压尾，它翘尾并将尾翼摆向一边。你眨巴眼睛还未看清楚，人家已经不客气地完成了交尾动作。虽说也是赤裸裸的交媾，呈现的场面却不庸俗，甚至高雅曼妙，极具美感。你想想，人家不用脱得赤条条一丝不挂，依旧是矜持的华衣盛装。取上位的雄性以征服者的姿势高傲伟岸地屹立着，取下位的雌性以背负生命种子的姿态欣慰满足地卧伏着。于是，两团美丽的化身融合一气，组合成一团令人惊艳的美好意象。

它们做爱一场虽然短暂，却可以连续做三五次，做得酣畅淋漓，足以挥洒激情，满足快感。尤其是雌鸟，同为禽类，与母鸡被踩水时淡漠、心不在焉，有时还要狠啄一口从它背上滑下的公鸡绝然不同的是，当它驯服俯身的片刻，羽毛霎时格外柔顺光滑，双目迷离微闭。我分明看见了它眉眼间荡漾着陶醉的笑意，不禁联想到脍炙人口的《长恨歌》中精彩诗句："回眸一笑百媚生"。

做爱播下了生命的种子。鸟笼上方筑有鸟屋。雌鸟产蛋后就像个恪尽职守的母亲孵在羽翼下守护，日夜不出鸟屋，哪怕饥肠辘辘也绝不离开片刻去进食。这时，雄鸟给雌鸟喂食的意义就不是示爱邀宠了，而是一日三餐的厨师、送餐员、保姆和奶瓶，任劳任怨一直干到雏鸟破壳。而且儿女诞生了也不歇气，继续帮着雌鸟轮流哺育。

第二年，小鸟翅膀硬了也懂得男欢女爱了。那对老情侣并看不出老相，依然我行我素，长相厮守。

虎皮鹦鹉并不学舌。它自然没法与黄莺比歌喉。多数时间它是安静的，默默立在枝头，像个标本，像一幅画。而在无人注意、无人倾听的时候，它们却活泼泼、脆生生啼唱起来。我躲在一旁聆听，似说似唱的鸟语当然听不懂，唯其听不懂，更显奇妙神秘。我想，这就是所谓天籁之声吧。

我并不将虎皮鹦鹉看作宠物。我从不觉得它们是打发无聊的玩物，而是每日阅读、写作、遐想生活的一部分。养鸟也需付出心血代价，几乎每天都必须清扫一遍粟壳和鸟粪，每周都需去采购一次新鲜粟谷。我捍卫它们生命的尊严，它们给我以审美具象，甚至，它们引渡我到精神境界。

这绝非矫情。我出身于平民家庭，我的兄弟姐妹中，也有当过小学校长、中学书记的，不过我可能是钱氏家族中当得最大的“官”，居然混到了县处级。这委实是个误会。以我的个性，较真、实在、自尊、嫉恶如仇，不愿打官腔说假话、套话，不会见风使舵，反感形式主义。我自以为，以我的良知和学养，当个刊物主编还是绰绰有余的，毕竟我从学生时代起就长期担任学生干部，知青岁月还是学生领袖角色。孰料在特定官场生态下，我这号笨人当个单位行政一把手，如临深渊，如履薄冰，这不是活受罪吗?每当我抑闷、沮丧、急躁、愤慨的时候，冥冥中总能感应到鹦鹉的召唤。我竭力控制情绪回家，我的鹦鹉像参透世事的长老憩然淡然迎接我，左顾右盼似在审视我的失态。不知从何日开始，我发现，我能与它们用眼神交流了。那碧泓里两枚珍珠般的眸子，有光波如静电辐射我的心胸。心灵感应令我冷静自省，渐而坦然、超然，步入自由自在境界。恍然中，我以为它们是神鸟。或许鹦鹉真是天使也未可知。

这世道，谁不好色？无论男女，无论贫富，皆目迷五色。我承认鄙人也难逃是个好色之徒。戏谑地说，可叹无权无钱无胆去猎色，只好弄一对艳丽的精怪圈养起来，色眯眯欣赏。

而我要尊重地说，如果我曾经暗慕过哪位女神，宁肯她是虎皮鹦鹉。

锦衣二题

锦衣

一想起古人竟有锦衣夜行者，便叹服今人会显摆，穿了光鲜的、名牌的衣裳不但在光天化日下招摇过市，而且自拍了晒到朋友圈炫耀。

近些年穿戴变化之大近乎脱胎换骨的倒不是年轻人，而是中老年男女，尤其是被媒体称为“中国大妈”的群体。她们真敢穿，大红、大紫、大绿、大花、明黄、弹力踩脚贴腿裤、像芭蕾演员穿的连裤连袜紧身衣，都是出街行头。全然不顾身体是否臃肿了，是否发福了。

如同龙袍加身还得戴皇冠，锦衣盛装不能不化妆，于是又文眉，再做头发。在公交、地铁、超市，人头攒动中忽见一堆火焰、一把青草或一蓬金毛的染发中老年女士并不稀奇。

中老年人爱时尚说明社会进步了，生活富裕了，个性张扬了，不必说三道四。问题是，锦衣昼行，众目睽睽，穿的人泰然自若，目光躲不开的旁人却尴尬。最碍眼的是那些锦衣往往不合身，长了或者短了，大了或者小了。说白了，那些华丽衣裳多半都不是量身定制的，明显是年轻人淘汰的二手货，猜得出是“逆袭”，继承了儿子儿媳、女儿女婿的“衣钵”，因为舍不得扔。更节约的，索性将年轻人抛弃的手袋、披肩、发卡、围巾统统拿过来混搭，自我感觉还蛮好。合时宜却不合身份，只顾抢眼出风头的，有点像马戏团演员。

或曰，人家老外的穿戴不也很花哨吗？七老八十的还臭美呢！咱中老年人多是五零后、六零后，艰苦朴素了大半辈子，不该潇洒走一回吗?

须知老外穿得再花哨也是得体的，剪裁合身，做工精良，质地考究，而且那种花哨与老头老太的举止容貌搭配，与场合兼容，与环境没有刺眼的反差。

有些人未必明白，服饰不仅与色彩、质地、款式有关，而且与修养、气质、文化传统、价值观念和审美习惯有关。虽说人靠衣装，三分长相七分打扮，却有沐猴而冠之虞。

窃以为，如果有些中老年穿戴失态了，他们的儿女要负一半的责任。请把你们淘汰的衣物捐出去或者扔远点。

另一半责任在中老年自己。要自知老态龙钟了，也要自信长相更睿智仁慈庄重了。你的养老积蓄不是都留给子孙的，量身定制一套自己的行装，莫辜负了历经沧桑的形骸。

尚飨

清明去敬供的扫墓人，恐怕多半不知古人写过一首打油诗讽刺敬供。余大约记得："黄昏祭祀了，弟子闹吵吵。祭肉分肥瘦，馒头争大小；子路开口骂，颜回低头笑……夫子太息曰：当年困于陈，不见此饿殍。"挖苦得够狠，敢拿权威的孔府师生开涮。

如今的敬供者可能不以为然：这是讥讽馋相和分配不均，也说明当年孔子师徒太清苦。我敬供的烧鸡、卤菜和肉包子摆在墓碑前没人争抢。莫借古讽今嘲笑孝心，小心冒犯神灵!

你振振有词，但你忘了把供品打包带走，尽管你无需用它祭牙。

前些年清明，余总是提前一两周去扫墓，后来成千上万扫墓人都提前，近年余只好延后一两周去扫墓，却发现墓园太恐怖。光天化日，人声鼎沸，还怕撞见鬼?不怕鬼却怕人，怕扫墓人敬的供品。经过风吹，雨打，暴晒，那些盛在塑料袋、方便盒里的鸡鸭鱼肉、蔬果点心，像真被饿殍厉鬼饕餮过后的残羹剩饭一般，杯盏狼藉，油污四溢，馊味扑鼻，苍蝇乱飞……情形不仅令人毛骨悚然，而且令人窒息作呕，好端端的墓园真的成了人间地狱。

不文明行为会影响到阴界，多少有些出人意外。以前只知影响到境外，媒体老是炒作国人出国游如何如何不文明。事后冷静分析，有的是夸大其词，有的是吹毛求疵，还有的是故意丑化国人的，皆因有的毕竟是坐实了，损坏了国人的名声。

令人担忧的是，境外媒体记者的鼻子比狗还灵敏，一旦嗅到公墓来，把墓园肮脏恐怖景象曝光，闹得在全世界丢人，还“丢鬼”。

估计有人会反驳：清明扫墓，敬供烧香乃传统，摆供品表孝心，千百年如此，岂容你忤逆?

须知前人多是土葬，家族祖坟各处一隅。即便是公墓或乱葬岗，坟头之间也有距离有回旋余地。各家摆的供品，隔夜就被飞禽走兽蝼蚁分餐了，最后还有山岗林地灌木花草自然分化。如今公墓是钢筋水泥构造，墓碑密密匝匝，毫无吸收净化功能。今昔不可同日而语。

而今朝墓园比之往昔坟茔也有许多好处、优势。以武汉最大的两处公墓石门峰和扁担山为例，林木参天，山峦叠翠，小桥流水，鸟语花香，墓园像公园了。即便是寻常草民谢世，安葬的墓穴虽昂贵了些却也够体面排场，遮几可安慰逝者亲属。如此风水宝地，怎忍心弄脏它?

扫墓扫墓，你是去扫墓的，不能反而把垃圾弃之墓碑旁。

墓园是宁静肃穆之地，必也圣洁，这是常识。余冒天下之大不韪吐槽，不惧得罪凡人，万一神灵误解，余愿以诚实作供品，敬献给列祖列宗乃至一切逝者。

九泉之下，天堂之上，尚飨!

姹紫嫣红鸳鸯河

鸳鸯河发源于大洪山主峰——宝珠峰山麓的白龙池，又名鸳鸯溪。素有“九曲鸳鸯溪，十里水画廊”美誉。鸳鸯溪漂流据说是全国最具人气的浪漫漂流，可以夜漂。俊男靓女趋之若鹜，爱情之舟出双入对，活脱脱演绎着鸳鸯戏水的万种风情。

说起来鸳鸯溪只有六七公里，其实鸳鸯河源远流长。延绵起伏的大洪山系，千秋万壑，涓涓细流汇聚白龙池，又经过鸳鸯河发散开去，滋润绿林山崇山峻岭的山涧、瀑布、深潭、幽泉，莫不是鸳鸯河清澈碧透的生命之源。

鸳鸯溪香艳如琼浆玉液，美女如云。而我宁愿绕开鸳鸯溪，上溯下探，去寻访鸳鸯河两岸天生丽质的奇花异木，她们才是我心目中的女神。

时值中秋，鸳鸯溪上游十余里处，河畔两株古桂已开花溢香，沁人心脾。两桂堪称桂王。同高十五米许，腰围约八十公分，共由一虬结成石斑的主干顶撑着，柯如青铜，花似赤金，形若骨伞，树荫遮天蔽日，蔚为壮观。最奇的是这对姊妹桂一年之间同时开花两次。民间传说，两桂原是一对情深义笃的孪生姐妹。矢志追求真爱不得，相约守身如玉，毅然投身鸳鸯河，化作桂华再现英姿，迄今皎洁凡四百年矣。

或许绿林山山神有感于两烈女殷殷之情，慈悲点化，距两桂上游一箭之遥，又有兄弟柏。两株相距四米，冠高三十米，胸围一米，伟岸挺拔，紫铜色的漂皮呈几何图形般整齐规范，竟无虬结斑痕。兄弟柏年轮六百年，尚值风华正茂的青春期。如此阳刚英俊，这般玉树临风，可是等待了姊妹两百年?

此柏彼桂，携骆驼峰下的太阳松、六房咀的古银杏，并称鸳鸯河畔“绿林四宝”。

那太阳松的芳名就令人遐想。蓝天之下，莽林之上，太阳女神以金色大鹫怀来她的赤子，寄养在绿林山之巅。日神约月仙昼夜眷顾，赤子茁壮成长为太阳松，铁骨铮铮，柔情凝翠，引来漫山遍野百花为之绽放，如痴如醉。

而古银杏在我心目中的地位至神至圣。凡人在高大古朴的银杏树下瞻仰，密密匝匝的银杏叶，每一片都是一朵翡翠花。即便谢落，也是赐给人间的宝贝，你可以收藏为标本，还可以炮制成一剂治疗人间疾苦的良药。银杏开银白之花，颜色庄重圣洁。结白果，状如硕大珍珠。今春我带学生来绿林山写作，山民赠以鲜嫩白果。佐以西芹清炒，微苦暗香，回甘清爽。

蹀躞鸳鸯河畔，艳遇太多。比如昨日在美人谷邂逅的紫薇，几令老夫心旌摇动。先是，一大片红得发紫的彩云扑面而来，瞬间亮瞎了双眼。炫目过后定神细看，原来是偌大一片紫薇林。紫薇，诗一般的名字，诗一般的身姿，诗一般的容貌。这种在城市公园偶尔一睹芳容的尤物，在这深山野谷却多得令人惊讶、震撼。紫薇属乔木，生长缓慢，枝干质地坚硬如铁。花骨朵看似弱不经风，实则柔韧坚贞，不惧痴蜂浪蝶，风吹雨打，花期长达一季之久，羡煞多少梦想红颜常驻的美女们。而紫薇花兀自笑着绽着，她在世人眼里是花仙，世人在她眼里是花痴。毋宁说她是为了鸳鸯河才燃烧美丽。

鸳鸯河畔，姹紫嫣红……

图书在版编目（CIP）数据

和平降临：武汉文学院作家年度（2016）作品选 / 吕兵主编. -- 武汉 : 长江文艺出版社，2017.4

ISBN 978-7-5354-9426-9

Ⅰ. ①和… Ⅱ. ①吕… Ⅲ. ①中国文学－当代文学－作品综合集 Ⅳ. ①I217.1

中国版本图书馆CIP数据核字(2017)第033958号

责任编辑：沉　河　　　　责任校对：陈　琪
封面设计：祁泽娟　　　　责任印制：邱　莉　胡丽平

出版：长江出版传媒　长江文艺出版社
地址：武汉市雄楚大街268号　　邮编：430070
发行：长江文艺出版社
电话：027—87679360
http://www.cjlap.com
印刷：武汉市新鸿业印务有限公司

开本：720毫米×1020毫米　1/16　　印张：20. 5
版次：2017年4月第1版　　2017年4月第1次印刷
字数：268千字

定价：36.00元